별
빛

창
창

별빛 창창

초판 1쇄 인쇄일 2024년 1월 5일 | **초판 1쇄 발행일** 2024년 1월 17일

지은이 설재인 | **펴낸이** 김석원 | **펴낸곳** 도서출판 밝은세상

출판등록 1990. 10. 5 (제 10 – 427호) | **주 소** (10881) 경기도 파주시 문발로 119, 202호

전 화 031-955-8101 | **팩 스** 031-955-8110 | **메일** wsesang@hanmail.net

블로그 blog.naver.com/balgunsesang8101 | **인스타그램** www.instagram.com/wsesang

ISBN 978-89-8437-471-3 (03810) | **값** 16,800원 | 잘못된 책은 구입한 곳에서 교환해 드립니다.

별빛 창창

설재인 장편소설

밝은세상

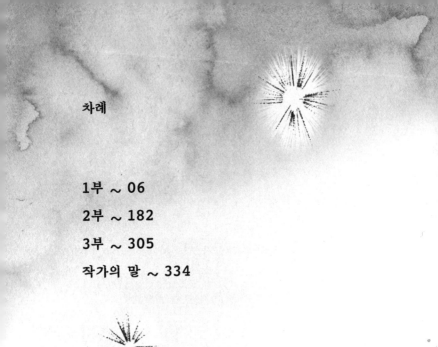

차례

1부

내 이름은 곽용호다. 용과 호랑이. 이름이 너무 거창하면 삶이 기구하다는 미신 때문에 한자는 대강 음만 꿰맞춰 다른 걸 썼다. 외할머니가 옥편을 뒤져 가며 찾았다고 한다. 검색엔진에 '용호 이름'을 치면 '아기 이름 검색 분석'이란 타이틀의 홈페이지 하나가 나온다. 거기엔 그렇게 쓰여있다.

"용호" 이름은 2008년부터 2022년까지 총 389명이 출생신고를 하였습니다. 이중 남성은 총 389명이며, 여성은 총 0명이 사용하고 있습니다. 용호이라는 이름의 인기도 장기 추세(트렌드)는 하락하는 추세이고, 최근 3년간 인기도 추세(트렌드)는 횡보하는 추세입니다.

퇴고라곤 존재하지 않는 저 자동 완성형의 문장이 귀신같이 내 삶을 말하고 있는 것이 아닌가. 나는 자주 생각했다. 태어나서부터 선천적으로 탑재한 정체성을 나의 의사와는 상관없이 부정당했고, '잘 나간' 적 역시 결코 없으며 그마저도 가파르게 쭉쭉 떨어지고 있는 그런 형태의 가여운 삶 말이다.

용과 호랑이는 내 태몽에 등장한 녀석들이다. 어느 어두운 산을 혼자 헤매던 엄마가 커다란 호랑이에게 마구 쫓기기 시작했다. 엄마는 마침내 어딘가 툭 튀어나와 있던 나무뿌리에 걸려 넘어졌고 그 위를 호랑이가 덮쳤다고 했다. 잡아먹히려나 보다, 하고 엄마가 관세음보살을 외치며 눈을 질끈 감았는데 호랑이는 엄마를 물어뜯는 대신 커다란 고추를 엄마의 아랫도리로 집어넣었다. 이 얘길 나는 열 살 때 엄마에게 직접 들었고 처음으로 남자의 고추가 여자의 어디에 들어가는지 알게 되었다. 참 대단하신 성교육이 아닐 수 없다.

호랑이의 고추는 크기가 팔뚝만 했고 뜨겁게 절절 끓었다. 엄마는 소리를 지르며 하늘을 올려다보았다. 무지개 같은 게 선명히 보여서 오르가슴을 제대로 느끼면 저런 것도 보이는구나, 내가 지금껏 남자들이랑 했던 건 다 애들 장난이었어, 하고 할렐루야 감탄했단다. 그러더니 이번엔 그 무지개가 꿀렁꿀렁 움직이더란다. 자세히 보니 무지개가 아니라 총천연색으로 빛나는 비늘로 온몸을 감싼 용이었다. 그 용이 수염을 휘날리며 내려와 엄마와 호랑이의 주위를 뱅뱅 돌았다. 그랬더니 합체한 엄마와 호랑이가 둥실둥실 떠올랐다. 용이 그 아래위를 호위하듯 긴 몸으로 감쌌다나 어쨌다나.

그래서 환장하게도 내 이름은 곽용호가 되었다. 엄마의 배가 둥둥 불러온 후에야 비로소 태몽을 전해 들은 외할머니가 선언한 이름 그대로. 한국 조폭 영화에 나오면 딱 좋을 이름, 혹은 여자 혼자 자취하는 원룸에 배달시킬 택배 상자에 거짓으로 쓰기 딱 좋은 이름.

나는 내 이름이 곽용호가 된 사연을 사람들의 환심을 사기 위해 사용했다. 자해와 비슷했다. 오르가슴이나 고추 같은 소재에 대해선 때와 장소에 따라 수위를 조금 달리했지만. 듣는 이들은 신명 나게 킥킥 웃으며 와 용호 씨 말씀 정말 재밌게 하시네요, 하고 말했다. 그들은 나와 친해지고 싶어 했다. 내가 썩 그렇게 재미있는 인간이 아니라는 걸 알게 될 때까지 말이다. 그러고는 슬그머니 도망을 갔다.

당연했다. 그 재미있는 이야기는 내 것이 아니라 나를

낳은 여자, 내 엄마의 머리와 입을 통해 나온 것이니까. 타고난 작가지만 1년 365일 그 역할밖에 할 줄 모르는 중년 여성의 입을 통해서 말이다. 이야기 짓는 것 외엔 아무것도 하지 못하는 사람.

그이의 입은 딸과의 애착 관계 형성 같은 데에도 역시나 쥐똥만큼의 재능조차 가지지 못했다.

나는 엄마와 딸이 서로를 사랑해 안달하는 서사들만 보면 그렇게 환멸이 났다. 일단 친구처럼 지내는 모녀는 쳐다보기도 싫었다. 엄마 이야기만 나오면 수도꼭지를 튼 것처럼 눈물을 줄줄 흘리는 사람들도 이해 가지 않았고, 서로 죽이니 마니 하면서 싸우다가도 제 아이 낳고 서는 우리 엄마에게도 나처럼 예쁠 나이가 있었다며 갑자기 착해지는 이야기는 가장 최악이었다. 싸우려면 일관성 있게 가지 왜 이랬다저랬다 하는가. 어리고 약했던 내 인생을 그토록 힘들게 만든 힘 센 원수를 어찌 그리 쉽게 용서할 수 있는가.

내가 겪어온 어린 시절을 떠들어대며 공감을 요구하려고 시도했던 적도 있었다. 그러나 사람들은 편을 들어주는 척하다가도 슬쩍 방향을 틀었다.

"그래도 어머니가 일하면서 혼자 키우셨잖아. 얼마나 힘이 드셨겠어. 게다가…."

그들에게는 '게다가'의 다음이 세상에서 가장 중요하다.

"게다가 얼마나 좋아, 돈도 잘 버시는데. 너는 어머니 덕에 먹고살 걱정 없잖아?"

그게 문제다.

차라리 엄마가 만약 뻔한 최루성 영화나 드라마에 나오는 것처럼 어디서 목욕탕 청소를 하거나 이른바 '손놈'들을 매일 감당해야 하는 서빙 일로 생계를 유지했다면, 그랬다면 어쩌면 나도 엄마에게 나름의 감사함과 애틋함을 가졌을지 모른다. 원래 가족이란 오래 보지 않을수록 사이가 좋기 마련이니까. 엄마가 집 밖에서 아주 오래 일하고 주말에도 쉬지 못하는 직업을 가졌더라면, 그랬더라면 어쩌면, 차라리.

엄마는 매일 집에 틀어박혀 일했고 나를 하루 종일 괴롭힐 수 있었다. 돈까지 많이 벌었다. 유명했고 찬양하는 이들이 넘쳐났다. 조금 길었던 무명 시절은 오히려 뜨고 난 후의 서사를 더 완벽하게 만들어주는 양념이었다. 사람들은 힘껏 달려 터널을 스스로 나와 성공한 사람들의 이야길 듣기 좋아하니까. 엄마도 자신의 그런 점을 퍽 자랑스럽게 생각하는 듯 보였다. 책 한 권 없는 집 구석에서 자라 고졸에, 어느새 스포트라이트에서 멀어져 지금은 아무도 이름을 기억하지 못하는 선배들에게 믿기 힘든 수준의 모욕과 착취를 당하며 시다 노릇을 해야 했지만, 결국 본인의 능력 하나로 모든 걸 깨부수고 이겨낸 여자.

무엇보다 절절한 멜로 영화 속 주인공 같은 사랑을 했지만 비뚤어진 사회의 압박을 이겨내지 못한 채 버려져 미혼모가 되었다고 주장하는, 그러나 자기 펜 하나만을 휘두르며 마침내 그 옛날 사랑의 방해꾼들이 땅을 치고 후회하게 만들었다고 스스로 자부하는, 마침내 정상에 오른 그 여자.

곽문영.

엄마는 잘, 빨리, 계속, 가리지 않고 썼다. 블링블링한 하이틴, 날카로운 사회파, 두근대는 판타지, 쫄깃한 막장, 역사를 멋대로 비튼 퓨전사극까지 하여간 쓸 수 있는 건 다 썼고 대부분 성공했다. 다음엔 도대체 곽문영이 뭘 들고나올지 기대하는 기사를 심심찮게 볼 수 있었고 '역시 곽문영! 걱정을 기우로…' 같은 제목의 기사도 비슷한 빈도수로 등장했다.

나는 평생을 엄마와 비교당하며 살아야 했다. 곽용호. 이름 세 글자 말고는 아무런 색채가 없는 아이. 무기력한 존재. 회백색 먼지가 가득 내려앉은 캔버스 위의 엉성한 습작 스케치 같은 사람. 성격이 밝지도 않고 외모에 자신이 있는 것도 아니며 공부는 그냥저냥이고 그 어느 것에도 뾰족한 재능이 없는.

"너희 어머니가 곽문영 작가님이라면서? 선생님이 그 왜, 그 작품 진짜 좋아했는데! 있잖아, 그….."

학년 초 첫 상담 때마다 담임들이 하는 멘트는 하나같이 똑같았다. '그럼 용호도 학교생활 기대할게. 어머니 닮아서 잘하겠지!'라는 마무리도. 실망 역시 반복했다. 쟤 엄마는 그렇게 대단한데 쟤는 애가 영 야무지지도 못하고 능력도… 어떻게 저렇게 평범하지? 하고 교무실에 앉아 수군대면서.

그런 말을 나는 엄마에게 털어놓지 못했다. 엄마가 하루 종일 생각하는 것은 자기 작업뿐이니까. 하루 열다섯 시간 일하는 엄마를 방해해선 안 되는 게 내가 모녀 관계에서 배운 첫 번째 생존 방법이니까.

나는 지긋지긋했다. 나중엔 내 존재, 내 이름 석 자조차 그저 엄마의 특별한 존재와 서사를 쌓아 올리는 도구의 목적으로 만들어진 것이 아닐까 의아해질 정도였다.

나의 성적, 교우관계, 외모, 취향과 성격. 그 모든 요소에 전혀 관심을 두지 않고 오로지 자신의 커리어만을 좇던 엄마가 돌변한 것은 내가 스물아홉이 되면서부터였다.

"야."

"왜."

"거실로 와봐."

언제 들어온 건가. 말도 없이 며칠이고 집을 비웠었다. 아마 취재였겠지 싶었는데 으레 그랬듯 묻진 않았다. 돌아와서는 어딜 다녀왔는지 일언반구 없이 오라 가라 난리다. 나는 문을 열고 발을 질질 끌며 움직였다.

"약 지어왔으니까 먹으라고."

한숨을 쉬었다. 작년부터 자꾸만 안 하던 짓을 한다. 어렸을 때 끼니를 거르든 말든 신경도 안 쓰던 사람이.

"너 저번에 면접 떨어진 게 아무리 생각해도 낯빛이 안 좋아서 그래."

"그 사람들이 관상으로 면접 보는 줄 알아? 엄마 같은 줄 아냐고."

"내가 언제 관상 때문이라고 했니? 네 몸 생각해주는 거 아니야. 나이 든 양반들은 은연중에 그런 걸 다 신경

쓴다고."

"돈이 그렇게 남아돌면 나중엔 굿도 해주지 그래."

"너는 너 위해 이렇게까지 해주는데 뭐가 불만이니, 어?"

엄마는 답답하고 억울한 표정이었다. 아니, 지금 그냥 콱 죽어버리고 싶은 사람이 누군데 엄마가 저러나. 게다가 저리 오만상을 쓸 일인가. 다음엔 잘될 거라고 위로만 해주면 어디가 덧나나.

"제발 엄마, 나를 그냥 내버려둬. 어렸을 땐 방치하다가 이제 와서 이러는 이유가 뭔데. 다른 엄마들은 안 이런다고."

"야!"

"뭐가!"

"너는 지금 이 정도 집에 사는 게 다 누구 덕인데. 누구 덕에 그렇게 먹고 싶은 거 다 먹고 하고 싶은 거 다 하면서 살았는데. 잘난 것 하나 없는 애가 배까지 불러서…."

옳지, 그게 본심이지.

"여보세요 아줌마, 배가 잘못 불렀던 거 아줌마예요."

눈앞이 번쩍 튀었다. 손찌검까지 하기 시작한 건 작년부터였다. 그전에는 무관심했는데, 이제는 아주 작은 말에도 펄펄 뛴다.

"아무래도 옆집 애 태몽을 대신 꿔주신 것 같아요. 저는 아닙니다. 저는 아주 그냥 싹수가 노래서 인생 조질 팔자예요."

"누구 닮아서 그러는 거냐고, 진짜."

"아빠 닮았나보지. 그 사람이 나를 혼자 키웠어도 지금보다 행복했을 거야."

다시 한번 손이 날아왔다. 내가 뒤돌아서는 바람에 뺨 대신 머리 옆쪽에 충격이 왔다. 갑자기 뭔가 목구멍 속에서 탁하고 끓어오르며 눈가가 뜨거워져 나는 서둘러 마구 걸었다. 엄마가 뒤에서 고래고래 욕을 했다. 나는 귀를 막으며 속으로 중얼거렸다.

잘난 사람들은 절대 이해 못 하지. 엄마는 아주 잘나셨기 때문에, 그 힘든 상황들도 다 이겨내고 당신 원하는 삶을 쟁취했기 때문에 나 같은 사람을 이해하지 못하겠지. 아니면 별로 사랑하지도 않는 딸이 자기가 힘들게 번 돈을 갉아먹는 게 그렇게 아까워서, 그래서 얼른 월급이라도 벌어오라 닦달하는 걸까.

방으로 돌아와 침대로 엎어졌다. 핸드폰을 들어 연예

뉴스 탭을 보았다. 엄마의 이름이 메인에 떡 올라와 있었다.

곽문영, OTT 세븐믹스와 손잡는다!

또 엄마 혼자 골을 넣었다.

그러니 내가 더 한심해 보였겠지.

꼴좋다, 곽용호. 하긴 네가 언제 뭐 하나 제대로 잘 해낸 적이 있었어?

~

엄마가 공모전에 당선되기 전을 나는 어렴풋이 기억한다.

엄마는 진상 중에서도 최고의 진상인 작가들 밑에서만 보조작가 일을 했다. 나가떨어지는 동료들 사이에서 바짝바짝 말라가면서도 버텼다. 어느 날부터인가는 집에도 잘 들어오지 않았다. 외할머니가 경을 치고 외삼촌이 그릇을 집어던져도 소용이 없었다.

공모전 당선 기사가 나던 날에는 외할머니가 안방에서 가부좌를 틀고 앉아 엄마에게 당장 통장을 내놓으라며 패악을 부렸다. 통장의 액수가 얼마나 변했는지 나는 잘 모른다. 나는 숫자를 헤아리기엔 너무 어렸고 산수엔 언제나 젬병이었으니까. 다만 당신과는 죽어도 못 살겠다며 비명을 지르던 엄마의 목소리에 놀란 옆집 여자가 경찰에 신고했던 것은 확실히 기억한다. 경찰 아저씨들은 혀를 차며 엄마에게 물었다.

아니 딸이 되어서 낳아준 어머니한테 그렇게 소리를 지르는 게 사람이 할 짓입니까, 그게? 금수지 금수야.

엄마는 나를 데리고 바로 외할머니의 집에서 나와 독립했다. 내가 퉁명스런 양육자마저 잃고 완전히 혼자가 되었다는 뜻이다.

2년쯤 지나 방영된 엄마의 입봉작이 대박을 쳤다. 일이 물밀듯이 들어왔다. 엄마는 악의를 잔뜩 품은 사제처럼 자신을 괴롭히던 그 작가들보다 더한 거물이 되어버렸다. 돈도 여유도 생겼다.

물론 그게 하나뿐인 딸, 나에 대한 양육의 질을 보장하진 않았다. 나는 언제나 방치되었다. 쓸쓸하고 헛헛

하며 콧구멍과 눈이 자주 시린 아이였다. 아마 피 한 방울 안 섞인 남의 딸을 데려왔어도 이보다는 잘 보살폈을 터였다. 그런 선행을 한 자신의 모습에 취할 수 있었을 테니까. 피 한 방울 안 섞였으니 더 관대했겠지.

엄마의 팬들이 이런 속사정을 잘 알까. 미혼모란 사실을 그렇게 팔고 다녔으면서 정작 그 딸에겐 사랑 한 방울 주지 않는 작가의 휴머니즘 드라마를 어떻게 사람들은 감정 이입하여 볼 수 있는 걸까? 나는 가끔 엄마의 비밀을 누군가에게 폭로하는 짜릿한 상상에 사로잡히고는 했다.

그러지 못하는 건 내 생활비가 다 엄마의 주머니에서 나오기 때문이었다.

'하이라이팅리버사이드팰리스', 일명 '하리팰'로 이사 온 것은 내가 삼수 끝에 서울 시내의 4년제 대학에 간신히 합격했을 때였다. 그전까지 우리는 15년 정도를 내내 대건빌라에 세 들어 살고 있었다. 방값이 천정부지로 치솟는 동네에서 월세가 가장 싼 집이었기 때문이었다.

저렴한 게 당연했다. 주인집 노부부는 대건빌라의 1층 마당을 고물상으로 썼다. 빌라의 앞에는 온갖 폐휴지나 페트병, 캔, 소주병들이 가득했다. 그들은 참으로 알뜰도 해서 동네 어디서 짤랑, 병 내려놓는 소리만 나면 득달같이 달려가 그 쓰레기들을 들고 돌아왔다.

집주인씩이나 되는 사람들이 왜 그렇게 끔찍하게 굴어야 했는지는 모르겠다. 그렇게 살아야 집주인이 되는 걸까? 그 마당 때문에 온갖 벌레가 창궐하던 대건빌라의 3층은 엄마와 나의 차지였다. 엄마는 다리가 몇백 개쯤 되는 벌레를 봐도 우두커니 앉아 키보드만 두드릴 뿐이었다. 지독한 사람이었다. 나는 집에 들어가기 싫어 밖을 내내 맴돌았고 의문을 가졌다. 엄마와 이름 모를 내 생물학적 부친이 밤일을 치를 때 얼마나 많은 곤충의 눈들이 그 두 인간의 짝짓기 장면을 지켜보았을까?

마침내 대건빌라를 허물기로 결정이 되고 나서야— 그 나이 든 집주인들이 집보다 먼저 허물어진 후였다— 우리는 이사를 할 수 있었다. 어쨌든 대건빌라에서 하리 팰로의 이동이란 신분의 수직 상승이나 다름없었다. 땅값 비싼 한강 변에 넓고 아름다우나 무용한 녹지를 조성하곤 그 한가운데 딱 한 동만을 올린 아파트. 그 아파트의 펜트하우스가 대건빌라 다음의 우리 집이었다. 처음 이사 오던 날 이런 집을 엄마가 마련할 수 있다는 사실에 충격받았던 게 기억 난다. 어쩌면 엄마는 이런 집에서 살기 위해 악착같이 대건빌라에서 시큰거리는 손목을 붙들며 키보드로 칼을 갈았는지도 몰랐다. 그리마가 옆에서 지켜보든 말든.

~

"세븐믹스랑 하는 작품 시놉 좀 볼래?"

엄마가 난데없이 물어온 것은 따귀를 때린 일이 유야무야 넘어간 며칠 후였다. 때마침 인터폰이 울려서 나는 엄마의 말을 무시하고 인터폰을 받았다. 전화기 너머의 관리소장은 우리 출입문 앞에 자꾸만 먹지도 않은 배달 음식이 쌓여 썩은 내를 풍긴다고, 아래층의 항의가 빗발치고 있다고 아주 조심스럽게 말했다. 지금까지 몇 번을 말했으니 제발 지켜달라고. 나로서는 처음 듣는 이야기여서 자세한 설명을 요구했더니 엄마에게 주의를 준 적이 이미 대여섯 번이란 답이 돌아왔다.

나는 엄마를 돌아보았다. 엄마의 마른 어깨와 쑥 들어간 볼. 걸친 옷에서는 페브리즈 냄새가 진동했다.

나는 얼굴에 온갖 경멸을 최대로 노력해 드러냈다. 엄마는 아무렇지 않다는 듯 눈치도 없이 다시 말했다.

"한 번 봐. 네가 나한테 조언을 줄 게 있을 것 같으니까."

나는 대답하지 않고 수화기를 내려놓은 뒤 현관문을 열었다. 나도 닷새 동안 집에 처박혀 있느라 열지 않았던 문이었다. 관리소장의 말대로였다. 다섯 군데나 되는 음식점에서 배달 온 음식들이 쌓여 있었다. 맨 위에 있는 건 말라비틀어진 꽈배기 상자였다. 그 위로 날벌레들이 윙윙거렸다. 하리팰과 같은 고급 아파트에서 존재해서는 안 되는 개체들이.

03

S#1. 프롤로그
소나무가 가득한 숲속
어둡고 빛이 들어오지 않는 길

암전.
어디선가 끼요오- 하고 우는 소리가 난다. 함께 들리는
거친 숨소리.

미요(N) 열심히 몸 부서지게 살면 뭐든 잘될 거라고 어
린아이들에게 주입하는 사람들이 바글바글 몸 부대끼며
서로를 짓밟고 서는 땅인데.

조금씩 해가 뜨는 듯 밝아오는 길. 산길을 뛰는 사람의
낡은 운동화.

미요(N) 그런데 동시에 말도 안 되는 우상과 경구와 하

룻밤 꿈을 믿고서는 그 괴이한 것들이 기나긴 삶을 결정할
거라고 믿기도 하지.

뛰고 있는 미요의 등과 흔들리는 머리채가 보인다. 포니
테일을 한 미요.

미요(N) 그 모순을, 그 간극을 알아채는 사람도 물론
있어. 그러나 그렇지 못한 사회의 몸집이 너무 커서.

비틀거리지만 넘어지진 않는다.

미요(N) 너무 크고 무거운데 자신의 이성이 족쇄가 되
어 움직이지 못하게 해서, 그래서.

이번엔 커다란 나무뿌리. 미요의 낡은 운동화가 제대로
걸려든다. 넘어져 낙엽 위를 구르는 미요. 다행히 옆은 완
만한 경사로. 몇 바퀴를 굴러 내려가다 멈춘다.

미요 이런 씨이발!!!!!!!!!!

S#2. 양지바른 공터

미요가 멈춘 양지바른 공터. 대 자로 누운 미요. 가슴팍은 아직도 가쁘게 오르락내리락하고, 땀에 젖은 잔머리가 얼굴에 들러붙어 있다. 미요의 얼굴은 아직 어둠에 싸여 있지만, 해가 떠오르는 듯 곧 햇살이 비춘다. 얼굴에 검댕이 가득 묻어 있다.

미요 (탄식) 아….

미요, 손차양을 한다.

미요 (읊조림) 나한테 뭘 해준 게 있다고, 빛나면서 은혜로운 척이야, 저건.

미요, 입을 우물거리더니 침을 모아 뱉는다. 그 침이 그대로 미요의 얼굴로 떨어진다. 다시 어디선가 울리는 끼요오- 소리. 그리고 밝게 빛나는 해를 가리며 꼬리가 긴 새 하나가 날아 지나간다. 그 위로.

타이틀 - "드림 런쳐스"

~

"이게 인트로라고?"
"그런 셈이지."
"이건 또 뭔데?"

~

최미요(30, 여, 봉황) : 대학을 간신히 졸업했으나 N년째 일은 없고 취업 준비를 하지만 다 쓰러져가는 허름한 사무실의 비서 일에조차 뽑히지 못한다. 만나서 같이 노는 친구라곤 신내림을 받아 무당이 된 친구 리아뿐이다. 태몽은 봉황이다. 봉황인데, 그 봉황이 밧줄로 온몸이 묶인 채 서서 닭처럼 모이나 먹고 있었단다. 그래서 자기 인생이 이 모양 이 꼴이라고 여긴다. 어느 날 자취방이 불에 홀라당 타버리고 시간이 많단 이유 때문에 울며 겨자 먹기로 세입자 대표가 되어 건물주를 만난다.

~

"주인공 소개."

"나 보랍시고 만든 거구나, 그치."

나는 화를 내지 않으려 했다. 화를 내면 엄마가 원하는 대로 되는 거니까. 생전 내게 의견을 요청하기는커녕 무시하는 마음을 있는 힘껏 드러내기에 바빴던 엄마가 갑자기 이런 걸 보여주는 데에는 분명한 이유가 있으니까.

싸우자는 거지.

"응, 엄마가 요새 청년들에 대해 얼마나 비뚤어진 시각을 가졌는지 아주 잘 보여. 아마 나 때문이겠지. 아주 죄송스럽습니다. 그게 제 의견입니다. 굳이 듣고 싶으시다면."

"소재는, 태몽 컨설팅."

"뭐?"

"이 최미요라는 애 옆에 무당 친구가 있다고 했잖니? 걔 이용해서 태몽 점지해주는 굿하고 한탕 땡기는 이야길 쓰자고 하는 거지, 세븐믹스에서. 내가 첫 미팅 때 네 태몽 얘기했더니 다들 재미있어하더라고. 그래서 나온 얘긴데."

'태몽 컨설팅'이라고? 미쳤나? 사람들이 다 엄마가 그 랬듯 과학적이지도 않은 태몽에 홀라당 빠져서 멋대로 애 인생을 점칠 줄 아나 보지? 그런 멍청이들만 있는 세 계관이 재미있을 거라고? 세븐믹스 이 국제적인 양아치 들은 국뽕 한 사발 할 수 있다면 뭐에든 달려들 한국 사 람들 꾀어서 오리엔탈리즘의 끝을 구현하려고 아주 환 장을 한 걸까.

게다가 등장인물 소개로 미루어 보건대 내가 '도움을 줄' 수 있을 만한 요소는 취업에 철저히 실패하고 있는 젊은 백수, 최미요의 캐릭터를 구축하는 것뿐일 터였다. '다 쓰러져가는 허름한 사무실'이라. 내가 지원서를 넣었 던 회사들에 대한 비유겠지.

"네 말대로 내가 청년들에 대해 잘 몰라서. 네가 의견 을 주면 좋을 것 같은데. 젊으니까. 내가 해오던 작품들 에 불만도 많잖아, 너."

그렇지. 저렇게 공격을 하는 거지. 나는 턱짓으로 아 직 닫히지 않은 현관문을 가리켰다. 오직 자기가 들고 있 던 종이만을 보던 엄마의 눈길이 비로소 그쪽을 향했다.

냄새가 스멀스멀 들어오고 있는데도 본인 용건에만 집중해 알아채지도 못했던 모양이었다. 아니면 페브리즈를 콧구멍에 아예 장착하고 있거나.

"내가 가진 불만은 저런 거지, 차라리."

쪽팔리게 말이야…. 나는 들으란 듯 덧붙이며 엄마의 표정을 살폈다. 뻔뻔한 얼굴. 무엇이 잘못인지도 모르는 모양이었다.

"관리소에서 연락 왔다고, 방금 전에. 현관 더럽게 쓴다고 민원 들어왔다고. 아니, 미쳤어? 잘 나가는 작가면, 돈 많이 벌면, 펜트하우스 살면 음식물 쓰레기를 저딴 식으로 내놓아도 돼?"

엄마는 눈을 둥그렇게 뜨고 숨만 쉬었다. 나는 쿵쿵 발뒤꿈치를 바닥에 찧어가며 부엌으로 들어갔다. 고무장갑을 끼고는 다시 나와 숨을 참고 그 더럽고 무거운 쓰레기들을 한꺼번에 들어 올렸다. 집에 가지고 들어와 엄마 서재로 들어갔다. 너 미쳤니? 그제야 엄마는 정신이 들었는지 소리를 빽 질렀다. 알 게 뭐람. 나는 서재의 책상 위에 쓰레기 더미를 올려놓고서는 다시 말했다.

"아줌마, 아마 최미요란 인물 때문에 내 도움을 받고

싫었나 본데요. 아줌마는 아주 황금 같은 시대에 태어나 취업 준비 같은 건 한 적이 없고 항상 성공만 해왔으니까 속 썩이는 내가 이해 안 되겠지. 하지만 지금은 저주받은 시대고, 미안하지만 엄마 같은 꼰대가 나한테 그런 마지막 한 방울까지 쪽쪽 빨아가려 하면 평생 실패만 해온 나는 기분이 진짜로 더럽거든요? 엄마 세대 사람들이 먹을 걸 다 처먹어버린 바람에 지금 우리가 이렇게 실패하는 거라는 생각은 안 들어요?"

엄마는 기가 막힌다는 표정으로 나를 바라보고 있었다. 콧구멍이 벌름거리고 눈곱이 맺힌 속눈썹이 파들파들 떨렸다. 엄마가 입을 열었다.

"황금 같은 시대?"

"그게 아니면 뭔데?"

"네 걸 다 처먹어?"

"그게 아니면 뭐냐고."

나가. 엄마가 두 글자를 씹어 뱉고는 다시 네 글자를 왈칵 토했다. 당장 나가.

"나가라면 못 나갈 줄 알고?"

나는 등을 돌렸다.

04

죽도록 밉다는 감정을 엄마에게 가지는 딸 같은 건 아마도 사회 규범상 존재해서는 안 되는 것 같다. 드라마에서도 언제나 악역이 된다. 그 어떤 막장 서사에서도. 엄마의 '명품' 드라마들에서는 더더욱 금기시될 것이다.

그러나 나는 엄마가 죽도록 미웠다. 왜 하필 저런 사람이 내 엄마인지 코딱지만 한 시절부터 품어왔던 뜨겁고 쓴 의문이 계속해서 불티를 날리며 피어올랐다.

옛날 같았으면 코인노래방에서 두 시간쯤 소리를 지르며 울분을 토했을지 모른다. 하지만 하리팰이 우뚝 서 있는 동네는 코인노래방 따위는 전혀 뿌리내릴 수 없을 정도로 비싼 땅이었다. 차선책으로 버스와 지하철을 몇 번 갈아타곤 공항으로 향했다. 을씨년스럽게 텅 비어서 춥기까지 한 공항 의자에 드러누웠다. 꼭 외국에 취직해서 지긋지긋한 집구석을 떠나고 엄마와도 연을 완전히 끊어버리겠다는 상상을 하던 중고등학교 시절들을 떠올렸다. 그때만 해도 호기롭게 뭐든 이룰 수 있을 줄 알았고,

미래란 게 그렇게 남루하진 않을 거라 확신했다. 출국하는 기분을 내려 주말마다 공항에 출근해 밥을 먹고 구경하며 항공사 카운터 앞을 어슬렁거리다 돌아오는 게 한때 가장 큰 취미 중 하나였다.

지금의 공항은 하필 용과 호랑이가 부둥켜안고 폭스트롯을 춰도 주목할 눈이 몇 없을 정도로 한산했다. 배가 고파서 뭘 사먹으려고 했는데 공항은 물가가 엄청 비쌌다. 엄마의 계좌에 연결된 카드가 하나 더 있었지만 지금껏 한 번도 사용한 적이 없었다. 딱하고 처량한 내 자존심이었다.

이렇게 난 꼼짝없이 저 곽문영 씨와 지지고 볶으며 살아야 하는 걸까, 평생을.

물론 내게도 뇌란 게 있으니 알긴 알았다. 엄마가 아니었다면 살인적인 물가의 서울 땅에서 절대로 지금까지 이토록 편하게 살아올 수 없었을 것이며, 엄마의 원조 없이 나 혼자 독립했을 때 궁핍해질 생활을 내가 견딜 리도 만무하다는 사실을. 나는 어쨌거나 내가 그렇게 미워하는 엄마의 드라마와 그 주인공들의 등골을 쪽쪽 빨아먹으며 대다수의 사람들이 부러워하고 또 혐오하는 온실 속 화초로 자라났다는 사실을. 타고난 능력에 비해 이미 너무나 괴분한 것들을 충분히 얻어 왔으며 지나치게 익숙해졌다는 사실을. 심지어 사실은, 지금처럼 계속 취업에 실패한다 하더라도 엄마 돈으로 충분히 떵떵거리며 살 수 있다는 사실을. 그러니 내가 엄마를 이토록 미워하는 것은 분명 제삼자가 보기엔 한없이 비양심적인 짓일 게 분명했다.

나도 안다. 아는데, 엄마의 돈 따위 받지 않고 살고 싶다. 내가 사랑하지도, 나를 사랑하지도 않는 이에게 빚을 지고 싶지 않은 거다. 아주 어렸을 때부터 쓸모 있는 인간이란 증명을 받고 싶었으나 엄마는 내게 그걸 해주지 않아 왔고 해줄 수도 없다. 해줄 생각이 있는지조차 의심스럽다. 나를 키우며 돈 외에 무엇을 댔단 말인가. 그저 툭하면 그놈의 태몽 이야기.

그 태몽이 없었다면 나를 안 낳았을지도 모른다고 나는 생각한다.

내가 내 태몽을 골랐냐고.
내가 태어나고 싶어서 태어난 거냐고.

차라리 낳지를 말든가.

그렇게 나는 공항 의자에 눕다시피 늘어져 있었다. 주머니 속의 핸드폰이 드륵드륵 소리를 내며 진동할 때까지. 모르는 번호였지만 잽싸게 받았다. 혹시 몰라, 서류 추가합격이라거나 면접 보러 오란 말이라거나 아니면….

"혹시 곽문영 작가님 따님 핸드폰인가요?"

대뜸 엄마의 이름 세 글자를 뱉는 전화를 끊어버리지 않은 것은 수화기 너머 여자의 목소리에 물기가 가득했기 때문이었다.

"맞는데요."

"어머 세상에, 아버지 감사합니다… 따님 안녕하세요, 저는 머스트미디어 피디 오혜진입니다."

이름을 들어본 적이 있는 사람이었다. 10년 넘는 시간 동안 엄마의 수족이자 멘털 케어 담당이었다지 아마. 피디라기보단 차라리 매니저에 가까운. 엄마가 밥상머리에서 몇 번 언급한 적도 있었다. 오혜진이가, 오 피디가, 우리 혜진이가….

"작가님께서 연락이 두절되셔서요. 미팅이 있었는데

전화도 안 받으시고….”

“집에서 자고 있나 보죠.”

“댁에도 가 봤는데 안 계세요.”

“화장실에서 똥이라도 누고 있던 게 아닐까요?”

“제가 현관문 비밀번호를 알거든요. 실례지만 잠시 들어가도 봤어요. 그런데 어디에도….”

그렇구나. 역시 믿음직스럽지, ‘우리 혜진이’.

“혹시 작가님 어디 가셨는지 알고 계실까요?”

영혼의 단짝인 피디님께서 모르는데 모자란 제가 어떻게 알아요. 저는 곽문영이란 사람에 대해 대중들보다도 아는 게 없단 말이에요.

~

엄마는 진짜로 사라졌다. 한여름 아스팔트 도로에 내린 가랑비처럼 깨끗하게 증발해버렸다.

나는 오혜진의 전화를 받고 집에 돌아왔다. 벌레 새끼 하나 없었다. 혹시 몰라 엄마의 옷장을 뒤져보았다. 글 쓸 때마다 입는 엄마의 작업복 일곱 세트가 몽땅 사라져 있었다. 그제야 조금 안심이 되었다.

이건 가출이구나. 무슨 꿍꿍이가 있구나.

오혜진에게 전화를 걸어 상황을 설명했다. 그러니까
요, 엄마 작업복 아세요? 왜, 스님 옷 같고 회색에 펑퍼
짐한. 집에서 작업할 땐 우리 엄마, 그 옷밖엔 안 입거든
요. 근데 일곱 세트 다 없어졌어요. 그러니까 자의로 사
라진 거예요. 납치, 실종 아닙니다요. 걱정하지 마세요.
언젠가는 알아서 돌아올 거니까.

건너편에서는 잠시 말이 없었다. 통화가 끊겼나? 핸
드폰을 귀에서 떼곤 화면을 쳐다봐도 통화 시간은 멀쩡
히 계속 흐르는 중이었다. 여보세요, 라고 예의상 세 번
쯤 더 외친 다음 전화를 끊으려 할 때 수화기에서 불쑥
오혜진의 목소리가 다시 흘러나왔다.

"…돌아오시지 않으면요?"

"예?"

"왜 저한테 아무 말씀도 안 하신 걸까요? 돌아오시지
않으면… 그러면 무슨 일이 벌어지는지 아세요?"

나는 깜짝 놀랐다. 그 목소리의 질감이 무엇인지 정확
하게 알기 때문이었다. 모를 수가 없었다. 간신히 들어

간 대학을 마칠 즈음 캠퍼스에서 자주 굴러다니던 까끌까끌한 대화들. 그 질감과 딱 일치했다. 믿고 따른 미래의 꿈이 속절없이 와르르 무너지는 꼴을 지켜봐야 했던, 그 파편들에 이리 까이고 저리 까여 울퉁불퉁해진 사람들의 입에서 나오는 절망의 질감.

탈락, 파멸, 무능!

그런데 번듯한 직장이 있는 피디의 목소리에서 왜 그런 기시감이 든단 말인가? 당황하고 의아한 나머지 그만 만나자는 오혜진의 말에 휘둘려 약속을 잡고 말았다. 머스트미디어의 사무실은 상암동 인근에 있었으나 오혜진은 굳이 하리팰이 있는 동네까지 오겠다고 했다.

저는 상암동도 괜찮은데요, 오랜만에 서울 구경하게.

내가 말했지만 오혜진은 안 된다고 딱 잘라 말했다.

"누구에게도 들키면 안 돼요, 작가님 사라지신 거." 수화기 너머의 목소리가 조금씩 부스러지고 있었다. "이유는 만나 뵙고 설명해 드릴게요. 절대로, 절대로 아무한테도 이야기하시면 안 돼요. 아셨죠?"

내가 할 대답은 하나뿐이었다.

"만나서 얘기할 사람도 없어요, 저는."

05

"작가님께서 사라지시면 그대로 일자리 잃을 사람이, 배곯다 죽을 사람이 얼마나 많은 줄 아세요?"

일찍 와서 나를 기다리고 있던 오혜진은 음료가 나오자마자 자기 몫의 아이스 아메리카노를 잔째로 벌컥벌컥 들이켰다. 나는 휘핑크림을 베어 먹고는 케이크를 향해 포크를 뻗었다.

안다. 서당 개 삼 년이면 풍월을 읊는다고. 나도 엄마가 일하는 옆에서 지켜본 것들이 있으니까. 하나의 드라마 시리즈에 얼마나 많은 자본과 인력이 들어가는지. 툭하면 이뤄지는 임금 체불도 얼마나 심각한지. 투자받고 빚을 잔뜩 낸 후 그저 두 손을 모은 채 어쨌거나 히트해 본전을 찾기만을 빌어야 하는 이상한 산업. 누구에게도 믿음을 사지 못해 여태껏 실패만 해온 나로서는 이해할 수 없는 신뢰와 채무의 무한루프. 엄마는 그런 의미에서 많은 노동자들의 보험이나 마찬가지였다. 곽문영의 드라마라면 적어도 중박은 보장받으니까. 엄마는 어디선가 말한 적이 있었다. 자신이 쓰는 문장 하나하나에 몇백 명의 목숨이 걸려 있다고 되뇌며 작업한다고. 어디 대학교 초청 강연에서였나.

그런 데서는 좋은 얘기만 하지. 그 노동자들 생각해주는 것의 반의 반만큼이라도 나를 보살펴줬다면….

"그니까, 그걸 잘 아는 양반이 왜 가타부타 말도 없이 도망을 가 버렸는지 알려달라 이거죠?" 나는 엄마와 달리 좋은 사람 행세를 할 생각이 없었다. "전 정말로 답 없어요. 몰라요. 엄마랑 친하지도 않고. 안 싸우고 대화한 게 몇 년 전인지 기억도 안 나요."

오혜진은 목이 타는지 얼음을 입에 넣고는 씹었다. 복잡한 마음을 숨기지 못하고 눈알을 이리저리 굴렸다. 조금 미안했다. 이런 얘기나 듣자고 법인카드 받아 멀리서 온 게 아닐 텐데.

오혜진이 얼음을 다 녹여 먹고는 입을 열었다.

"그거 아세요?"

한숨 한 번.

"세븐믹스는요, 아무리 자잘하더라도 이슈나 사고 하나하나에 진짜 민감해요. 무언가 조금이라도 꼬일 기미가 보이면 그냥 걷어차 버려요. 어차피 자기들은 아쉬울 게 없다는 거죠. 갑이니까. 갑 중의 갑."

잘 알지. 마치 내 자기소개서의 작은 꼬투리 하나 잡고 물어져 떨어뜨릴 구실을 만들어내는 회사란 것들 같겠지.

"작가님 사라지셨다는 거 알면 그대로 다 물거품이에요. 위약금까지 물어내라고 하겠죠. 투자받은 거 다 토해내고 머스트미디어 전체가 폭삭 주저앉겠죠. 작가님이 간판이니까요. 이거 들어가길 기다리고 있던 스태프들도 다…."

오혜진은 나를 뚫어져라 쳐다보았다. 두 눈이 형형하게 빛났다. 푹 꺼진 볼이 성말라 보였다.

"그리고 오혜진이라는 사람은 이 업계에서 존재가치를 잃어요. 그냥 쓰레기가 돼요."

"왜요?" 나는 되물었다. "피디님은, 피디잖아요. 오래 하셨잖아요. 어쨌든 능력이 있으시니까 피디도 하실 텐데. 설사 머스트미디어가 잘 안 된다 해도 다른 데 이직하실 수 있잖아요?"

나처럼 비루한 취준생 앞에서 배부른 소리 한다고 생

각했다. 그러나 이어진 해명은 조금 달랐다.

"제가 이 판에서 어떤 별명으로 불리는지 잘 모르시죠? 제 존재는 완전히 곽문영 작가님 한정이에요. 사람들이 뒤에서 곽꼬라고 그래요. 죄송해요, 이런 말 하는 거. 곽문영 똥꼬라고."

나는 그만 입술을 앞으로 내밀며 푸 소리를 내고 웃었다. 그러나 오혜진은 웃지 않았다.

"저요, 작가님 만나기 전에는 죽기 직전이었어요. 제 의견은 마가 끼어 온통 나쁜 결말을 맞고, 현장은 거지같이 굴러가고, 손가락 하나라도 보탠 작품은 싹 다 망하고. 곽문영 작가님 만나기 전까지요. 작가님이 저 없이는 드라마 안 하겠다고 하셔서, 항상 저를 옆에 끼워주셔서 지금까지 벌어먹고 살았어요."

정말로 그렇게 힘들었을까, 아니면 내게서 공감을 이끌어내려는 과장일까.

"그런데 지금 없어지신다고요? 그럴 수 없어요. 저희 이 드라마 무조건 만들어야 해요. 무슨 수를 써서라도요."

"무슨 수를 어떻게 써요. 작가가 없는데."

말을 뱉고 나자 갑자기 머리가 팽그르르 돌아갔다. 눈앞에서 오혜진의 입이 달싹거렸다. 어떤 말이 나올지 짐작이 갔다. 이렇게 기막힌 눈치를 가지고 있으면서 어떻게 취직에는 그토록 족족 실패할 수가 있을까. 눈치를 측정하는 시험 같은 건 없을까. 남의 돈을 벌려면 가장 중요한 재능인데. 그런 건 성적표로도, 이력서나 자기소개서 혹은 각종 자격증이나 공모전 경력으로도 보여줄 수 없는데.

내가 생각했던 그대로를 오혜진이 정확히 뱉었다.

~

재능. 꿈. 세상에 과연 날 때부터 그 두 단어와 관련이 없는 사람이 있을까? 그렇지 않을 거라고 확신한다면 듣는 이들은 내가 너무 이상적인 생각을 한다고 평할까? 이상적인 게 아니라 사실은 절망의 표현이라고 말한다면 우습게 여겨 넘기진 않을까?

어려서부터 본 게 키보드를 두드리거나 책을 뒤적거리는 엄마의 모습이었다. 그 모습을 빼다 박게 된 건 어찌 보면 자연스러운 일이었다. 엄마에 대한 딸의 원망을 엄마가 사서 꽂아놓은 책들이 위로하는 모순적인 상황의 연속. 성장하는 연령대에 맞춰 책을 선물할 생각이 엄마에게는 없었기에 나는 어렸을 때부터 두꺼운 소설과 만화들을 더듬더듬 읽었다. 자극적인 장면들도 꽤나 나왔기 때문에 책장에 코 박고 있는 시간이 친구들과 놀러 다니는 시간보다 몇 배는 더 흥미롭고 짜릿했다. 그렇게 혼자 책 보는 애가 되었다. 물론 고추가 어디에 들어가는지 알려준 건 그 소설과 만화들이 아니라 엄마였지만… 그 소설과 만화들은 별로 예쁘지 않은 건 적당히 미화해 넘기기 일쑤였으니.

나도 집에서 펑퍼짐한 회색 옷만 입은 채 내가 만든 세계를 유영하는 삶을 살고 싶다고 생각했다. 장래 희망 자리에는 '작가'를 적었다.

그 어머니에 그 딸이구나! 선생들은 학년 첫날 그렇게 말했다. 아마 그게 그들에게 들은 거의 유일하게 호의적인 말과 받은 아주 얄팍한 관심의 전부일 것이다.

백일장이란 게 학창 시절 내내 있었다. 어디서도 상을 받지 못했다. 국어시험이란 것도 있었다. 왜 저 문항의 답이 4번인지 나는 이해하지 못했다. 대학입시야 말할 것도 없지. 그들의 눈에 나는 아무런 소득 없이 무익

한 소설책만 읽고 '간지 나는' 작가 생활을 분수에도 맞지 않게 바라며 시간을 축내버린 평범한 애에 불과했다.

엄마는 내가 책을 좋아하고 글을 매일 쓰는 걸 알았을까? 모르겠다. 엄마는 어떤 조언도 주지 않았다. 나로서는 참 모순되는 감정이 드는 일이었다. 생판 남인 지망생이 와도 이 정도로 무심하진 않겠다는 짐작에 서운하면서도, 막상 엄마가 내게 훈수를 두기 시작하면 견디지못하고 발끈할 거라는 사실을 그 누구도 아닌 나 자신이여실하게 알고 있었기 때문이었다.

~

"혹시 작가님 따라서 글 안 써보셨어요? 관심 없으세요? 다는 아니어도 괜찮아요. 그냥 작가님 돌아오실 때까지만, 그때까지만 어떻게 들키지 않도록 땜빵을 좀…안 되시겠어요?"

나는 급히 머리를 처박고 빨대를 물었다. 하고 싶은 말들이 빨대를 통해 부글부글 기포를 내며 음료가 담긴컵 안으로 들어갔다.

06

인생은 타이밍이라는 말이 있다. 운칠기삼이라고도 하고. 태몽 따위에 크게 데인 당사자라서 그런지 나는 그런 말 절대 안 믿었다. 눈에 안 보이고 근거도 없는 허깨비들만 믿고 의지해 복을 빌어보려 하는 이들을 현혹시키기에 딱 좋은 말 아닌가 싶어서. 계속해서 실패할 때 초현실적인 힘이라도 빌고 싶어 하는 자들이 있지만 나는 어떻게든 버텨서 원하는 걸 내 힘으로 쟁취하고 싶다는 환상을 아직도 가지고 있었다. 아마 엄마에 대한 반항심 때문에 더 그런 쪽으로 태도가 기울었는지 모른다.

그런데 아뿔싸, 오혜진에게 뾰족한 답변을 하지 못한 채 집으로 돌아온 그날 저녁 조용한 카카오톡 채팅방 목록을 주욱 내리다가 나는 일주일 전의 메시지에 이르러 스크롤을 멈추었다. 일부러 보지 않은 척하며 넘기려 들었던 메시지였다.

다들 잘 지내고 계시죠? 우리 한번 봐요. 닳고 닳아 어디에 머물지도 습기를 품지도 못한 채 내내 흩날리기만 하는 모래 먼지가 되었지만요.

3년 만에 활성화된 카카오톡 대화방. 말을 건 이의 프로필 사진을 물끄러미 바라보았다. 그 밑에 조금 더 긴 메시지가 이어져 있었다.

저는 아직도 4학년 휴학 중입니다. 그런 사람이 불러 모으는 자리니까 자랑하자는 판 아니에요. 서로 상처 주는 판도 아니에요. 옛날처럼 소중하게 사랑하는 빚에 대한 이야기만 하고 싶어요. 사는 빚 말고 사랑하는 빚이요.

~

냉소적인 사람은 사실 가장 약하기 때문에 자신을 보호하기 위해 가시를 세우는 거라고 그 애는 말하곤 했다. 그러면 나는 대꾸했다. 글쎄, 난 내가 약한지 잘 모르겠는데. 하지만 알고 있는 건 딱 하나 있지. 그러면서 내 두 팔을 익숙한 실루엣의 목에 두르고 웃었다.

나는 너한테 약해.

처음엔 뭐 저런 애가 다 있나 싶었다. 싫어하려 노력

했다. 다른 애들은 처음부터 그 애를 좋아하지 않았다. 그 애가 내뿜는 환한 빛을 업신여겼다. 생각해보면 그리 놀랍지는 않은 일이다. 문학동아리에 제발로 찾아온 고등학생치고 우울감에 빠져 자기와 남을 학대하지 않는 어린애가 과연 얼마나 될까? 행복하게 살려면 즉시 버려야 마땅할 우울감을 소중히 간직하고 꼴 먹여 키우며 그에게서 글, 그놈의 '글'이 길어 올려지기를 동아리 아이들은 모두 바랐다. 그러나 안타깝게도 그 과정에서 얻은 것은 서로를 할퀴는 능력뿐이었다.

그 애가 유일한 예외였다. 항상 밝고 명랑했다. 다정하고 예쁜 말을 힘주어 하고 그 언어를 그대로 종이 위에 옮긴 후 무시당했다. 그래도 소리를 내며 웃었다. 그럼 어떻게 해, 나는 희망찬 게 좋은데. 걔는 그렇게 말했고 그런 식으로 살았다.

내 첫 애인 함장현의 이야기다. 문학동아리 '윤슬'에서 만나 고1 여름부터 고3 여름까지 2년을 사귀었다. 그 애가 일주일 전, 셔터 내리고 거미줄 친지 오래인 윤슬의 단체 대화방에 만나자며 운을 띄운 것이었다.

'사는 빚 말고 사랑하는 빛이요.'

너다운 문장이라고 나는 중얼거렸고 애써 잊으려 노력
했던 그 메시지에 마침내 답을 했다.

~

자리에 앉았다. 오랜만이라고 어설픈 인사를 한 후 근황
을 나누고, 술을 마시고, 안주를 먹고, 또 술을 마시고….
주최자의 말 때문이었을까. 나는 이제 그 누구의 앞에
서도 하지 않는 이야기들을 거기서는 슬그머니 꺼낼 수
있게 되리라 기대했다. 예컨대 요새 푹 빠져 밤새워 읽
은 책이라든가 눈물을 펑펑 쏟게 만들었던 영화라든가.
나 역시도 이미 그런 생활에서 멀리 떨어져 있었으면서
괜히 남들에게 기대를 품는 반칙을 저질렀다. 특별한 순
간을 내게 주었으면 하고.
그러나 흐르는 이야기는 온통 주식이나 코인, 부동산
같은 것들이었다. 대화가 조금이라도 끊기면 애들은 나
를 보면서 게걸스러운 눈으로 물었다. 야 용호야, 너희
어머니 회당 얼마 받으시냐? 너희 어머니 건물 몇 채 사
셨냐? 너는 걱정 없어서 좋겠다, 야.

나 취직을 못 했는데. 내가 대답하자 다들 손사래를 치며 목청을 높였다. 야, 네가 취직 시장에 지금 뛰어드는 건 기만이지! 어머니 돈 가지고 불리기만 하면 될 걸 왜 남의 기회까지 뺏으려 드냐? 옳소! 야 용호야, 돈 불리는 거 진짜 쉬워. 모르면 있잖아, 배우면 되지. 책이랑 유튜브 좀 보면 금방이라고. 아니 내가 너였으면 당장 이걸 이렇게 사서 저렇게, 그렇게….

너 그 돈 안 불리고 있으면 진짜 등신이다?

모임을 주최한 장현은 자리에 앉아서 입을 꾹 다물고 있었다. 나와는 인사 한마디 한 게 다였고 잠시 생기를 얻었던 것은 두어 달 전쯤 세계 유수의 문학상을 받은 국내 소설가가 잠시 화제에 올랐을 때뿐이었다. 그마저도 대화의 끝은 상금 많이 주냐, 야 서울 오피스텔 한 채도 분양 못 받는 돈이라더라는 입방아였다. 장현이 입을 뗄 기회는 없었다.

"너는 요새도 책 많이 보나봐."

2차가 마무리될 때쯤 결국 내가 먼저 장현에게 다가가 슬그머니 말을 걸었다. 장현은 내가 먼저 다가온 것이 놀랍다는 듯 둥그런 눈을 더 크게 뜨다가 만면에 미소를 띠었다.

"전공이니 뭐. 근데 요샌 드라마도 많이 본다?"

"너 원래 드라마 안 봤잖아."

"휴학을 오래 하면서 보게 됐어."

장현은 휴학하면서 난생처음으로 죽고 싶다는 생각이 들었다고 말했다. 그 밝던 애가. 오늘 꼭 죽으리라, 발견하는 이가 최대한 충격받지 않도록 약을 먹고 곱게 죽으리라, 결심이 섰던 날 저녁 엄마와 함께 일일드라마를 봤더랬다. 평소 자신이 우스워하고 무시했던 막장 일일드라마였는데 그게 너무 재미있어서, 화면이 멈추고 주제곡이 나오는 순간 자기도 모르게 벌떡 일어나 소리를 지르게 되어서, 다음 날의 내용이 너무 기대되어 미칠 것 같아서 그만 죽겠다던 생각을 아주 까맣게 잊고 말았다고 그랬다.

고등학교 다니던 시절 나는 장현이 밝게 빛나고 내 모난 부분을 부드럽게 감싸줄 수 있는 사람이어서 좋아했지만, 엄마를 몰라서 더 좋았다. 그 애가 엄마의 드라마에 관심이 없어서. 나를 곽문영의 딸로 보지 않을 거니까.

그런데 드라마에 익숙해졌다는 지금은 나를 다르게 볼 수밖에 없을까?

"어머니가 편찮으셔서 간병을 한 지 몇 년 됐거든. 그러다보니 둘이 나란히 앉아서 드라마를 엄청 보게 되더라고."

"어머니가 어디… 많이 안 좋으셔?"

"몸이 아프신 건 아니고, 일종의 특이한 치매랄까…. 그래서 아빠 일 나가셨을 땐 내가 내내 보살펴드리지. 그러느라 좀 오래 휴학했어."

힘들겠네. 나는 생각했다. 고등학교 다니던 내내 장현의 집은 경제 사정이 괜찮았던 적이 없었다.

술이 더 들어가니 둘이 옛날처럼 글과 이야기에 대한 수다를 떨게 됐다. 장현은 아직까지도 매일 자발적으로 이야기를 쓰고 있었다. 신기해. 나는 턱을 괸 채 장현을 물끄러미 바라보았다. 편의점 야간 아르바이트를 하며 쓴 글에 대해 이야기하는 장현의 말을 자르며 내가 말했다.

"너 옛날에 글 정말 재미있게 잘 썼는데."

"에이, 무슨. 합평 때마다 욕먹은 거 생각 안 나? 대가리가 꽃밭이라고. 깊이도 없다고."

"난 좋았어. 누군가는 행복한 글도 써야지."

장현이 대답했다. 요새 쓰는 글은 더 행복해졌어. 인물들은 다 이상한 구석이 있는데 언제나 마지막엔 행복해져.

"진짜?"

"어. 의식적으로 그렇게 한다? 안 그럼 힘들어서. 아버지는 쉬셔야 하는 나이에 경비 하시고. 엄마 병은 불치병이고. 사실 고등학교 졸업할 때까지만 하더라도 내 인생에 행운이 찾아올 거라는 기대가 있었는데. 내가 생각해도 나름 착하고 성실하게 살았으니 보답이 오지 않을까 하고. 이젠 그런 가능성을 기대해선 안 될 것 같더라고. 그래서 글에서라도 이루고 싶어서 맨날… 웃기지? 그런 글은 어디 공모전에서 당선될 것도 아닌데."

장현은 그러더니 고개를 저으며 내가 별 얘길 다 한다, 그만 징징댈게, 하고 웃었다.

나는 그만두고 싶지 않았다.

"난 네 글이 그래서 좋았다니까."

내가 말하자 장현은 고개를 꾸벅 숙이더니, 그렇지만 함장현 네 글은 예술이 아니고 똥인 걸요, 똥! 하고 낮게 외치고는 웃었다. 그 옛날 그 말을 했던 아이는 저쪽에서 열을 올리며 시장이 어쩌고저쩌고 논하고 있었다. 30여 분 전까지 내게 집요할 정도로 오랫동안 재산의 규모를 묻던 아이였다. 고등학교 시절에는 《호밀밭의 파수꾼》이며 《캐치-22》를 줄줄 외웠던 애.

똥이라니. 장현은 그 애에게 그런 취급을 받아서는 안 됐다. 마음이 부서졌다. 가장 오래 기억 속에 간직해왔던 옛날의 순수, 나의 환상이자 우상, 세상을 행복하게 볼 수도 있다는 가능성을 제시해주는 만화경. 깨지게 둘 수 없었다.

그래서였을까. 나는 나도 모르게 물었다. 저기, 장현아, 혹시 있잖아….

07

셋 이상이 알게 된 비밀은 더 이상 비밀일 수 없단 말은 도망칠 구석이 있는 인간들이나 할 수 있는 얘기다. 비밀을 어디 슬쩍 누설한다고 하더라도 아사할 걱정 없는 사람들이나. 그래서 우리 셋은 똘똘 뭉칠 수 있었다.

이 업계에서 곽문영 작가가 없으면 존재가치를 전혀 인정받지 못한다는 오혜진.

어머니는 투병 중이고 아버지는 경비원이며 취직은 가장 안 된다는 국문과 전공 휴학생 함장현.

그리고 그 번듯한 집인 하리팰의 관리비를 내는 것마저 버거운 나, 곽용호까지. 한 달 몇백만 원의 관리비는 대건빌라에서 청소년기를 보낸 곽용호에게는 조용히 현실이 된 괴담과도 같았다. 학교 쉬는 시간에 애들에게 듣고선 꺅꺅댄 후 잊었는데 혼자 집에 가는 길에 다시 만나게 된 긴 머리의 얼굴 없는 여자 같은 그런 느낌.

반신반의하던 오혜진은 나와 장현이 함께 작업한 샘플 원고 몇 개를 받더니 점점 마음을 열었다. 셋이 처음으로 모인 자리에서 장현과 오혜진은 거의 복숭아나무 아래에서 칼로 각자의 손가락을 잘라 혈서를 쓰는 이들처럼 굴었다. 오혜진은 일일드라마 덕분에 죽지 않은 장현의 이야기를 듣곤 코까지 흘리며 울었다. 나도 그런 시절이 있었거든요. 먹먹한 목소리로 오혜진은 외쳤다. 나에게도 드라마가 나를 죽이는 게 아니라 살리던 시절이 분명히 존재했걸랑요. 꿈이 내 전부이던 시절이. 지금은요? 지금은 유통기한 지난 꿈이 나를 목 조르고 있지.

막차 장소는 서울 한복판에서 메추리구이와 말고기 육회를 판다는 요상한 포장마차로 오혜진이 혼자 자취하는 오피스텔의 지척에 있었다. 완전히 취한 오혜진을 먼저 들여보내고 우리는 거기 앉아서 옛날 이야기를 했다.

좋은 이야기만 했다. 우리가 동시에 보란 듯 사랑하고 기꺼이 나 자신이라는 인간을 만드는 유의미한 요소로서 받아들였던 타인의 창작물 이야기. 책은 책이고 영화는 영화고, 연극은 그저 연극이었던 시절. 돈이나 사업적 싸바싸바에 대한 이야기가 금기시되던 시절을 어린 채로 함께 통과했던 우리가 훌쩍 커버린 후의 당혹감에 대해서도 이야기했다.

"네 이름이 크레딧에 들어가지 않는다고. 야, 진짜? 진짜 그것마저도 괜찮다 이거야?"

내가 고개를 꾸벅이며 거듭 물을 때마다 장현은 똑같이 취해서는 되받아쳤다. 이게 처음일 것 같아? 나는 이미 많이 당해서 돈 낭낭하게 준다면 아무 이의 없어. 돈이 최고잖아. 그런 말로. 또박또박 깔끔하게 말하지는 못했다. 발음은 사정없이 꼬였고 각각의 단어를 두세 번씩 뱉었다.

나는 슬펐다. 그 애가 그렇게 말하는 게 자조적이어서. 말로는 '돈이 최고'라고 하지만 정작 자기 자신은 절대 그런 식으로 행동하지 않으니까. '돈이 최고'인 것처럼은 절대 행동하지 않는 사람이 '돈이 최고'라고 입을 뻥긋대는 것은 이백 퍼센트의 자학일 뿐이었다.

우리는 그날 포차가 영업을 끝낼 때까지 먹고 마셨다. 나는 장현이 화장실에 간 사이에 계산을 끝냈다. 장현은 못내 미안해했다.

～

"실례하겠…습니다."

"나밖에 없는데 뭘 실례해."

"그래도 남의 집인데."

장현은 내가 내준 손님용 슬리퍼를 신고는 꾸벅 인사를 했다. 슬리퍼는 내가 하리팰에 이사 온 후 가장 먼저 산 생활용품이었다. 슬리퍼를 신고 쏘다녀도 될 만큼 넓은 집에 살게 되었다는 사실을 온전히 감각하고 싶었기 때문이었을까, 아니면 엄마와 둘이 살며 내내 발바닥에 까끌까끌한 잔해들이 묻어나오는 바닥을 걸어 다니는 게 지긋지긋해서였을까.

아무리 쓸고 닦아도 대건빌라의 방바닥은 계속 나를 근지럽게 했었다.

나는 놀고 있던 방 하나를 공동작업실로 만들었다. 가용한 현금의 규모 차원에선 피차 빈궁한 처지였으니 광활한 하리팰의 구석에서 키보드를 두드리는 게 나을 것 같다고 오혜진이 조언한 덕분이었다. 집에 제삼자를 들이는 걸 엄마가 허락할지 잠깐 의문이 들었지만 곧 곱게 접었다. 멋대로 뭐라고 할 거면 왜 멋대로 집을 나갔대? 게다가 오혜진은 비밀번호까지 아는데.

"오 피디님 아까 연락 왔어. 탐정 사무소 찾아가셨다나 봐. 내일부터 조사한대."

"요새도 탐정이 있나."

"심부름센터 같은 거겠지 뭐. 다른 곳 조사하다가 필요하면 집 조사 요청하겠대."

"근데 용호야, 이거 다 자료야?"

"응. 엄마 서재에서 찾았어."

엄마는 내 예상보다도 훨씬 더 방대한 자료들을 서재에 모아두고 있었다. 태몽뿐 아니라 민간신앙에 대한 온갖 도서('교양서'라 할 수 있을까? '실용서'라고 말하기에도 뭔가 이상했다)에, 논문 출력물에, 영상 자료가 담긴 외장하드까지. 그에 더해, 메모, 메모, 메모. 자료라고 할 수 없을—예컨대 '10월 12일 오후 8시 용호 9만 7천 원 결제 문자. 뭘까?' 같은—정보들까지 산더미처럼 쌓인 채였다. 메모는 중구난방이었으나 자료는 색인까지 완벽했다. 엄마가 이렇게 정리를 잘하는 사람이었던가. 자료들을 공동작업실로 옮겨놓으며 나는 혼자 조금 중얼거렸다. 이리 잘 정리 정돈할 수 있을 거면서 왜 나 태어난 후 20여 년 동안 집안일은 엉망진창으로….

"돈 받는 일이랑 아닌 거랑 다르잖아."

장현이 난데없이 말하는 걸 보니 내가 나도 모르게 생각을 입 밖으로 낸 모양이었다.

나는 장현이 그 자료 더미를 보고 시작하기 전부터 질려버릴까 조금 두려웠다. 너무 방대했고 장현이 선택하고 기획한 소재도 아니었기 때문에. 마치 합불을 기다리는 지원자의 마음으로 장현의 표정을 바라보는 기분이 요상했다. 나 왜 이러지. 너무 치열하게 취준을 했나. 그래서 눈치 보는 자세가 본능적으로 체화된 걸까….

그때 장현은 말했다.

"야, 용호야. 어떡하지. 재밌겠다. 진짜 재밌겠다."

내가 그 어렸을 때 반했던 단단하고 냄새나는 걱정을 순식간에 허물어버리도록 만들어주는 눈빛을 다시 보이면서.

글을 오랜만에 썼지만 속도는 오히려 빠른 편이었다. 장현이 계속해서 칭찬해주기 때문이기도 했다. 그럴 때마다 나는 민망한 척 얄궂은 그 애의 등만 퍽 소리 나게 때려대고는 했다. 하지만 나도 그렇게 아무것도 못하는 사람은 아니었다는 자신감이 드는 걸 막을 수는 없었다.

장현은 윤슬에서도 글을 가장 잘 쓰는 부원이었다. 대학에서 국문학까지 전공했으니 처음부터 믿을 수 있었고 역시 기대를 저버리지 않았다. 기본적으로 연구자의 자질을 갖춘 애라서 드라마 대본과 관련된 온갖 책을 다 읽더니 급기야는 방송 작가나 지망생들이 모인 카페에까지 가입해 열심히 그 생태계를 탐구했다. 그러고는 내게 이런저런 정보를 전해주었다.

"기획안만 해도 여섯 번씩 엎어지는 건 기본이래. 대본은 더 그렇고. 나중엔 고치다 고치다 지쳐서 자기 대본이라는 생각도 안 든다는데. 피디들이 원하는 걸 텍스트로 뱉어내는 공장 같은 느낌이 든다고. 멘털 잘 챙겨야 완주할 수 있대."

나는 장현을 가만히 바라보았다.

"너는 괜찮겠어?"

내 물음이 아니었다. 장현의 물음이었다.

참 매사에 열심히 사람. 이건 우리 드라마가 아니라 엄마의 것이었다. 당장 내일이라도 엄마가 돌아온다면 자리를 내놓아야 했다. 우리가 쓴 대본을 낚아챌 수도 있었고 폐기해버릴 수도 있었다.

오혜진이 만족하지 못할 수도 있었다. 당신들 글솜씨 못 믿겠으니 그냥 다 같이 자폭해버리자며 버럭 소리를 지른 후 경찰에 실종 신고를 해버릴 수도 있었다. 그런 상상만 하면 밤에도 잠이 안 왔는데, 키보드에 손가락이 올라가지를 않았는데, 장현은 그런 가능성을 생각해보지도 않은 사람 같아 보였다. 그저 눈을 크게 뜨고 손가락을 빠르게 움직일 따름이었다.

글을 쓰지 않는 시간에는 나를 웃게 만들었다. 특히 엄마가 기획한 주인공의 주변 인물들을 만들어내면서.

강리아(30, 여, 뱀) : 미요의 고등학교 동창. 세계 최고의 작가를 꿈꾸던 문학도였지만 석사 1년 차에 신병을 앓았다. 그때 정신과를 드나들며 돈을 많이 잃었다. 그냥 받아들일걸. 경갑 장군에게 사사했다. 전공 덕에 워낙 썰을 잘 풀어 돈을 기가 막히게 많이 번다.

"이건 자해야. 자해는 하지 말자." 나는 웃다 말고 장현의 눈치를 보았지만 놀랍게도 나보다 장현이 더 많이 웃었다. "원래 창작은 자아 성찰에서 시작할수록 찰떡이라고."

사공진(30, 남, 태양) : 생부는 교회를 열심히 다니는 동시에 무당 경갑 장군을 신봉하는 직업군인 출신의 준재벌. 태몽엔 태양과 나팔꽃이 동시에 나왔다. 경갑 장군이 무슨 꿍꿍이에서인지 이 태몽을 '해가 떠야만 간신히 피어나는' 인간의 것으로 폄하해 어려서부터 집안에서 내내 수난을 당했다. 오래된 빌라 한 채를 물려받았는데 세입자들은 모두 자신을 관리인으로 알고 있다. 그마저도 불에 홀라당 타버린다.

"젊은 청년을 관리인으로 착각하려면…."
"아주 찐따 같아 보여야 하는 거."
"그런 찐따를 사람들이 드라마로 보고 싶어 할까?"
"나는 좋은데."

전이정(35, 남, 노루) : 강리아가 내림굿을 받기 전 다니던 정신과의 담당의. 취미는 차와 시계 바꾸기, 술 마시고 SNS에 감성 글 올리기. 사공진과는 대학생 때 했던 수학 과외 선생과 제자 사이. 그 인연으로 가끔 사공진을 만나 인생 훈수를 둔다.

"그런 놈들이 있었어. 돈을 숭상하면서도 돈을 숭상하는 자기 자신의 모습을 정당화하느라 다른 사람, 예를 들어 나처럼 가난한데 거기 만족하는 듯 보이는 인간을 사정없이 깎아내리고 바보 취급해. 그렇게 행동하면 자신이 덜 속물 같아 보이나봐. 그런 인물이면 어떨까 해."
　네가 보기에 나도 속물 같을까. 나는 그땐 웃지 못했다.

08

오혜진에게서 전화가 온 것은 대본을 송부한 때로부터 겨우 반나절이 지난 뒤였다. 스피커폰 모드를 설정한 수화기 너머에서 흘러나오는 목소리는 매우 빠르고 높낮이가 가팔랐다.

"만나요. 빠른 시일 내에. 제일 빨리 볼 수 있는 때가 언제예요."

나는 장현 쪽으로 고개를 돌렸다. 장현은 파들파들 떠는 시늉을 하더니 소리는 없이 입만 벙긋거렸다. '백수'라고. 나는 아무 때나 괜찮다고 말하려다가 일주일 뒤로 날짜를 이야기했지만 오혜진은 고개를 저었다. 너무 늦다고 했다. 결국 이틀 뒤 만날 약속을 잡고 통화를 끝냈다.

"왜 굳이 늦게 보려고 해?"

장현이 물었다. 나는 가감 없이 있는 그대로를 대답했다.

"무서워."

또다시 실패할까봐. 그만두자는 소릴 들을까봐. 아무

래도 못 써먹겠다는 말을 들을까봐. 그럼 그렇지, 하고 괜한 기대를 했다는 무언의 핀잔 어린 눈빛을 받을까봐. 무엇보다 다시금 아무 일정이 없는 하루하루를 버텨야만 하게 될까봐.

세상의 그 누구도 내 존재를 필요로 하지 않는 하루라는 건 얼마나 긴지. 평생 엄마는 내가 밖에서 사람을 만나고 섞여 드는 걸 좋아하지 않았다. 정작 나 자신이나 내 삶엔 관심도 없으면서 내가 연을 맺는 사람에 대해서는 집착이라고 표현할 수 있을 정도로 실낱 하나까지 알아내려 애썼다. 주로 그들을 깎아내렸다. 그게 참, 사람을 돌게 만드는 일이었다. 장현이 거의 유일하게 엄마의 추적을 피한 지인이 아니었을까. 친구랑 공부하러 간다고만 말하면 쉽게 외출이 용납되는 유일한 나이대였으니 말이다.

관계를 차단당하는 삶이 반복되니 사람 얼굴을 마주했을 때 어떤 식의 표정을 지어야 하는지, 말투는 어떻게 다듬어야 하는지, 내가 어떤 모습이 되어야 보편적인 기준에 준하는 평가를 얻어낼 수 있는지 점점 알지 못하게 되었다.

너는 그 음침한 표정 언제 풀래? 졸업논문을 지도하던 교수가 내게 물었을 때 나는 그 순간 한번 크게 소리 내어 웃기만 하면 된다는 생각조차 못 하고 그저 손을 떨고만 있었다.

그런데 무섭다는 내 대답에 장현은 나도, 하고 숨을 푹 쉬듯 말을 뱉었다. 예상하지 못한 대답이었다.

"쓰레기를 썼다고 발로 차이고 손절당할까봐 몹시 두렵다고."

"야, 너는 잘 쓰잖아!"

"옛날엔 네가 나보다 욕 덜 먹었어."

그랬나?

"같이 무서워하자, 야. 어쩔 수 없어. 우리 이제 운명 공동체야."

그런 건가?

"그니까 같이 돌파할 생각이나 하자고."

장현은 그렇게 말했다.

"서로 으쌰으쌰 좀 해주자. 잘하고 있다고. 어차피 결과물은 우리 둘이 같이 만든 거잖아."

장현이 화장실에 간 사이 오혜진에게서 다시 전화가 걸려 왔다. 셋이 잠깐 만난 후 장현을 먼저 들여보낼 수 있겠느냐고 묻는 전화였다. 머스트미디어의 대표가 나를 만나고 싶어 한다면서.

엄마가 사라진 걸 모르는 고용주. 첫 대본이 엄마의 것인 줄로만 아는 사람 말이다.

~

머스트미디어의 대표 박찬호는 동명이인인 야구 거물만큼이나 말이 많은 사람이었다. 그러나 작가 곽문영이 더 이상 얼굴을 드러내지 않고 딸인 곽용호를 통해서만 소통하기로 했다는 보고를 오혜진으로부터 전해들었을 때는 입을 꾹 다물고 30분 동안 아무 말도 내뱉지 않았다고 했다.

"저 진짜 살벌해 죽는 줄 알았잖아요. 평소엔 다들 사장님 제발 입 좀 다물었으면 좋겠다고 그렇게 염불을 외웠는데 막상 입 다무니까 무서워서. 저는 진짜 뻥 안 치고 콩팥이 다 떨리더라고요."

나는 오혜진의 말을 듣는 둥 마는 둥 하면서 카페의 통창 너머로 멀어지는 장현의 모습을 애타게 보고 있었다. 내 눈길에 갈고리라도 생겨 저 애가 입은 티셔츠의 후드를 낚아채 다시 내 옆에 앉힐 수는 없을까, 하고.

그 마음이 장현에 대한 애정에서 나온 것이었는지 아니면 미안함에서였는지는 모르겠다. 나 자신의 정확한 마음을 알아채기 전에 우리 역시 자리에서 일어나 머스트미디어가 세 들어 있는 건물을 향해 걸음을 옮겨야 했으니까.

내가 대표실로 들어갔을 때 박찬호는 시퍼런 서슬을 감춘 채였다. 나는 '드라마란 무엇인가? OTT 서비스의 강세, 한국 드라마에는 위기인가 기회인가? 머스트미디어의 비전은 무엇이며 얼마나 더 크게 성장할 것인가? 해외 시장에서 한국 문화는 얼마나 대단하게 평가받고 있는가? 땡전 한 푼 없는 젊은이였던 박찬호는 어떻게 드라마계의 큰손으로 성장했는가? 그동안 얼마나 많은 역경이 있었는가?'로 이어지는 모놀로그 연극을 오혜진과 함께 관람해야만 했다. 물론 추임새와 감탄사가 이어져야만 하는 관객 참여형 연극이기도 했다.

나는 엄마의 수족이 된 착한 딸을 연기했다. 박찬호의 심기를 거스르면 돈줄이 날아갈 것 같다는 위기감 때문이었다. 장광설에 고개가 꺾이고 눈이 잠기려 들 때마다 '하리펠!'이라는 세 글자 단어가 내 정신머리에 죽비를 내리쳤다.

"그런데 곽 작가님은 갑자기 왜 잠수래? 일이라면 눈동자 돌아서 달려들던 양반이."

"집필에만 집중하고 싶으시대요⋯."

"하긴 1화 대본 보니 색이 완전 다르긴 하더라만. 그런데 굳이 이렇게까지 숨을 필요는 있나."

나는 그의 눈치를 보았다. 심장이 쿵쿵대고 입 안이 말랐다. 박찬호는 내 얼굴을 잠시 요모조모 훑어보는 듯하더니 대학은 진즉에 졸업했다고 했지 아마? 하고 물었다.

"네."

"취업은 아직이고."

나는 대답하지 않았다. 박찬호는 묘한 표정을 지었는데 그 입에서 '그럼 그렇지. 혼자 일 잘만 하던 양반이 왜 갑자기 매니저랍시고 딸을 부리나 했더니', 하는 말이 나왔어도 나는 놀라지 않았을 것이었다.

"뭐 좋지. 이쪽이랑 일하다 보면 또 좋은 기회 생길 수도 있고."

박찬호는 그렇게, '좋은 게 좋은 거'라 결론을 내렸다. 내겐 익숙한 취급이었다. 곽문영 작가의 골칫덩이이자 모자란 딸 취급받는 것.

집에 돌아오면서 장현에게 전화를 걸었다. 정신을 차려보니 이미 손가락이 그 애의 프로필 사진을 찾아 통화 버튼을 누르고 있었다.

"힘들었지?"

그 애는 여보세요, 라고 말하지 않았다. 바로 내가 원하던 말을 해주었다. 그 질문이 아니었더라면 나는 그저 허깨비 같은 소리만 늘어놓다가 전화를 끊고 한숨을 쉬었을 텐데 그 애는 언제나 그랬듯, 그런 이야기를 해도 괜찮다고 토닥이는 식의 짧은 물음으로 대화를 시작했다. 나는 걷는 내내 박찬호가 얼마나 우스운 꼰대인지, 몰려오는 졸음을 참는 게 얼마나 고역이었는지를 이야기했다.

박찬호가 장현의 존재를 알지 못하고 그 사실에 장현

이 어떤 감정을 가질지는 애써 보지 않으려 했다. 하리 팰 단지를 내내 빙빙 돌면서. 아직도 집에 도착하지 않아 전화를 끊을 수 없는 것처럼 떠들어댔다. 장현은 내내 내 이야길 들었다. 가끔 목소리가 핸드폰에서 멀어진 듯 작게 들릴 때가 있었는데 그때마다 나이 든 여자의 음성이 섞여 들었다. 뭐라고 말하는지는 잘 들리지 않았다. 어머니 보살펴드려야 하면 그만 끊자. 내가 말하자 장현은 대답했다. 둘 다 할 수 있어. 나, 유능하잖아.

'유능'은 오혜진이 우리 둘을 앞에 두고 썼던 어휘였다. 1화 대본에 대한 내부 반응이 너무 좋았다고, 자신이 예상한 것보다 훨씬 잘해주었다고, 유능한 분들을 만나 너무나 안심이 된다고.

장현은 웃었다. 좋아서 웃는 웃음이 아니라 맥 빠져서 웃는 소리에 가까웠다.

"좀 이상해. 기분이 이상해."

장현이 지망생 카페에서 보고 들은 대로 우리는 끝없는 질책과 수정의 늪에 빠질 채비를 단단히 하고 있었기에 오혜진의 느닷없는 극찬이 불안했다. 나는 벤치에 앉아 두 다리를 허공으로 번갈아 차올리며 생각했다. 어쩌면 우리는 불안해야만 하게끔 키워진 것은 아닐까. 나는 호기로운 척을 했다.

"우리 둘 다 성공의 경험이 너무 없어서 이러는 걸지도 몰라."

"아, 그런 걸까 용호야?"

"어. 맨날 성공하는 인생이었으면 그냥 아, 내가 또 하나 성취했구나, 하고 별것 아니게 넘어갔을지도 몰라. 뭐, 야, 우리가 잘하나봐!"

그러니까 너무 가엾고 불쌍하게 굴진 말자. 낯선 성공의 경험을 온전히 누려 보자, 우리. 나는 그 벤치에서 핸드폰이 뜨거워질 때까지 앉아 있었다. 전화를 끊고 보니 한 시간 사십 분이 지나 있었다.

집에 올라가고 싶지 않았다. 그제야 그날 종일 오혜진에게 엄마의 실마리를 찾았는지 묻지 않았단 걸 자각했다.

09

"세븐믹스랑 조건 협상할 때 요구가 메인 연출을 자기들이 정하겠다는 거였어요. 머스트 쪽에서 절대 터치하면 안 된다고. 곽문영 작가님조차도 안 된다고요."

"엄마가 그 요구를 받아들였다고요?"

오혜진은 마치 누가 듣기라도 할 것처럼 연신 주위를 돌아보았다. 평일 낮의 지하철 플랫폼은 한산했다.

"굴욕적이지만 어떡해요. 세븐믹스잖아요. 돈이 도는 사업이란 게 참 웃기거든요. 그딴 자존심 따위 돈 앞에선 아무것도 아닌 거라. 세븐믹스랑 할 수 있다? 머스트로서는 재고 따질 게 없었어요. 작가님한테는 머스트에서 읍소한 거나 마찬가지였죠."

"그럼 바로 오케이하신 거예요?"

"협상하는 척이야 했죠. 가운데 낀 사람들만 고생하면서. 메일 한 통 쓸 때도 말 고르고 수백 수천 번 생각하고. 원래 회사란 게 그렇잖아요. 삐끗하면 무조건 아랫사람 탓을 할 테니까."

"피디님이 하셨겠네요. 엄마는 언짢아하지 않았어
요?"

"절대로요. 작가님은 정말 나이스한 분이시니까. 앞과
뒤가 똑같은. 작가님들 중에 안 그러신 분들 많거든요.
무슨 말인지 아시죠? 작품이랑 사람이 다른…. 그런데
곽 작가님은 언제나 친절하고, 올바르고, 무엇보다 앞
과 뒤가 같았어요."

약속 시간 20분 전 도착한 카페에 앉아서 세븐믹스가
낙점했다던 메인 연출을 기다리며 나는 오혜진의 말을
계속해 곱씹었다. 내가 엄마를 부당하게 인식했던 걸까.
엄마는 앞과 뒤가 똑같은 사람. 그 표현은 아마도 '자신
의 신념 그대로를 행하는 사람'이라는 말과 동치. 만약
그 태도가 일터에서뿐 아니라 엄마의 삶 전체를 일관되
게 관통하며 지배하고 있었다면, 그렇다면 나를 어렸을
때부터 그런 식으로 키운 깃도 엄마의 신념이란 이야기
가 된다.

현실 때문에 어쩔 수 없던 게 아니라 정말로 엄마가 원
해서 나를 방치했다는 얘기.

~

    내가 기억하는 엄마의 정체성은 시간순으로 따지자면 총 세 가지다. 백수, 보조작가, 그리고 입봉한 작가. 나를 낳을 때 엄마는 백수였고 외할머니 집에 얹혀사는 중이었다. 그 전에 뭘 하고 살았는지 나는 모른다. 엄마에게서도 외할머니나 외삼촌에게서도 들은 적이 없다.

    보통 사람들의 첫 기억은 네다섯 살 때의 것이라고들 하는데 나는 아니다. 수많은 물건들이 허공을 가르며 날던 장면을 분명히 떠올릴 수 있다.

    나는 누워 있었고 그 물건들은 내 몸의 아주 근처까지 와서 낙하했다. 엄마가 혼자 소리를 지르는 중이었다. 나는 본능적으로 위협을 느끼며 자지러지게 울었다. 단언컨대 누구의 얘기를 듣고 만들어낸 기억이 아니다. 누구도 그때 무슨 일이 있었는지 말해준 적이 없다.

    그날 이후 엄마가 눈에 띄게 변하기 시작했단 사실만이 확실했다. 엄마는 그전보다 더 내 시야에 보이지 않았다. 손길도 드물어졌다. 나는 아직 제대로 된 의사소통이 불가능한 아기였고 대관절 무슨 일이 일어나고 있는지 누구에게도 물을 수 없었다.

남의 집에선 김치를 물에 씻어서 준다는 것을 내가 처음 알게 될 때쯤 엄마는 한 연속극의 보조작가로 채용되었다. 그 연속극이 방영되는 내내 엄마를 본 기억은 거의 없다. 엄마는 일주일 중 대부분을 합숙하며 보냈다. 나는 외삼촌이 운영하던 작은 문구점의 한쪽 구석에서 혼자 놀았는데 너무 걸리적거린다는 이유로 쫓겨나는 일이 잦았다. 그다지 귀여운 애도 아니어서 동네 어른이 거둬준다거나 하는 일은 일어나지 않았다. 외할머니는 나를 호되게 대한 적은 없지만 엄마의 얼굴만 보이면 역정을 냈다. 그 화의 근본적인 원인이 내게, 정확히는 아빠도 없는 나에게 있다는 걸 나는 알았다. 여섯 살짜리는 바보가 아니다.

엄마는 보조작가를 두 번 했는데 한 번 할 때마다 기진맥진해 몸을 가누지 못하며 돌아왔다. 머리카락이 뭉텅이로 빠져 정수리가 휑하니 드러났고 오래 잠을 잤다. 난 머리숱이 아주 많았다. 외할머니가 부엌 가위로 잘라주었기에 길이는 들쭉날쭉했다. 엄마는 내 머리를 한 번도 땋아준 적이 없었다. 근처 교회 유치원에서 나오는 아이들을 구경하고 있노라면 머리 모양밖에는 보이지 않았다.

입봉 후 나와 함께 집을 나올 때 외할머니와 외삼촌은 홀가분해 보였다. 어쩔 수 없이 맡았던 큰 짐을 드디어 내려놓는다는 듯. 짐을 빼기 전날 할머니는 화장실 바닥에 신문지를 펼쳐놓고 나를 불러 머리를 잘라주었다. 우리 아가 보고 싶어서 어쩌나. 가위질하는 소리 사이로 할머니의 목소리가 들렸을 때 나는 할머니의 말이 거짓임을 반쯤 짐작하면서도 어쩔 수 없이 외치고 말았다. 할머니, 나는 안 가면 안 돼?

할머니는 주저 없이 대답했다. 헛소리하지 마라.

사람을 데면데면하게 대하며 애정을 쏟지 않는 성정은 어쩌면 집안 내력인지도 모른다. 그래서 할머니와 외삼촌은 엄마를, 엄마는 나를 사랑하지 않았다. 나는 그렇게 결론을 내렸다. 모두 다 그런 사람들이라 서로 상처받지 않고 살았는지 모른다고 여겼다.

사랑을 갈구하며 그 사랑을 퍼줄 대상을 찾아 연신 싸돌아다니는 돌연변이는 이 핏줄을 물려받은 이들 중 오로지 나뿐이리라고.

마침내 입학한 초등학교에서도 방과 후 수업을 그토록 많이, 오래 듣는 아이 역시 나뿐이었다. 중학교 때도, 고등학교 때도 학교에 가장 오래 남아있는 아이는 반드시 나였다. 메인작가가 된 엄마에게 보조작가들이 붙었고 그들은 좁은 대건빌라로 매일 출퇴근했다. 내 방은 그들의 휴게공간이 되었고 나는 자연히 집에서 멀어졌다. 방에 버티고 앉아서 소유권을 주장해봤자 지나친 인구밀도에 숨만 턱턱 막혔다.

나 잘되라고 엄마가 뭐 해준 게 있어? 실패할 때마다 나는 그렇게 따졌고 엄마의 대꾸는 항상 같았다. 내가 안 해준 게 뭔데?

"학교 보내, 방과 후 보내, 학원 보내. 밥 먹여, 잠재워. 내가 할 수 있는 건 다 했는데 왜 네가 엉망진창으로 버리고 나서 내 탓을 하니? 그조차도 받을 수 없는 아이들이 얼마나 많은지 아니? 불행한 사람들이 얼마나 많은지 네가 아냐고?"

그렇게 싸웠을 즈음 엄마는 나이가 다 차는 바람에 보육원을 떠나게 된 아이들이 부모를 찾으러 가는 드라마를 쓰고 있었다. 그 드라마는 대 히트했다. 매화마다 펑

펑 울었단 사람들이 넘쳐났다.

나는 그래도 어느 순간까지는 믿었다. 엄마가 일부러 그러지는 않았을 거라고. 잘 키우고 싶은데, 이야기 나누고 예뻐하고 사랑 주며 키우고 싶은데 일이 너무 힘들어서 그랬을 거라고. 한번 단추를 잘못 끼우기 시작하니 계속 밀렸을 뿐이라고. 그게 엄마의 본심은 아니었을 거라고.

안 마른 수채화 위에 떨어뜨린 물감이 번져 색을 망치듯 서서히, 나는 엄마가 이런 방식의 양육에 가책을 느끼지 않는다고 확신했다. 정말로 내게 해야 하는 걸 다 해주었다고 생각하는구나. 하긴 누구든 보이는 대로 가늠한다면 그럴 것이었다.

그 얼마나 선망의 대상인가. 일과 자식 교육이라는 두 마리 토끼를 냅다 잡아낸 여자. 심지어 평범한 '일'도 아니고, 대중의 입에 오르내리는 히트작을 몇 편이나 써냈는데. 그와 견주어보면 자식 교육은 딱히 잘된 것 같지 않아 보일 수도 있다. 삼수에도 딱히 좋은 대학에 들어갔다 말할 수 없고 취직에 내내 실패하는 딸을 가지고…

그걸 두고 '자식을 교육했다'라고 말하긴 무리겠지.

다른 이들은 고개를 끄덕이며 이해해줄지도. 그래, 사람 인생이 완벽할 수는 없지, 하고 말이다.

그들의 수긍에 나라는 사람이 없다.

자신의 신념에 매달려 일에서는 크게 성공한 이가 자식 교육에선 원하는 만큼을 성취하지 못했으니 결국 잘못은 내 쪽에 있는 걸까.

많은 사람들은 그렇게 생각하는 것도 같았다.

~

"여기, 우리 피디님이십니다."

남자가 대동한 이를 인사시켰다. 키도 손도 발도 컸다. 머리를 시원하게 넘겼다. 구겨진 곳 하나 없이 딱 떨어지는 정장 차림. 이목구비는 섬세했다. 어떻게 왁싱을 한 건지 턱에 수염 자국 하나 나 있지 않았다. 고작 그런 걸로 이 사람의 첫인상을 가늠하는 내가 소스라치게 싫었다.

무엇보다 어려 보였다. 아무리 관리를 잘했다 하더라

도 백번 양보해 서른다섯 혹은 그 아래일 가능성이 훨씬 컸다.

"주민호입니다."

나는 답으로 묵례하며 옆에 앉은 오혜진을 돌아보았다. 오혜진과 조금 더 오래 알았더라면 저 표정이 어떤 감정을 드러내고 있는 건지 알아챌 수 있었을 텐데.

"저는… 곽문영 작가님 매니저예요."

나는 내 앞에 앉은 저 새파랗게 젊은 피디가 내가 곽문영의 딸이란 걸 전혀 몰랐으면 했다. 제발, 절대로.

이유는 단순했다. 주민호를 소개한 세븐믹스의 무슨 실장이라는 남자가 계속해서 주민호의 유일무이함에 대해 떠들어댔기 때문이었다. 얼마나 대단한 사람인지, 어떻게 자라 어떤 길을 걸어왔으며 어떤 상들을 받았는지. 이름도 모르는 상들이었으나 저렇게 자랑할 정도면 대단한 것이겠거니 했다. 짤깍짤깍 박수를 치는 오혜진의 옆에서 나는 점점 발로 밟은 우유 팩처럼 쪼그라들었다.

알고 보니 나와 동갑이랬다.

저런 걸 '갓생'이라고 하나.

저런 이가 나를, 장현을, 이 밑바닥 청춘들이 먹고살

기 위해 어쩔 수 없이 형편없는 샤머니즘에 올인하는 서사를 이해할 수 있을까.

아니다, 오히려 더 잘 배울 수도 있다. 수단과 방법을 가리지 않고 공부해낼지 모른다. 자신에게 주어진 일을 모두 성공시켰던 그 능력이라면 충분히.

이 드라마가 끝날 때쯤이면 나처럼 비루한 청년 빈곤의 실상마저 자기 경험처럼 잘 알게 될지 모르는 일이다. 나보다도 더. 어쩌면 장현보다도 더.

어디든 공감하고 울어줄 수 있을 것이다. 그리하여 또 한 번의 성공을 거두고 조금 더 대단해질 것이다.

"내 마음이 너무 이상했어. 그 사람이 나랑은 하등 관계없는 길을 걸어왔다는 걸 빤히 아는데, 시기할 이유가 하나도 없는데 왜 가슴이 따끔거리고 기분이 나쁠까. 왜 무시당하는 기분이 들까. 내가 그런 기분을 느낄 권리가 있는 사람도 아니면서. 정말로 실력이 출중하겠지. 아주 어렸을 때부터 무진 노력을 해서 그 자리에 올라간 사람이겠지. 부당한 기회를 얻고 이용하려 드는 건 오히려 우리가 아닌가? 그러니까 우리 이름도 넣어달라는 말도 하지 못하고 엄마 이름 뒤에 숨는 건 아닐까?"

장현은 가만히 듣고 있었다. 연애하던 시절 같네. 떠들면서도 나는 난데없는 감상에 빠져들었다. 장현은 내가 태어나 살면서 처음이자 마지막으로 만나본 상담사였다. 어렸을 때도, 지금도.

엄마에겐 언제나 꾸지람만 들었다. 그런 건 이제 좀 알아서 할 나이 아니니? 엄마가 가장 많이 쓰는 말버릇이었다. 가르쳐주지 않았는데도 언제나 왜 모르느냐고 따졌다. 어린 시절부터 반복된 타박. 발가락 사이를 꼭 씻어야 한다는 걸 왜 모르니? 똥을 누고 밑을 닦는 방법을 왜 모르니? 밥상머리에서 입 벌리고 씹으면 안 된다는 걸 왜 모르니? 이해가 안 돼 정말. 너는 누굴 닮아 그렇게 모자라니?

"우리랑 똑같은 나이에 메인 피디라는 게 가능한가? 이거 내 열등감인가. 너는 아무렇지 않아?"

"좋겠다는 생각? 근데 사실 나는 상상부터가 잘 안 돼. 비슷한 걸 본 적도 없으니 뭐."

장현과 나는 우리 집 거실에 앉아 장현이 사 온 떡볶이를 나눠 먹고 있었다. 연애할 때 자주 가던 분식집에서 사 온 떡볶이. 대체 어떤 비법을 써서 가져왔는지는 몰라도 식지도 불지도 않았다. 장현은 떡볶이를 한 입 먹을 때마다 서울의 전경이 보이는 통창을 지그시 응시하길 반복했다.

자린고비냐, 통창에 굴비 붙여놨냐. 내가 핀잔을 주자 장현은 대답했다. 이렇게 서울을 본 게 처음이어서. 사람들은 저렇게 많은 집 중에 내 집 하나 없다고 생각한다는데 난 그게 아니라 저렇게 많은 집에 사는 사람들 모두가 아등바등 해먹으려고 드니 모두가 이렇게 힘들지, 안쓰럽다, 라는 생각이 먼저 들어.

제일 안쓰러운 네가 뭣 하러 남들을 신경 써. 그러고는 또 혼자 속으로 답했다. 하긴 너는 항상 그랬지. 어쩌면 아무도 좋아하지 않았던 내게 그렇게 다정했던 이유 또한 그거였을지 몰라.

정작 입 밖으로 나온 말은 나나 장현이 아니라 또다시 주민호의 이야기였지만.

"주민호는 그런 어려움 모를 테지."

"신경 쓰지 마, 용호야." 장현이 깨끗한 새 젓가락으로 떡을 집더니 치즈를 둘둘 말아 내 앞접시에 내려놓아 주었다. "우리는 그냥 최선을 다해 잘 쓰자. 피디도 믿자. 좋은 사람일 거야. 잘해줄 거야. 나중엔 막 피디님 너무 좋아 죽겠다고 하는 거 아닌가 몰라."

"뭐래. 너는 어쩜 그렇게 긍정 마인드냐."

너는 우리가 온전히 뭉개지지 않고 이 시간을 통과할 수 있을 거라 생각해? 나는 속으로 물었다. 장현아, 나는 잘 모르겠어. 나는 엄마에게 항상 잘못됐단 이야기만 들었거든. 멍청하단 평가만 이어졌거든.

내가 만약 '너만큼' 지원받았다면 지금쯤 뭐가 되어도 됐을 거라는 얘기만 엄마에게서 골백번 들으면서 자랐어.

~

2화, 3화, 4화. 계속해서 대본은 무사통과되었다. 우리는 직장인처럼 일했고 중간에 점심을 같이 배달시켜 해결하곤 했는데 언제부터인가 밖에 나가서 저녁까지 함께 먹는 날이 점점 잦아졌다.

일부러 멀리 나가서 먹었다. 누가 먼저랄 것도 없이 그렇게 제안했다. 아홉 시간 동안이나 처박혀 있던 동네에서 저녁까지 먹고 싶지는 않았다. 하리팰에서 멀어질수록 마음이 편해졌다. 그렇게 식사를 같이할 땐 맥주 한 병을 시켜 나눠 마시고 배를 통통 두드리며 산책도 했다.

"사는 것 같다."

걷다 어느 벤치에 앉아 나는 장현에게 말했다.

"사는 것 같아. 정시에 출근하고 정시에 퇴근하고, 내 돈 벌고, 제때 밥 먹고 이렇게 산책하면서 내일 할 일 생각하는 게 이렇게 좋은 일이구나 싶어.”

　장현 쪽에서 아무 대답이 오지 않아서 왠지 재차 나 자신을 정당화해야만 할 것 같았다.

　“이제야 일 인분 하는 인간이 된 느낌이야.”

　장현의 숨소리가 조금 달라졌다고 느낀 것은 나의 착각이었을까? 사람이 감각하는 방법을 오감의 수용기로만 한정한다면 작동 기준도 그와 비슷할 테고 그렇다면 사람은 조금 정교한 기계랑 다를 바가 없을 것이다. 그렇다면 나는, 엄마가 평생을 걸쳐 내게 드러내던 논리에 따른다면 설계가 잘못되어 작동하지 않는 기계이므로 버려져야 마땅했다.

　나는 어쩔 수 없이 여섯 번째 감각이 존재함을 보여야 했다. 그래서다. 그래서 자꾸만 지금 내 곁에 붙어있는 유일한 사람이 조금씩 전하는 파동에, 그 작은 관심에 소동물처럼 움찔거리는 것일지도.

　그때 진동 소리가 울렸다. 장현의 전화였다. 액정에 뜬 ‘우리엄마’라는 네 글자를 나는 물끄러미 바라보았다. 잠깐만. 장현이 말하며 벤치를 떴다. 나는 비로소 내가 묻고 싶은 게 무엇이었는지 알아냈다. 그러나 그저 속으

로만 곱씹으며 다시 산책하는 커플들과 가족들, 개의 목
줄을 손에 쥔 사람들과 주인을 사랑 가득 담긴 눈으로
쳐다보는 동시에 발톱으로 찹찹 소리를 내며 걷는 개들
을 바라보았다.

내가 이런 기분을 느껴도 되는 걸까.

엄마가 없는데 말이야.

지금 지나다니는 저 사람들이 이 사실을 알게 된다면
얼마나 욕을 하겠어.

저년은 사람이 아니라고 말이지.

장현은 하리팰로 출근하지 않는 날에는 하루 종일 엄마와 함께 시간을 보낸다고 했다. 장현의 어머니가 앓는 '특이한 치매'란 게 어떤 병일까 궁금했지만 꼬치꼬치 캐묻는 것처럼 보일까봐 나는 그냥 입을 다물었다. 주말 동안 쉬고 돌아오면 장현의 볼은 언제나 푹 꺼져 있었다. 그런데도 걔는 내내 따뜻했다. 어렸을 때 내가 왜 그애를 좋아했는지 의식하지 않고도 기억을 불러낼 수 있었다. 나는 그 애가 차가운 하리팰의 대리석 바닥에 지피는 군불을 멀뚱멀뚱 쳐다보기만 하다가, 집에 돌아가고 나면 슬그머니 엉덩이를 끌고 그 옆에 앉아 두 손바닥을 가까이 댄 채 불꽃이 널름대는 모양새를 지켜보는 기분으로 살았다.

어쩜 저렇게 한결같을 수 있을까 생각하면서. 장현이 부모가 된다면 어떨까 상상하면서.

오혜진에게 전화가 온 것은 장현이 쉬던 날이었다. 드디어 탐정이란 작자가 뭔가를 알아냈다고 했다. 수사에

착수했다는 말을 들은 것도 한참 전이고 이후로는 전달받은 결과가 없었으니 처음 듣는 진척 상황이었다.

"외할머니 돌아가셨을 때 누가 조문 왔는지 혹시 기억하세요?"

지금 엄마의 위치였다면 화환도 조문객도 미어터졌을 텐데. 엄마가 독립한 지 얼마 안 되어 세상을 떠난 외할머니의 식장은 한산한 편이었다. 엄마가 처음으로 메인 작가를 맡은 드라마가 3화를 막 송출한 시점이었다. 그때 엄마는 아주 바빴다. 무시무시하게 바빴다. 상복을 입고 빈소 옆의 쪽방에서 계속 글을 썼다. 상주 완장을 찬 외삼촌은 내게 부조함을 맡기고 테이블을 옮겨 다니며 술을 마셨다. 어른들이 이름을 쓰고 봉투를 집어넣는 광경을 나는 의자에 앉아 상복 치마에 숨겨진 다리를 달랑거리며 지켜보았다. 꼭 확인해야 해. 봉투랑 방명록에 이름 적는 거. 안 그러면 빈 봉투 넣는 새끼들이 있다고. 외삼촌은 술에 취한 와중에도 몇 번이고 내가 앉은 쪽으로 다가와 중얼거렸다. 잘 보고 있지? 돈 비면 다 우리 귀엽고 이쁜 용호 책임인 거 알지?

낮에도 밤에도 내내 돈통을 노려보고 있어야 했다. 그

나마 가장 나를 잘 챙겨주는 가족원이었던 외삼촌의 으름장이 내 몸을 의자에 매어놓았다. 엄마는 딸이 잠을 못 자든 말든 관심도 없이 일만 하는 중이었다. 가끔씩 방송사나 제작사 누구누구라고 조문 온 사람을 맞는 것 외에는. 그들의 테이블 앞에 함께 앉아 고개를 주억거리는 얼굴에는 초조함과 짜증, 성마름의 기색이 역력히 돌았다. 나는 그 표정을 잘 알았다. 어린 내가 떼를 쓸 때마다 엄마가 짓곤 하던 표정이었다.

"너무 어렸을 때라서요… 사람이 많지 않았다는 것만 기억나요. 대부분 외삼촌 쪽이었고… 나중에 부조 계산할 때 엄마 쪽 사람이 너무 적어서 외삼촌이 비꼬고 그랬던 건 생각나는데…."

"그런데 그 중에요, 혹시 승복 입은 사람은 없었어요?"

그 사람이라면, 잊을 리가 없었다.

돈다발을 외삼촌의 눈앞에 보란 듯 흔들며 부조함에 집어넣은 그 사람의 존재 때문에 엄마가 외삼촌의 앞에서 큰소리를 낼 수 있었으니까.

그 사람이 온 것은 이틀째의 밤이었다. 엄마가 전혀 다른 얼굴을 하고 맞은 유일한 조문객이었다. 왁자지껄 떠들며 화투를 치는 외삼촌의 친구들에게서 엄마는 등을 진 채 앉아 있었다. 그 조문객은 엄마의 맞은편에 자리를 잡았기에 부조함 앞에 있는 내게는 뒷모습밖에 보이지 않았다.

아마 앞모습을 봤어도 얼굴을 기억할 수는 없었을 터이다. 그 조문객은 모자를 쓴 승복 차림이었으니. 본디 머리털이 없으면 사람의 얼굴을 인지해내는 게 어려운 법이다.

엄마의 그런 얼굴을 보는 게 내겐 난생처음이었던 것도 엄마의 맞은편에 앉은 그가 내게 등을 돌리고 있었기에 기억한다.

"있었어요. 기억나요."

"그 승복 입은 사람이 작가님 사라지신 거랑 연관 있는 거 같아요."

"맙소사."

그때 그 사람 맞은편에 앉아 있던 엄마의 얼굴에 돋은 솜털 하나하나의 방향까지 세세하게 떠올랐다. 신뢰와 애정이 가득했던 표정.

"와, 탐정이란 사람 진짜 대단하네요. 어떻게 그 옛날 일에서 실마리를 찾아내요? 저도 완전히 잊고 있던 일을…."

오혜진은 대답했다.

"그러니까 전문가죠. 이 시대에 남의 돈 벌기가 좀 어려워요?"

~

엄마의 서재로 들어온 것은 자료를 낑낑대며 옮긴 날 이후 처음이었다.

서재에는 하리펠 입주가 확정된 이후 엄마가 가장 먼저 주문한 가구인 커다란 원목 책상이 하나 있었다. 좋은 자재로 만들었다는데 문외한인 나는 그 수종을 듣고 돌아서자마자 까먹었다.

엄마가 사라진 후에도 서재를 이 잡듯 뒤질 생각은 하지 못했다. 해서는 안 될 것 같았다. 이제는 아니었다. 다 엎어야 했다. 그게 엄마를 잃은 딸이라면 응당 이성을 잃고 실행해야 하는 절차였다.

내가 엄마와 싸우며 올려두었던 쓰레기에서 흘러나온 물 자국이 아직도 조금 남아 있었다. 괜히 죄책감이 들었다. 그래서 일부러 소리를 내어 중얼거렸다.

엄마라면 가장 애지중지하며 믿고 따르는 것들을 어디에 뒀을까, 답하자면 당연히 책상이겠지, 엄마가 앉아 일하는 곳, 곽문영이라는 개체의 존재가치를 책임지는 곳, 밑바닥에서 이뤄낸 성공과 그 방식의 표본 같은 곳… 하고 말이다.

첫 번째 서랍에는 필기구와 메모지, 립밤과 핸드크림이 들어 있었다. 두 번째 서랍에서는 부엌에서 가져왔을 주전부리가 몇 보였다. 그 포장지를 보니 엄마가 사라진 후로 얼마나 시간이 흘렀는지가 확연하게 느껴졌다. 부엌에 있던 사탕과 초콜릿들을 나와 장현이 작업하며 모조리 해치운 것도 한참 된 일이니까.

마지막 서랍은 비교적 묵직했다. 조금 움직이다 말고는 덜컹거리며 열리지 않았다. 몸을 숙이고 눈을 그 틈 사이에 갖다 대어 보니 안에 커다란 상자가 있었다. 거의 서랍의 높이만큼 커다란 상자라 윗부분이 걸린 모양이었다. 위 서랍을 아예 밖으로 빼내고 나서야 아래 서랍이 부드럽게 열렸다.

나는 무엇을 발견하길 기대했던가.

엄마가 어떠한 종류의 이해할 수 없는 광기를 그대로 표출한 흔적, 하다못해 바늘 몇 개 꽂힌 인형이나 귀기 어린 부적 따위를 바랐을지도 모른다. 그러나 그 안엔 그저 일기장이 있었다. 아주 많은 일기장들이 세로로 **빼곡** 하게 꽂혀 있었다. 손바닥보다 조금 더 큰 수첩들이었다.

표지에 연월을 적어놓은 덕에 손쉽게 외할머니의 장례식이 있던 달의 일기를 찾아냈고 마침내 승복 입은 조문객에 대해 엄마가 적어놓은 글을 발견할 수 있었다.

암자의 이름, 그의 법명이나 실명도 없이 그저 '스님'이라고만 명기된 기록. 그 기록에 따르면 엄마는 그를 무한히 신뢰하는 모양이었다.

신통하지, 탐정이란 사람은 어떻게 이런 걸 알았을까?

그 조문객의 이름도, 법명도, 그가 있는 절이 어디인지도 모르는데 제아무리 탐정이라 하더라도 과연 더 파헤칠 수 있을까?

혼자 조용히 그다음을 마음먹은 이유는 엄마가 걱정

되어서는 아니었다. 엄마를 보고 싶어서도 찾기 위해서도 아니었다.

장현과 나눴던 대화가 계속해서 내 마음을 꾹꾹, 작은 발자국을 남기며 돌아다니고 있었기 때문이었다. 지금 지나다니는 저 사람들이 이 사실을 알게 된다면 얼마나 욕을 하겠어, 사람이 아니라고 하겠지, 라고 자조적으로 말한 나 때문이었다.

뭐라도 해야 한다는 강박이 이제야 들기 시작했다.

나는 핸드폰을 들어 꽤 오래 연락하지 않았던 사람의 번호를 찾았다. 내가 내 번호를 준 적은 없으니 아마 누군지 모르고 전화를 받을 것이었다.

"삼촌."

엄마가 나보다 먼저 세상을 떠나지 않는 한 평생 걸 일이 없을 번호인 줄로만 알았는데.

12

엄마가 독립한 까닭의 오 할 정도는 외삼촌과의 갈등
에 있었을 것이다. 어린 시절에는 잘 알지 못했으나 조
금 머리가 굵어지고 난 후 그 옛날의 장면들을 돌이켜
보곤 아, 하고 깨닫게 되었다. 그때 그게 꽤나 큰 다툼이
었구나. 그 저녁 식사가, 식어가는 전골냄비가, 뛰쳐나
가 밤이 새도록 집에 돌아오지 않던 엄마의 빈 방석이.
그날 삼촌이 내게 했던 말은 조금 늦게 떠올랐다.

야, 곽용호. 너는 네 엄마 닮으면 절대 안 된다, 알겠
냐? 잘못을 지었으면 책임을 져야지 인간이 죄책감도 없
이 또 식충이 짓을 하려고 들면 안 되는 거야. 남들이 아
등바등 사는 걸 우스워하면 안 돼. 자기 혼자 고고하게
선비 짓하려고 하는 거, 이루지도 못할 꿈에 매달려 기
둥뿌리 갉아먹는 거, 그거 안 된다. 너는 책도 많이 읽고
똑똑하니까 좋은 대학 가서 공무원 시험 보고 좋은 사람
만나서 결혼해라. 알겠냐?

엄마처럼 남편도 없이 망한 인생 살지 말고, 인마. 너

아빠 없는 게 다 네 엄마 성질 때문이야.

어린 나는 그 말을 듣고 놀랍게도 기분이 좋았다. '너는 똑똑하니까.' 엄마의 입에서는 한 번도 들은 적 없던 칭찬이 외삼촌의 입에서는 퉁명스러운 말투로라도 자주 쏟아졌다. 실제로 어린 내 눈에는 엄마보다 직장도 있고 동네 친구도 많은 외삼촌이 훨씬 행복해 보였다. 그의 하루에는 눈물이 없었다. 만날 바뀌는 애인을 집에 잘도 데려왔는데 그 언니들은 내게 귀엽다고 호들갑을 떨었다. 매번 과자와 아이스크림을 사줬다.

엄마와 내가 독립한 후 몇 년이 지난 어느 날인가에는, 학교에서 돌아오니 현관에 못 보던 신발이 한 켤레 있었다. 운동화가 아니라 남자 구두. 처음 보는 광경이었다. 동시에 내가 언제나 꿈꾸고 멋대로 상상하던 일이기도 했다. 어렸을 때부터 나는 어처구니없는 몽상에 익숙했으니까.

얼굴도 모르는 아빠가 어느 날 갑자기 이 누추한 대건 빌라에 들어선다. 아빠는 인자하고 능력도 있고 무엇보다 얼굴 모르는 딸을 갈망하며 그리워한다. 와서는 말한다. 여차저차 사정이 있어 지금까지 얼굴을 비추지 못했지만 이젠 다 해결되었다고. 이젠 내 딸을 너무나 키우고 싶다고. 엄마가 딸을 별로 사랑하지 않는 것 같으니 이제 본인에게 넘기라고. 나는 못 이기는 척하며 지금까지 받지 못한 사랑을 배로 퍼주는 아빠에게 직행하는 것이다. 엄마랑은 안녕, 영원히 안녕. 여태까지 수고하셨수다, 잘 먹고 잘 사쇼.

그날까지 대건빌라의 현관에 들어왔던 남자 신발은 죄다 각종 수리기사들의 운동화였다. 그러니 구두가 내 가슴을 얼마나 뛰게 만들었을까. 나는 신발도 벗지 않고 허리를 수그려 그 구두의 앞코부터 발등, 라벨과 뒷굽까지를 꼼꼼히 훑어보았다. 깨끗한 코와 조금만 닳은 굽.

그때 안방에서 익히 들어본, 그러므로 당연히 아빠의 것일 리 없는 목소리가 들려왔다.

그런 땡중한테 바칠 돈은 있고 피를 나눈 가족을 도울 돈은 없어?

너랑 네 딸년이 엄마랑 내 집에 살면서 먹고 잔 값만 토해도 얼만지 알아?

~

"언젠간 이렇게 될 줄 알고 있었다."

인사도 하지 않고 먼저 뱉은 말이었다.

"네 엄마 언젠간 이렇게 될 줄 알고 있었다고. 업보지, 업보."

삼촌은 부산에 살고 있었다. KTX에서 내리자마자 나는 돼지국밥집으로 소환되었고 해가 중천임에도 삼촌은 소주와 맥주를 시켜 일 대 일 비율로 폭탄주를 만들었다.

"애당초 정신 제대로 박힌 애는 아니었다만 좀 잘 나간다 싶더니 이렇게 되냐. 너도 그 밑에서 크느라 고생 많았지."

"어쨌든 엄마를 찾아야 해요. 이렇게 사라지면 명줄 잘리는 사람이 한둘이 아니란 말이에요."

삼촌은 어쩐지 신이 나 보였다.

"그러니까, 그 땡중한테 계속 드나들던 게 언제였더라." 삼촌은 턱을 짚고 기억을 더듬었다. "너 태어나고 얼마 안 되어서. 돌도 되기 전. 그때부터 갓난애 내팽개치고 그놈의 암자에를 다녔다 개가. 애를 떡 낳아놓고 그렇게, 책임감 하나 없이."

"그 빈소에 왔던 승복 입은 사람이…."

주지승이라고 했다. 엄마가 당신 엄마에게도 섣불리 내놓지 않던 돈을 그렇게나 바치도록 만든 장본인이라고. 번 돈을 오빠나 남동생에게 주는 여자들이 나오는 드라마를 볼 때마다 헛웃음이 난다며 외삼촌은 일장 연설을 퍼부었다. 단 한 번도 엄마의 도움을 받은 적이 없고 내가 구두를 보았던 그날이 처음으로 돈을 빌리려 시도했던 때라고 했다.

엄마가 아주 단호하게 자신을 내쳤다며 외삼촌은 술을 꿀꺽꿀꺽 마셨다. 어떻게 그럴 수 있냐? 손등으로 입을 닦아내고는 물었다. 나랑 우리 엄마가 너 업어 키우다시피 했어. 그럴 필요도 없는데 그 쪼그만 애가 너무 불쌍해서 그럴 수밖에 없었다고. 어떻게 인간이 되어 그럴 수 있냐? 그 인간은 모성애는커녕 가족애도 없어.

역시 '필요도 없던' 애였다, 나는.

"그런데 그냥 절이 아니라 사이비라고 하셨잖아요. 그건 왜요?"

"대체 애도 안 보고 어딜 싸돌아다니는지 궁금해서 내

가 뒤를 밟았는데 네 엄마가 시장에서 고기를 왕창 사서는 보란 듯 절에 들어가는 거지. 그럼 그게 사이비가 아니고 뭐겠냐.”

아, 뭔지 알 것 같았다. 가끔 뉴스에 나오곤 하는 술 파티 고기 파티 벌이면서 도박까지 하는 종교인들의 모습. 눈앞에 파노라마처럼 펼쳐졌다. 엄마는 거기서 어떤 역을 맡고 있었을까.

“어찌나 많이 사던지.”

“엄마가 독립한 이후에도 거기 계속 다녔을까요?”

“안 다녔으면 엄마 장례식장에 그 땡중이 왜 왔겠냐. 그 이후는 나야 모르지. 같이 사는 네가 모르는데 내가 무당도 아니고.”

어쨌든 그곳을 찾아가긴 해야 할 듯했다.

“거기 이름이 뭔지 기억나요, 삼촌? 그 암자라는 데.”

~

하루 자고 가지 그러냐? 외삼촌의 말에 나는 고개를 저었다. 빈말인 걸 알고 있었다. 대답을 들은 외삼촌 역시 적잖이 마음이 놓이는 기색을 숨기려 들지 않았다.

돼지국밥을 다 먹고는 부산역 앞의 카페에서 커피를 마셨다. 통창 밖으로 노숙인들이 드문드문 보였다. 신문지를 덮은 채 구겨져 자는 사람들.

내 시선을 따라간 외삼촌이 뱉었다.

"네 엄마가 저 지경이 되지 않도록 나랑 엄마가 그렇게 보살폈는데. 안 그랬으면 너도 저 꼴로 자랐을 거다."

외삼촌은 츳츳, 하고 혀로 이에 낀 돼지고기를 빼는 소리를 냈다. 그러더니 대뜸 물었다.

"취직은 했냐?"

잠깐 망설였다. 내가 지금 취직을 한 건가? 프리랜서인가? 아르바이트하는 취준생인가? 난 지금 뭘 하고 있는 걸까?

"대답 안 나오는 거 보니 아직 못 했지."

예전처럼 공무원 시험 보라고 하겠지, 생각하니 목이 움츠러들었다. 등딱지 안으로 기어들어 가는 거북이의 것처럼.

외삼촌은 예상과 다른 말을 꺼냈다.

"네 엄마 없어졌으니 그 돈 다 네 거 아니냐. 삼촌이,

너 정말 사랑하면서 다 키운 거 알지? 그런 은혜 모르는 척하면 천벌 받는다. 젊었을 때 네 엄마 꼴 난다, 인마. 얼마나 있디, 네 엄마가 꿍쳐놓은 게?"

13

나와 장현의 주인공들은 태몽 컨설팅 업체를 창업했다. 우리는 무당인 강리아를 진짜 신기가 있는 캐릭터로 만들었고 사람들이 원하는 꿈을 꿀 수 있도록 굿을 시켰다. 강리아는 사람들이 평소에 입 밖으로 내지 않는 욕망을 단 한 마디로 끄집어낼 수 있었다.

솔직하지 않으면 개꿈밖에 줄 수 없어요, 근데 결과물을 20년 후에 보게 되신다면 분명 내 얼굴을 떠올리게 될 거예요. 강리아가 그렇게 일갈하면 사람들은 지금까지와는 전혀 다른 말을 하기 시작했다.

작두에 버선발로 올라타는 신이 포함된 대본을 송고할 때는 걱정을 했는데 오혜진은 저희는 다 괜찮아요, 오케이예요, 작가님들 뭐든 쓰세요, 라고 말했다.

아무래도 이상했다.

엄마가 받았던 전화들을 나는 기억하고 있었다. 한번은 야자를 끝내고 돌아왔더니 대건빌라의 코딱지만 한 현관이 사람들의 신발로 빼곡했다. 처음 보는 사람들이 옹기종기

무릎을 꿇은 채 엄마의 바짓가랑이를 붙들고 있었다. 작가님 다시 생각해주세요. 작가님, 우리 그거 못해요⋯.

알고 보니 엄마는 그때 쓰던 드라마의 주인공이 사는 동네가 불타는 신을 대본에 넣었다고 했다. 제작비가 없다고 읍소하던 사람들은 제작사 직원들이었고.

그런데 핏덩이인 우리가 '뭐든 써도' 상관없다고?

"진짜 이상해."

예전 그 공원에서 또다시 산책하는 개들을 보다 툭 뱉었다.

"우리는 쌩 초짜인데. 내가 엄마랑 살면서 본 게 있는데. 왜 이렇게 빨리 진행되는지 모르겠어. 원래는 열 번 백 번 수정해야 하는 게 맞거든. 까이고 고치고, 까이고 또 고치고. 너도 그 지망생 카페에서 봤다며. 수정 졸라 한다는 얘기."

맞아, 이상하지. 장현이 고개를 주억거리더니 입을 열었다.

"용호야. 나도 바보가 아니잖아. 나 윤슬에서 별명 뭐였는지 기억 안 나?"

"자까."

자기를 까는 사람. 윤슬의 합평 시간은 주로 자신의 존재 증명을 위한 타인에의 비방으로 이루어졌는데 유일하게 그 행렬에 합류하지 않던 사람이 장현이었다. 장현은 남의 글을 칭찬하고 자기 글을 깠다. 장현다운 일이었다. 장현밖에 지속할 수 없는 행동. 그럼에도 욕을 먹었다. 이기적이고 공짜로 자기 발전할 거리만 먹고 떨어진다는 말을 들었다. 장현은 반박하지 않았다. 애인이었던 내게만 털어놓았다. 용호야, 나는 내가 나쁜 말을 할 때 상대의 눈동자가 떨리는 걸 보기가 너무 힘들어. 더 힘든 건 상대에게 혹평하는 사람의 얼굴이 희열에 젖어 빛나는 걸 볼 때야. 내가 그런 얼굴을 하게 될까 봐 두려워서 나는 견딜 수가 없어.

"그래, 내가 자까였지. 있잖아, 실은 지금 우리가 쓰는 대본에 내가 계속해서 논리적인 결점을 집어넣고 있었어. 일부러. 우리 둘이 쓰고 나서 내가 최종본 정리했잖아, 그때 너 몰래 슬쩍 넣어봤어."

장현의 얼굴은 담담해 보였다.

"그런데 단 한 번도 지적받은 일이 없더라고."

깜짝 놀랄 말이었다. 나는 전혀 몰랐다. 장현이 마지

막으로 정리한 파일을 받아 그대로 오혜진에게 보내기만 했으니까.

"진짜 많이 고민했어. 써서 넘기는 대로 돈이 들어오는데, 돈이 정말 계속 지치지도 않고 필요한데… 모르는 척하고 싶었어. 그런데 아니야, 나는 이렇게 꾸짖는 내용을 쓰면서 그렇게 꾸짖음을 당할 짓을 하고 싶진 않았어."

예전엔 몰랐는데 장현에겐 초조한 생각에 잠길 때마다 왼손으로 반대편 손목을 아주 세게 움켜쥐는 버릇이 있었다. 손자국이 벌겋게 남을 정도로.

"내가 부끄러우면서 남 꾸짖는 얘길 쓸 수는 없어. 너도 똑같은 느낌을 받았다니 나 너무 많이 안심돼."

그 애는 두 손에 얼굴을 묻은 채 앞으로 고꾸라졌다. 젠장, 또 내가 내 앞길 망치지. 손가락 사이로 그런 중얼거림이 들렸다. 나는 뭐라 말할지 알 수 없어 다시 산책하는 개들 꼴을 바라볼 뿐이었다.

~

삼촌이 알려준 암자의 이름은 광혜암이었다. 장례식

에 왔던 그 승복 차림의 조문객이 그곳 주지라고 방명록
에 기록했다고 삼촌은 말했다.

'광혜암'을 검색어에 넣으니 등산 후기 몇 개가 떴다.
광혜암은 그렇게 방문객이 많지도 않은 경기도 외곽 어
느 산의 어디쯤 위치해 있었다. 산의 이름도 이상했다.
이궉산이라니. 광혜암의 외관을 포스팅한 드문 후기들
은 대부분 이렇게 말했다.

을씨년스러운 암자입니다. 대낮에 봐도 해괴해서 죽 돌아 피
하게 됩니다. 볼 건 없음. 사람도 없음.

어느 포스팅에는 사진도 올라와 있었다. 블로그의 주
인은 이렇게 썼다.

보통 절은 고즈넉하고 평화로운데… 여긴 정말 들어가기가
무서웠다. 발 들였다가 악귀들에 사로잡힐 것만 같았음. 이게
진짜 절이 맞을까? 사이비 종교 재단 아닌가?

온갖 파손된 성상들이 프레임 안에 가득했다. 불교만

이 아니었다. 기독교, 천주교, 뭔지 모를 종교의 우상들. 목 없는 불상, 하반신 없는 성모상, 부서진 십자가, 그리고 역시나 뭔지 모를 파손된 조각들. 광혜암이라고 아주 작게 적힌 나무 표지 주위를 그 잔해들이 새까맣게 몰려들어 덮고 있었다.

마치 기존에 존재하던 종교, 교리, 그리고 그것을 따르는 인간들을 온 힘 다해 저주하려 노력하는 것처럼. 그 사진의 처참한 광경은 누가 봐도 정신이 똑바로 박힌 사람이 꾸몄다고 우길 수 있는 장면은 아니었다.

나는 지도 앱을 켰다. 출발지는 하리팰. 도착지는 광혜암이란 장소는 포털 지도에 등록되어 있지 않으므로 이곽산. 길 찾기.

출력된 결과물을 보고는 눈을 둥그렇게 뜰 수밖에 없었다.

하리팰 단지 근처에는 지하철역도 버스정류장도 없다. '우리'가 아닌 사람들이 들어오기 쉬우므로 오히려 봉쇄하려 드니까. 하리팰 사람들은 굳이 대중교통을 탈 필요가 없다. 다들 차가 있고 어린아이들은 택시를 타고 다닌다. 손님을 기다리는 빈 택시가 대중교통의 전부다.

가장 가까운 버스 정류장까지는 단지의 넓은 녹지를 구불구불 가로질러 도보로 20분. 지하철역까지는 버스로 10분을 더 가야 한다. 이꿕산까지 가기 위해서는 거기서 총 두 개의 노선을 더 타야 했다. 1호선 종점까지 간 후 다시 버스를 타고 30분, 또 버스를 갈아탄 후 40분. 그러면 비로소 종점이 나오는데 그게 바로 이꿕산의 기슭이며 거기서부터 광혜암까지는 또다시 산행이었다.

엄마 역시 나처럼 차도 면허도 없었다. 그런데도 이토록 힘든 경로를 오가며 사이비 종교에 몰입해야 했단 말인가. 누가 잡아가도 모를 이 외진 곳에서 무섭지도 않았을까.

어찌 됐든 엄마의 행적을 조금이라도 찾으려면 광혜암에 가야 했는데, 흉흉한 입구의 사진을 본 이상 두려울 수밖에 없었다. 나를 밧줄로 둘둘 묶어 어디 던져놓으면 어떻게 하나. 구워서 제물로 바쳐 버리면 어떻게 하나.

나는 어쩔 수 없이 장현에게 입을 열었다.

엄마를 찾으러 같이 가 달라고.

나를 보호해 달라고.

그 무시무시한 악의 소굴 같아 보이는 장소가 나를 집어삼키지 않도록 막는 역할을 해달라고 말이다.

역지사지.

내가 못하는 것.

할 필요가 없다고 은연중에 여겨왔을지도 모를 것.

당시의 나를 돌이켜보면 자잘한 소름이 돋는다. 장현은 엄마가 돌아오는 순간 일자리를 잃을 게 당연했는데도 나는 그 애에게 동행을 부탁했다. 나는 그저 아이처럼 내 상황에만 의거하여 내 마음에 따라서, 내가 하고픈 말만 뱉었을 뿐이다. 내 말을 들은 장현이 어떤 심정이었을지 헤아리지도 못하고.

나는 인정해야 한다. 당시에 장현을 나보다 아래로 보고 있었다는, 내가 하자는 대로 그 애는 응당 따라야 한다고 여겼다는 부끄러운 사실을. 내가 일거리를 주는 사람이니까. 내가 아니었으면 장현은 내내 손가락만 빨며 잡코리아와 사람인을 확인하고 내내 마지막 학기 걱정을 하고 내내 잔고를 확인하고 내내 포스기에 바코드를 찍는 하루하루를 보내고 있었을 테니까.

다정한 그 애는 다정히 물었을 뿐이었다.

"언제 가는 게 가장 좋겠어?"

14

서울에서 가장 오래된 지하철 노선의 종점 부근은 역과 역 사이의 시간 간격이 2분이 아니라 20분이었다. 점점 강도를 더해 가는 역한 냄새를 몇십 분 동안 견뎌야 한다는 뜻이기도 했다.

"나 진짜 토할 것 같아."

결국에는 지하철에서 두어 번 내려 플랫폼에 주저앉은 채 숨을 골라야 했다. 장현은 헛구역질을 일삼는 내 옆에서 등을 두드려주었다. 종점까지 가는 열차가 한 시간에 한 대씩밖에 없었기 때문에 중간에 내리면 일정이 한 시간씩 미뤄졌다.

"아니, 장현아. 나도 지하철 자주 타. 알잖아, 나 차도 면허도 없는 거…." 왠지 장현이 나를 자신과 다른 계급의 인간으로 보고 멀어지려 들 것만 같아 변명조의 말이 마구 쏟아져 나왔다. "근데 이건 진짜 못 견디겠어, 낙후나 노후랑은 다르다고… 이건 위생의 문제… 예의랑 배려의 문제라고."

장현은 날이 조금 선 내 말에 가타부타 말을 얹지 않고 그저 나를 부축하며 자기 탓을 했다. 우리 지하철 타기 전에 음식을 너무 급하게 먹었잖아. 나 때문이야, 네가 콜라 다 못 먹었는데 내가 열차 시간 다 됐다고, 빨리 가자고 보채서. 내가 역 밖에 나가서 약을 좀 사 올까?

"명치 근처를 이렇게 누르고 있어봐."

"너는 괜찮아?"

장현은 웃었다. 그러고는 한 문장만을 말했다.

"나는 체취에 익숙해."

결국 이퀵산 기슭에 도착한 것은 오후 네 시가 다 되어서였다.

어떻게 엄마는 이 길을 오갔을까. 대체 무엇을 얼마나 사랑해서. 그 빌어먹을 사이비 종교는 얼마나 끔찍한 초능력을 부릴 수 있는 걸까. 집 밖으론 잘 나서지도 않는 곽문영 씨를 몇 년이고 여기까지 매번 걸음 하게 만들었던 힘은 얼마나 무시무시한 걸까.

"올라갔다 내려오면 완전 밤이겠다. 어쩌면 오늘 안에 집에 못 들어갈지도 모르겠네."

장현이 위를 비스듬히 올려보며 물었다. 날파리 떼가 우리 얼굴을 감싸고 웅웅거렸다. 시간이 벌써 그랬다. 생각도 못 하고 있었다.

"다녀와야지."

나는 별생각 없이 말했다.

"정 늦으면 택시 타고 서울 가고."

내가 산기슭의 화장실에 갔다가 더러운 꼴에 기겁하여 볼일을 보지 못하고 다시 돌아오는 동안 장현은 아버지에게 전화를 걸어 새벽에나 귀가할 것 같다고 이야기했다. 미안해요, 아빠. 나는 마지막 문장만 선명하게 들었다.

그제야 내가 잘못을 저질렀다는 사실을 깨닫고는 입술을 깨물었다. 언제나 그랬듯 나는 여전히 그 애의 사정을 헤아려주지 못하고 있었다.

~

이퀵산을 오르는 것은 예상보다도 더 힘들었다. 가파르진 않았으나 가는 길이 모조리 응달이었다. 좋고 밝은 풍경은 전혀 없었다. 그저 축축한 풀 냄새와 스산한 공기 그리고 불안하게 울어대는 새들. 인터넷에서 이쾍산에 대한 정보를 도통 찾아볼 수 없었던 게 당연했다. 누가 이토록 음습하고 어둠침침한 산을 오르고 싶어 하겠는가. 인근 동네의 약간 돌아버린 운동중독 노인이 아닌 이상.

"사이비 땡중한텐 딱 좋은 본거지겠다. 정신 박혀 있으면 아무도 이 산 탐방하고 싶단 생각은 안 할 테니."

내 논평에 장현은 딴말을 했다. 나와 의견이 같을 때면 곧바로 고개를 끄덕이던 애였는데 뭔가 다른 생각이 있는 모양이었다.

"사이비라는 얘긴 외삼촌분에게서 나왔다고 했지?"

뜻밖의 물음이었다.

"응."

"근데 생각해봐. 평소에 거리에서 너 잡는 사람 많았다고 옛날부터 네가 나한테 그랬잖아."

"그랬지. 뭐, 조상이 덕을 많이 쌓으셨다, 아니면 심리테스트 하자. 제일 혹했던 건 혹시 예술 공부하는 학생이냐 물으며 접근하는 사람들…. 그런 얘기 나오면 바로 넘어가곤 했는데 그게 엄마 때문일지도 몰라. 엄마가 나를 인정하지 않으니까 누가 말로 살살 속이면 냅다 홀리는 거야."

이제 광혜암에 거의 다 온 눈치였다. 블로그에서 사진으로 봤던 공터가 눈에 들어왔다. 여기서 10분 정도 더 가면 음산한 암자가 하나 있다고 포스팅에선 말했었다.

장현의 목소리가 들렸다.

"모르겠어. 보통 종교인들은 세를 넓히기 위해 최선을 다하잖아. 우리 옛날에 초등학교 다닐 때 학교 앞에서 사탕 주던 교회 사람들 엄청 많았잖아."

"많았지."

"그런데 왜 여긴 이렇게 숨겨져 있지?"

"사이비라! 정신 똑바로 박힌 사람들한텐 안 통하니까 여기 숨어서 우리 엄마 같은 사람들 착취하고…."

글쎄…. 장현은 구레나룻을 잡아당기며 말을 흐렸다. 나는 잘 모르겠어, 뭔가 좀 이상해.

그러고는 부연 설명 없이 내 걸음에 보조를 맞춰 따르기만 했다.

이윽고 부서진 성상들이 가득한 마당에 도착했다. 해

는 이미 서쪽 방향에 누워 있었고 아스라한 탄내와 함께 처음 맡아보는 야릇한 냄새가 났다. 떨어진 햇빛이 기괴한 그림자를 만들었다. 근처 나뭇가지에 반투명한 구렁이 허물이 걸려 있었다. 그 광경을 눈앞에 보이듯 묘사할 수 있는 재능이 내게 없다니. 어귀가 일그러진 그 인상을 문장에 잘 담아낼 수 있을 정도의 인간이었다면 진작 호러계의 거장이 되었을 텐데.

"함장현. 나 너 없었으면 진짜 여기서 그대로 도망갔을 거야."

장현은 겁이 없는 애는 아니었다. 그건 내가 더 잘 알았다. 오히려 좀 지나친 상상력 탓에 더 공포심을 품게 되는 성격이라면 모를까. 장현이 나를 따라온 걸 후회하고 있을까 두려웠다. 그냥 엄마는 딸 혼자 찾는 게 도리가 아닐까, 하는 생각을 하지는 않을까.

"그냥 갈까? 경찰 같은 걸… 불러서 같이 오는 게 나을까?"

우두커니 선 시간이 조금 길어져 내가 다시 묻자 그제야 장현은 정신을 차린 듯 숨을 아주 크게 들이쉬더니, 푸우, 소리를 내며 내쉬었다. 심호흡을 하는 것처럼. 처음 맡아보는 냄새를 폐 깊숙이 집어넣어 기억하려는 사람처럼. 그러고는 고개를 좌우로 저었다. 나는 무슨 일이 생긴다면 나를 놓고 도망치라며 마음에도 없는 농담을 했다. 여기까지 끌고 온 게 미안해서였다. 그러자 장현은 내 손을 잡고 휘적휘적 걸음을 옮겼다.

목 잘린 작은 불상 위를 거미가 기어가고 있었다.

건물이 보일 때까지 걸어야 하는 길은 폭이 작았다. 나무 몇 군데에 등 같은 게 걸려 있었는데 아직 켜지기 전이었다. 결국 해가 완전히 떨어지는 바람에 우리는 핸드폰 플래시를 켜서 각자의 발끝을 비추며 걸었다.

누군가 이 등을 켜러 반대편에서 걸어오지 않을까. 다행인지 불행인지 우리는 둥근 바위로 만든 다섯 단의 계단을 마주할 때까지 누구도 마주치지 않았다. 그 계단을 올라 마침내 진짜 마당을 마주할 때까지도.

"이게⋯."

장현이 말했다가 곧 입을 다물었다.

15

건물들은 흔히 절이나 암자란 단어를 들으면 떠오르는 모습이 아니었다. 고풍스럽지도 옛 정취가 녹아나지도 어딘가 미적인 느낌을 주지도 않았다. 그저 구하고 다루기 쉬우며 경제적인 소재로 지어져 있었다. 나는 펜션의 단체실 같다고 속으로 생각했다가 정정했다.

이곳은 아주 깔끔하게 빨리 지은 수용소를 닮아 있었다.

벽에는 벽화가 그려져 있었는데 차라리 없는 게 덜 희한해 보일 터였다. 법당인지 뭔지, 중앙에 있는 건물의 문은 닫혀 있었고 앞에는 신발이 두 켤레뿐이었다. 나머지 신발은 가장자리에 길게 주욱 지어진 건물의 출입문 앞에 죄다 모여 있었다. 오와 열을 맞추지 않은 신발이 엉망으로 뒤섞인 채였다.

신발들을 관찰하던 장현이 속삭였다.

"남자들은 없나봐."

"어떻게 알아?"

"신발이 작잖아."

그랬다. 여자치고 발이 큰 내 사이즈 정도는 몇 켤레 있었으나 남자 사이즈만한 신발은 보이지 않았다.

우리는 법당처럼 보이는 건물로 걸음을 옮겼다. 어쨌거나 말이 통하지 않는 대상이라면 몇십 명보다는 두 명을 상대하는 게 낫지 않겠는가. 안에서는 두런두런 대화 소리가 희미하게 새어 나오고 있었다. 내용은 확실히 들리지 않았지만 둘 다 남자는 아닌 듯했다.

"계십니까."

장현이 일부러 목소리를 굵고 낮게 내어 묻자마자 어디서 산새가 파드득하고 튀어 올랐다. 으악! 나는 장현의 노력이 무상하게 고함을 질렀다. 이 산은 정말 이상했다. 동물들마저 죄다 의뭉스럽고 을씨년스러웠다.

대화가 뚝 끊기더니 곧 누군가 걸어오는 소리가 들렸다. 문은 열리지 않고 대신 물음이 먼저 건너왔다.

"무슨 일로 오셨습니까?"

솔직히 말해? 장현이 속삭였고 나는 고개를 끄덕였다. 이판사판이었다.

"가족이 없어져서 찾으러 왔습니다."

장현은 일부러 목소리를 굵게 냈다. 바로 대답이 올

줄 알았는데 한참 정적이 흘렀다. 그러더니 갑자기 문이 벌컥 소리를 내며 열렸다. 얼굴 하나가 튀어나와 우리를 빤히 바라보았다. 나 한 번, 장현 한 번, 그리고 또 장현 한 번, 나 한 번. 나도 괜히 지고 싶지 않은 마음에 눈을 부릅뜨고 그 얼굴을 응시했다.

대체 몇 살이지 싶은 모습을. 머리를 민 건지 머리카락을 다 집어넣은 건지 어쨌든 둥근 털모자를 아주 야무지게 썼고, 넙데데한 얼굴에는 잡티의 흔적이 가득하며 피부에 붉은빛이 돌아 아주 못나고 커다란 품종의, 이를테면….

딸기 같아 보이는 사람을.

"안녕하세요, 선생님." 가만히 있던 나 대신 장현이 먼저 고개를 숙였다. "처음 뵙겠습니다."

선생님?

나는 그 말이 드라마 업계에서 어떻게 쓰이는지 알았다. '선생님'이라 불리는 사람들이 있었다. 그야말로 거장 중의 거장인 사람들. 똥을 싸도 20퍼센트의 시청자가 굽고 튀기고 쪄서 먹어주는 그런 사람들 말이다. 그런 이들이 선생님이었다. 그러니 이건 아니지. 도대체 왜 누군지도 모르는 저 사람, 이 음침하고 케케묵은 암자에서 낡은 모자를 쓴 채 앉아있는 땡중, 아마도 사이비 종교에 몰입되었고 남마저 몰입시켜 자신을 비롯한 여러 사람 인생 망치고 있을 저이를 '선생님'이라 부르는 건데. 여기가 학교야? 저 사람이, 우리가 나긋나긋 예의 차려야 할 대상이냐고.

나는 장현이 쓸모없이 다정할 때면 부아가 치밀었다. 그러나 맞다문 내 입술이 떨어지기도 전에 딸기가 선수를 쳤다.

"딸내미는 엄마랑 똑 닮았네."

입을 딱 벌어지게 했다가 다시 우뚝 다물어지게 하고 또 헤, 벌리게끔 하는 말이었다.

"우리 엄마 누군지 알아요?"

절대로 패를 먼저 보이지 않으리란 다짐이 무색하게 물었지만 딸기는 더 말을 얹지 않았다.

~

딸기는 법당 안에서 자신과 함께 대화하던 여자를 굳이

그 신발 많은 수용소까지 데려다준 후 돌아와 자기 방석 위에 다시 앉았다. 엄마의 행방을 순순히 불 생각은 없어 보였다. 대신 자신을 소개했다. 법명은 전성이고 이곳에서 머리를 민 후 주지승을 보필하며 수행하고 있다고.

딸기가 오혜진과 동일한 영혼이구나.

어느 대단한 윗사람의 뒷구멍을 열띠게 닦아주는 인물 말이다.

법당의 내부를 둘러보았다. 밖에서는 허름한 여느 법당인 줄 알았는데 역시 들어와보니 난장판이 따로 없었다. 한쪽 벽에는 금색 불상 다른 쪽 벽에는 나무 십자가. 성모상에 뭐에, 어느 구석에는 도통 무슨 종교의 것인지 파악할 수 없는 족자까지 걸려 있었다.

이건 대단한 정신병이야. 생각이 여기까지 미치자 저 딸기가 두려워졌다. 어딘지 모르게 돌아버린 사람들은 무슨 짓이라도 저지를 수 있을 테니까.

우리가 들어오기 전 전성은 작은 상을 펴놓고 대화를 나누고 있던 모양이었다. 옆에는 반쯤 마신 차가 담긴 찻잔이 두 개 놓여 있었다. 김이 올라오지 않는 것으로 봐서는 조금 식어버린.

"차 한잔 줄까?"

전성은 다짜고짜 반말을 했다. 아니요, 하고 내가 말하는 동시에 장현은 감사합니다, 하고 대답했다. 눈이 마주쳤다. 미쳤어? 나는 전성이 보는 앞에서 입술을 달싹거리지 못해 눈만 끔벅거리며 저 세 글자를 전하려 무진 애를 썼다.

이런 무시무시한 곳에서 제정신도 아닌 사람에게 뭘 얻어 마셔? 죽으려고 환장했어?

"작은 딸내미는 걱정이 많구나." 전성이 대뜸 말했다. "무섭구나, 그치. 큰 딸내미는 조금 나은 것 같고."

그제야 나는 '딸내미'가 그저 전성의 말버릇이라는 걸 알아챘다. 그러니까, 내 엄마가 누구인지 저 딸기가 정확히 모를 수도 있다는 얘기였다.

"이 안을 보고 안 무서울 수가 있어요? 그쪽이야 이게 신앙이실지 몰라도." 나는 대답했다. 선생님이란 말도 스님이란 말도 쓰고 싶지 않았다. 전성은 잠깐 한숨을 쉬었다가 킬킬 웃으며 말했다. 그러라고 만든 거지, 잘 먹혔네. 그러고는 장현에게 물었다.

"큰 딸내미는 안 무섭나?"

장현은 무섭지 않다고 대답했다. 그 말을 듣곤 아구구 소리를 내며 무릎을 짚고 일어난 전성이 불상 뒤로 가더니 새 찻잔을 하나 가져왔다. 그걸 들고 다가와 다시 앉고는 찻잎이 담긴 그릇의 뚜껑을 열었다.

　"그러면 안 돼. 무서우라고 만들었는데."

　찻잎과 장현의 대답이 같은 박자로 쌓였다.

　"일 때문에 익숙해졌나봐요. 이런저런 신앙 다룬 자료를 하도 많이 봐서." 엄마의 자료 얘기였다. 나로서는 어느샌가 슬그머니 내려놓고 게을리하게 된 공부.

　"그런데 그것만으로 겁이 없어진 건 아니고요."

　장현이 말을 이었다. 그동안 전성은 품에서 무언가를 꺼냈다. 철로 만든 납작한 병. 힙플라스크였다. 빙그레 웃으며 그 뚜껑을 열고는 찻잔 안으로 힙플라스크에 담긴 액체를 쪼르르 넣었다.

　"여기 도착하자마자 알았어요. 너무 익숙해서요…."

　전성은 대답 없이 찻잔을 내밀었다. 장현은 그 잔을 받아들더니 말릴 새도 없이 입술을 적셨다. 겁대가리도 없지, 날 보호해달라고 데려왔더니 오히려 짐짝을 내가 질질 끌고 다녀야 하게 생겼잖아? 기가 막혔다. 장현이

차를 음미하는 듯 입맛을 다시더니 슬쩍 웃으며 한 모금
을 더 마셨다. 나는 벌떡 일어났다. 이미 사위는 어두웠
고 더는 시간을 낭비할 수 없었다. 엄마를 알든 모르든
어차피 엄마를 찾고 싶은 마음도 별로 없었다. 나는 할
만큼 했고 더는 장난에 휘둘리고 싶지 않았다.

"야, 함장현. 가자."

발로 장현의 엉덩이를 툭툭 찼지만 장현은 고개를 저
었다. 엉덩이엔 미동도 없었다. 왜 저래 진짜.

"너, 집에서 엄마가 기다리시잖아."

그 말에 장현은 찻잔을 내려놓고 나 대신 전성을 다시
응시했다.

"저는 이 냄새를 알아요. 바람이 어쩐지 오늘은 제 쪽
으로 불었네요."

그러니. 전성은 높낮이가 딱히 있지 않은 건조한 어조
로 중얼거렸다. 그러니. 그랬구나. 물음도 아니고 독백
도 아닌 그 사이 어딘가의 말이었다.

"괜찮아요."

장현은 대답했다.

"저 말고는 어차피 뭐… 딱히 눈치챌 수 있는 사람은 별

로 없을 테니까요. 사실 저도 정확한 병명은 겨우 재작년에야 알았는걸요. 그런데 제가 정말로 궁금한 건⋯."

뭘 눈치를 채? 대화가 어떻게 흘러가는 거야? 나만 바보가 된 기분이었다.

"왜 이렇게 많은 사람들이 숨어있느냐는 거예요."

전성이 미소를 지었다. 장현은 반쯤 남은 제 찻잔을 내게 들이밀면서 말했다. 용호야, 진짜 괜찮아. 한 모금만 마셔 봐도 돼. 나 지금 멀쩡한 거 보이잖아.

나는 결국 찻잔을 받아들었다. 장현의 입이 어디 닿았었는지는 기억이 나지 않아서 그냥 아무 데나 입술을 대고 턱을 한껏 가슴에 붙인 채 전성과 장현을 번갈아 노려보다가, 고개를 꺾었다. 찻물이 입 안으로 흘러들어와 혀를 적셨다.

에라이.

술이었다.

웃고 있는 저 딸기는 정말로 역대급 파계승인 게 분명했다.

16

아마도 사람들은 자라고 닳으며 안경을 하나씩 끼게
되는 게 아닐까. 안경은 자신에게 가장 익숙한 곳만을
감각하게 만들어주며 안경의 도수가 높아질수록 더더욱
그 바깥의 것은 인지할 수 없게 된다. 도수 높은 안경을
쓰면 으레 시력은 더 퇴화하게 마련이니. 안경 없이는
언제나 뿌옇게 보이는 세상만을 마주하고 결국 답답함
에 다시 눈에 도수를 얹는다. 그리고, 반복한다. 세상을
잘못 감각하기를. 다른 사람이 선명하게 보는 것은 두꺼
운 테에 가려지거나 혹은 테 밖의 뭉개진 시야에 머물러
버리고, 다른 사람이 흐리게 보는 것에는 가장 날카롭고
기민하게 감각하며 반응하고.

"저거 저거, 볼 벌게진 거 봐요. 머리는 다 **빡빡** 밀어
놓고."

내가 핀잔을 놓자 전성은 투덜거리며 바가지에 물을
받아 꿀꺽꿀꺽 마셨다. 누가 땡중이라고 욕 안 해요? 다
시 묻자 전성은 대답했다. 욕하고 가까이 올 생각 하지

도 말라고 이렇게 산다니까. 자꾸 왜 또 물어보고 그래.

"이제 좀 물어볼래. 왜 처음부터 반말 까시는 거예요?"

"내가 쉰이 다 되어가는데 그럼."

장현은 머리를 들어 하늘을 바라보고 있었다. 별이 많나 싶어 따라 고개를 젖혔더니 별은 없고 안개만 자욱했다.

여기서는 별 잘 안 보여, 전성이 말했다. 아주 끈질기게 살아서는 숨 푸욱푸욱 쉬는 것들이 워낙 많아서 김이 무척 자욱하게 서려 있거든. 그러니까 안 보여. 별이 잘 보이는 곳을 다들 좋아하지? 그런 곳엔 삶이 없는 경우가 부지기수다. 다 가질 순 없는 거지. 위에 있는 밝고 예쁜 것만 보다가는 모가지가 꺾여. 먹을 것도 없어지고. 생이란 건 어쩔 수 없이 그렇게 다 좀 꼬질꼬질하고 그래. 그게 맞아.

"이렇게까지 숨겨야만 하는 거라고는 생각지 못했어요, 병을…."

장현은 전성에게서 바가지를 넘겨받았다. 흐르는 물로 대충 바가지를 씻어낸 후 다시 그 물을 받아 마셨다. 턱 밑으로 물줄기가 조금씩 새어 흘렀다. 캬, 와 하, 의

중간쯤 되는 소리를 내며 바가지를 내려놓았다.

그 소리에 이상하게도 나는 우리가 처음 입 맞췄을 때를 떠올렸다.

~

엄마는 내가 어떻게 태어났는지를 숨길 생각이 없어 보였다. 물론 당찬 미혼모로서의 캐릭터를 포지셔닝한 것이 작가 곽문영의 이미지를 '팔릴 만하게' 만들어준 것 같긴 하지만 내겐 한 번도 의사를 묻지 않은 처사였다. 나는 조용히 살고 싶은데. 아빠 없는 아이로 이미지가 고정되고 싶지 않은데. 내가 곽문영 딸이라고 한마디만 하면 우리 반 담임과 전교의 모든 선생과 선배와 후배와 수위 아저씨들까지 전부 다 그래, 네가 그 당당하고 목소리 큰 미혼모의 딸이구나, 네 엄마가 책임감 하나로 너를 낳아 얼마나 힘들게 키웠고 그 와중에도 일을 해냈는지 다 알아, 연예가중계에서 봤거든… 뭐 이런 식으로 답하는 것이었다.

장현과 입을 맞춘 것은 엄마에 대한 반항심 때문이었다.

엄마가 어느 날 라디오에서 떠든 거짓말 때문에. 동아리 활동 시간, 아주 고요한 가운데 나란히 앉아 글을 끄적이며 이어폰을 몰래 하나씩 나눠 끼고서 나와 장현은 그 거짓말을 실시간으로 들었다.

엄마는 젊은 시절 사랑 얘길 늘어놓았다. 따님이 있는 걸로 아는데 따님도 작가님처럼 인기가 많을까요? 디제이의 질문에 엄마는 내가 집 근처 골목 어귀에서 누군가와 입 맞추는 걸 목격한 적이 있다고 말했다.

"정말 눈이 부시더라고요, 그 청춘이."

"어이고. 저라면 가서 난리법석을 쳤을 것 같은데."

"전 못 본 척 지나갔어요. 내 딸이지만 정말 예쁜 나이다, 하면서."

장현이 눈을 동그랗게 뜨고 나를 쳐다보았다. 나는 입술을 꾹 말았다. 고개를 세차게 저었다. 눈물이 나올 것 같아서 띄엄띄엄 속삭였다. 거짓말이야.

"따님이 이거 들으시면 어떡해요."

"지금 학교에서 수업 듣고 있을 텐데요. 절대 못 들어요."

"따님에게 하고 싶은 한마디?"

엄마는 제대로 된 대답 대신 유머러스한 톤으로 광고

를 읽으며 농담을 했다. 나에게는 하나도 우습지 않은 그런 말들을 뱉었다. 귀에는 전혀 닿지 않을 농지거리들. 나는 장현을 멀거니 바라보았고 장현은 잠시 손가락으로 턱을 두드리다가, 네가 평소에 했던 말이 뭔지 아주 조금은 알 것 같아, 하고 작은 목소리로 말했다.

'아주 조금은' 알 것 같아.

그 말을 듣고 나는 글을 한 편 썼었다. 오로지 단언만이, 단단하고 날카롭고 묵직하여 어떤 방식을 써서도 치울 수 없는 타인의 말들만이 가득한 나의 세계에서, 빼곡한 나무들의 잎이 모두 칼날인지라 그 어느 방향으로 사지를 뻗어도 결국엔 베일 수밖에 없는 숲에서 홀로 헤매고 있다고 여겼는데 갑자기 나타나 수줍게 발등을 두드리는 발목 높이의 작은 풀을 발견했을 때, 그게 무엇인지는 알지 못해도 그저 보드랍고 가벼운 이파리의 오르내림을 지켜보며 저 밖에 다른 식의 세계가 존재할 거라 믿게 되는 어느 순간에 대하여.

나는 그 애가 그런 단어를 쓰는 게 좋았다. 이래, 그렇잖아, 저렇다니까? 라는 말보다 그런 것 같아, 그렇지 않아? 아마도 내 생각엔, 과 같은 표현을 사용하는 게.

그날 우리는 가장 인적이 드문 여자 화장실에서 처음 입술을 문댔다. 축축한 곰팡이 냄새가 나고 자꾸만 귓가에서 옆 건물 초등학생들이 악을 쓰는 소리가 맴돌아 혹시 들킬까봐 몇 번이나 입술을 떼야만 했다.

그래도 좋았다. 허울밖에 없는 혈육보다는 꺼칠한 남의 입술이 더 좋았다. 그 사실을 어떻게 엄마에게 가장 상처 주는 방식으로 보여줄 수 있을까 나는 고민하기도 했다. 당신이 오랜 세월 나를 키운 방법보다 지금 내 눈앞에 있는 동갑내기가 나를 감각하는 방식이 더 소중하단 말을.

~

"엄마가 처음 징조를 보였을 때는 제가 수능 치고 대학 붙던 날이었던 것 같아요."

장현이 전성에게 말했다. 처음 듣는 이야기였다. 그땐 장현과 헤어진 후였으니까.

"두 군데를 붙었는데 더 낮은 대학은 반액 장학생으로 합격했어요. 한 곳은 진짜로 가고 싶던 학교였는데 거의 문 닫고 들어간 수준이었죠. 부모님 앞에서 제가 먼저 장학금 받고 다니겠다고 말했어요. 그분들이 시킨 것도 아니었는데 저 혼자 눈치를 보면서."

장현이라면 당연히 그랬을 것이다.

"그러고 나서는 방에 들어왔는데 책상머리에 그 대학 있죠, 높은 곳. 그곳 로고를 붙여 놨었거든요? 그걸 보니까 이상하게 마구 눈물이 나는 거예요. 그래서는 안 됐는데. 남이 포기하라고 시킨 것도 아닌데 왜 그렇게 서러웠을까요. 뭐가 그렇게 원망스러웠을까요. 나중엔 끅끅거리면서 큰 소리를 내며 울었어요. 밖에서 들어오려 하길래 문을 잠그고 울었어요. 아빠가 욕을 하면서 화를 내는 소리랑 엄마가 문을 부수겠다는 아빠를 말리는 소리가 들렸어요. 아빠가 그렇게 화를 낸 건 처음이자 마지막이에요. 평소엔 절대 그러시지 않거든요. 폭력적인 모습을 보인 적이 없어요. 말수도 없고⋯. 그래서 엄마도 정말 놀랐을 거예요."

장현은 눈가를 꾹꾹 눌렀다.

"방을 나가기가 민망하고 싫어서 다음 날 아침이 될 때까지 눈물 콧물 말라붙어 얼굴 바삭바삭해진 채로 그렇게 있었어요. 아침이 되니까 엄마가 아침 먹으라고 부르더라고요. 아무 일 없었다는 듯 나가 셋이 둘러앉아서 여느 때와 똑같이 밥을 먹었어요. 그게 다예요."

그리고 장현은 자기다운 말을 덧붙였다.

"어느 병원엘 가도 그 사건 하나 때문에 병이 발현된 건 아니라고 말해주지만 저는 자꾸만 그 일이 방아쇠였다는 생각이 들어요. 제가 그렇게 서럽게 울지만 않았어도 금방 문을 열고 나오기만 했어도 엄마는 아직까지 건강히 잘 계셨을 것 같아요."

"그건 아주 오래 누적되는 병이야." 전성이 말했다. "이미 충분히 알아봤겠지만, 최소 15년은 누적되어야 증상이 나타난다고. 딸내미 잘못은 없어."

~

어느 매체나 단체에서도 그런 병이 어슬렁거리며 돌아다니고 있다는 사실을 수면 위로 드러내어 경고하지 않았다. 나도 전성과 장현의 입에서 동시에 똑같은 이야기가 나오기 전까지는 전혀 몰랐으니.

50대쯤 된 사람들이 일반적인 치매보다 이르게 그와 유사한 기억상실 증상을 보이는 경우들이 조금씩 잦아졌다. 남성에게도 드물게 발병했으나 여성의 발병률이 압도적으로 높았다. 그 탓인지 보고와 연구도 느리게 이루어졌다. 어차피 그 나이쯤 된 아줌마들은 깜박깜박한다고, 사회에서 상처 딱지처럼 떨어져 나가 집에 머물러야 한다고 사람들은 물론 입 밖으로 소리 내어 이야기하진 않지만, 생각했으니까. 사회의 '지배층'도 '역군'도 아닌 이들이 잘 걸리는 병에는 사회가 별 관심을 주지 않았다. 게다가 이 병에 걸린 사람들은 놀랍게도 몸을 쓰는 일을 잘 수행했다. 말도 잘 알아들었다. 자신의 욕구를 인지하지 못하고, 자기 몸을 보살피는 방법만을 잊을 뿐이었다. 원인이 미약하게나마 밝혀진 것도 학계에 첫 사례가 보고된 지 20년이나 지나서였으니 치료법 같은 게 나왔을 리는 더더욱 없었다.

자식들에게 차곡차곡 쌓인 미안함과 죄책감, 정확히 말하면 '남들에 비해 해준 게 없어서' 드는 일종의 자괴감이 원인으로 추정되었다. 전염성 여부에 대해서도 논란이 있었다. 같은 업장에서 비슷한 시기에 줄줄이 발병되는 경우가 관찰되었기 때문이었다. 어디 충청도의 과자 공장이랬나.

정말로 전염성이 있는지 아니면 그저 같은 경제적 계층, 같은 연령대의 사람들이 거기서 많이 일하고 있기 때문인지는 끝까지 밝혀지지 않았다. 사실 연구자들로서는 그렇게 열심히 알아볼 필요도 방도도 없었다. 어디서도 지원받지 못하는 연구 주제를 건드려서 뭐가 좋겠는가.

"문제는, 냄새가 있잖아요, 냄새가…."

내가 광혜암에 처음 발을 들였을 때 느꼈던 냄새. 그저 어디서 고목이 썩고 있나 생각했을 뿐이었는데. 그 냄새는 사실 딱히 역하진 않았다. 지금과 같은 산속에서는 두드러지지 않을 정도로. 그러나 도시에서는 달랐다. 몸에서 지울 수 없는 낯선 냄새가 난다는 것은 이미 병에 걸릴 정도의 자괴감에 사로잡혀 있던 사람들에게는 구속복과 다름이 없었다. 밖으로 남들 앞에 몸을 보일 엄두를 내지 못하게 만드는 것.

그 여자들이 광혜암에 모여 산다는 전성의 말에 나는

순간 이곳이 유사 의학으로 사기를 치는 곳인지 의심도
했다. 왜 있잖은가. 신이 내린 효험이 가득한 풀을 달여
먹거나 전해 내려오는 호흡법을 통해 죽어가는 세포들
을 다시 살려내는 기적을 보인다든가, 하는. 그렇게 깎
아내려서라도 나쁜 예감을 막아보려 애쓴 것일지 모른
다. 그러나 전성은 고개를 젓더니 핀잔을 놓았다. 저기,
딸. 여기 오는 사람들은 치료하러 오는 거 아니야. 치료
될 거란 생각은 꿈도 꾸지 않아. 그리고 내가 지금 머리 밀
고 앉아있다고 해서 못 배운 사람 취급하고 무시하지 마.

　따갑고 날카로운 지적이었다.

　"그럼 대체 왜 이렇게 모여서 살아야 하는데요? 게다
가 이렇게 기괴하게 꾸며서까지. 멀쩡하던 사람도 밤에
보면 경기하겠어요. 딱히 신앙 때문도 아니면 굳이 이렇
게 공들여서 무섭게 만들어놓는 이유가 뭔데요?"

　그러자 전성은 대답했다.

　"딸내미처럼 엄마 찾으러 오는 놈들 쫓아내려고 그러
지. 다시는 얼씬도 못 하게 하려고. 엄마 어디 있냐고 물
어도 나는 단서 하나 줄 생각 없어. 그러니까 기대는 마."

　나는 장현과 같이 묵고 싶었으나 전성은 둘 중 하나와 반드시 함께 잠을 자야겠다고 우겼다. 감시하기 위해서지. 전성은 을러댔다. 내가 딸내미들을 다 믿고 있다고 착각하지 마. 결국 우리는 전성이 지켜보는 앞에서 가위바위보를 해야 했고 내가 전성과 자는 것으로 결정되었다. 장현은 묵을 방을 안내하는 전성의 뒤를 따라 발뒤꿈치를 들고 살금살금 걸었다. 뒤 한 번 돌아보지 않는 게 못내 서운해 뒤따랐다. 숙소의 불은 이미 모두 꺼져 있었다. 얼굴 모르는 사람들이 뒤척이거나 소곤소곤 대화를 나누는 소리가 문틈으로 새어 나오긴 했지만 그걸 다 모아 뭉쳐도 바람에 낙엽 구르는 기척보다 작았다.

　"욕실은 저쪽인데 씻는 건 내일 해. 왜인지는 알 거고."

　전성이 장현을 방에 넣어주며 말했다. 장현이 대답했다.

　"네, 그렇잖아도 너무 피곤해서 내일 하는 게 맞는 것 같아요."

　왜?

나는 장현의 손목을 덥석 잡았다. 눈이 동그래진 장현이 나를 바라보았다.

"나도 알려줘. 왜 내일 씻어야 하는지."

하고 싶은 말은 나 아직 무서워, 그러니까 나 버리고 가지 마, 였는데. 장현이 내 눈동자를 보더니 빙긋 웃고 말했다.

"용호야. 그 병, 진짜 무서운 병이야. 진짜 진짜 너무 너무 무서운 병이어서, 너를 해코지할 힘도 마음도 사람들에게는 없어. 왜 내일 씻어야 하느냐면, 간단해. 그 사람들이 가지지 않아도 될 공포에 질리거든."

차마 대답할 수도 없게끔 그렇게 무서운 말을 뱉었다. 그러더니 또 한마디를 더했다.

"어쩌면 진짜 신이란 게 있을지도 모른단 생각을 오늘 했어. 그렇지 않다면 과연 정말 어떻게 내가 이곳을 찾아낼 수 있었을까."

그거야말로 두려운 말이었다. 잘 자, 용호야. 장현은 말하며 먼저 문을 닫았다. 그 애가 나를 자신의 시야에서 먼저 지워낸 건 오늘이 처음이란 걸 나는 나도 모르게 알아챘다. 문틈으로 사라지는 장현의 얼굴은 피곤해 보

였는데 여기저기서 굴러 때가 묻은 종류의 피로가 아니
고, 내가 감히 짐작할 수 없는 무언가를 너무나 잘 아는
이의 체념이 담긴 얼굴이었다.

전성이 옷을 벗었을 때 나는 그의 어깨와 등에 선명하
게 새겨진 화상흔을 발견했다. 문신으로 덮긴 했지만 역
부족이었다. 이 문신 무슨 뜻이에요, 따위의 질문을 뱉
기도 전에 전성은 빠르게 낡은 티셔츠로 갈아입었다.

나는 맨바닥에 누워 눈을 감았다. "옷 갈아입고 자."
전성이 말했다. 나는 대꾸했다. "자는 게 아니라 생각하
는 거예요."

엄마는 왜 숨어있을까.

장현의 말을 통해 이곳에 모여있는 사람들의 공통된
비밀이 드러났을 때 나는 엄마의 이름 석 자를 전성에게
말했다. 전성은 말해주었다. 그 곽문영 씨가 이 광혜암
에 아주 많이 기부를 했다고. 아무도 알아주지 않는 죄
책감에 스스로 사로잡힌 사람들이 모인 이곳에. 여기서

는 사람 몇십 명을 살린 은인이나 다름없다고.

　나에게 한 방울의 애정도 주지 않던 곽문영 씨가 말이다.

　딸인 나 말고 전혀 모르는 사람들에게만.

　너무하다.

　나는 눈을 떴다.

　"저기요."

　말을 뱉자마자 얼굴로 박스티가 날아와 눈코입을 덮었다. 아 씨, 그냥 주면 어디가 덧나요? 기침하며 묻자 전성은 엄살 피우지 말라고 응수했다.

　옷을 갈아입고 무얼 물을까 잠시 선택지를 골랐다. 엄마의 행방을 묻는 게 맞았지만 자꾸 왜 다른 곳으로 빙빙 돌기만 하고 있을까. 나는 아직도 이상한 자존심에 사로잡혀 있었다. 엄마가 보고 있는 것도 아닌데.

　"물소리를 왜 무서워해요?"

　"무서워한다기보다는 불안해하는 거지. 비켜봐. 이불 깔게."

　요는 생각보다 깨끗했다. 바닥에 눕는 건 참 오랜만이었다. 대건빌라에서 하리펠로 이사했을 때 처음 침대를 가졌다. 얼마나 좋았는지 모른다. 막상 새 침대에 들어가 밤잠을 자보니 몇 날 며칠을 굴러떨어졌다. 무엇보다 허리가 너무 아팠다. 엄마는 허리가 아프다며 침대를 사지 않았다. 그 호화로운 하리펠의 펜트하우스에 침대도 안 놓고 이불 깐 채 자는 사람은 아마 엄마뿐이었을 것이다.

그러나 드라마에서는 아무리 빈궁한 사람의 집이라도, 꼭 침대가 있었다.

나는 깨끗한 이불에 코를 박았다. 세제 냄새가 났다. 굳건한 바닥이 허리를 받쳐주었다. 대건빌라에서 생의 대부분을 보낸 내 몸에 딱 맞는 이부자리란 걸 인정할 수밖에 없었다.

"뭘 불안해하는데요?"

"물소리를 들으면 사람들이 뭘 떠올릴 것 같아?"

글쎄. 뭐라고 대답해야 할까. 전성이 오답을 기대한다는 걸 알았는데, 그래서 정답을 이야기하고 싶었는데, 그런데 기를 써봤자 마땅히 떠오르는 게 없었다.

"씻고 싶다? 내 몸에서 냄새가 난다…? 그래서 불안한 거예요?"

전성은 고개를 저었다.

"일이야. 일을 생각나게 해. 어디서 내가 틀지 않은 물이 흐르는 소리가 난다는 게 뭘 의미하게? 내가 돌봐야만 하는 사람을 누군가 대신 씻기고 있단 거야. 아까 들었지, 지금 여기 있는 보살님들은 죄책감이 극대화된 상태라는 거."

"우리 엄마가 왜 여기 그렇게 기부를 많이 했는지 알 것 같아요, 저는." 나는 심술이 났다. "저한테 엄마다운 행동을 하나도 못 해줬는데 이제 와선 관계 개선이 전혀 안 되니까 괜히 이런 데 돈 써서 죄의식을 없애려고 하는 거죠."

그새 누운 전성이 내 쪽으로 고개를 돌렸다. 나는 말을 이었다.

"집은 왜 나갔는지 모르겠지만요. 일하기 싫었나. 휴가가 필요했나, 지금까지 한 번도 간 적이 없으니까. 아님 취재하려고 하나? 그럴 수도 있겠다. 조심해요, 우리 엄마가 여기 사연 가져다가 막 소재로 써먹을 수도 있으니까."

전성은 딴 얘길 물었다.

"내가 왜 딸내미 같은 사람들 오지 못하도록 이렇게

꾸며놨다고 했는지 알아?"

그러고 보니 그걸 묻지 않았다.

"숨은 가족 찾으러 오는 사람은 둘 중 하나야. 일단 너무 걱정되어서 오는 사람들이 있지. 병원 가까운 데서 가족이랑 지내며 보호받아야 하는데 산 구석에 처박혀 있으면 안 된다고."

"옳소, 당연하죠. 왜 여기 있어."

"그런데 그런 사람들 비율이 얼마나 될 것 같아?"

또다시 극적인 결말을 위해 오답을 요구하는 거다. 낮게 불러야 한다. 최대한, 최대한 낮게.

"열 중 둘이요?"

전성은 웃었다.

"없어."

~

"치매에 걸려도 신체기능은 다 살아있다는 얘기는, 다시 말해 지금껏 꾸준히 해온 일은 절대 잊어먹지 않는다는 뜻이지. 걸레질, 빨래, 설거지나 밥하는 거. 눈에는 보이지 않지만 막상 하던 사람이 없어지면 하루 만에 바로 티가 나고 극도로 불편해지는 일들. 그 노고를 끝까지 눈치채지 못했던 사람들은 누구 돈 주고 고용도 못 해. 피 같은 돈을 그런 일에 써야 한다는 걸 인정할 수 없거든. 그러니까 여기로 찾아와. 찾아와서 뭐라고 하는지 아니?"

나는 입을 꾹 다문 채 고개만 저었다.

"엄마 사랑해, 라고 말하지. 엄마 진짜 내가 너무 사랑해. 아니면 여보 당신 사랑해, 하지. 너무나 사랑하니까 집에 돌아오라고."

설마. 나는 뱉었다. 설마, 세상에 그런 사람이 얼마나 있겠어요. 아, 물론 있기야 하겠지만 그건 '일부'일 뿐이라고요. 아니, 그리고, 당장 간병을 해야 하는데 그런 집안일 때문에 사람을 다시 데려오려고 한다고요? 자기 가족 이름도 모르고 얼굴도 못 알아보는 사람을요, 겨우 그것 때문에?

"정확해. 겨우 그것 때문에, 도망친 병자를 잡으러 오는 사람들이 있단다. 사랑한다는 말로 꾀어서 데려간 후엔 어떻게 되었는지 우리는 알아낼 수가 없고. 그렇게 간 사람들은…."

천장에 희미한 무늬가 일렁였다.

"다시 돌아오지 않고."

"그런데 그게 여길 을씨년스럽게 만든 거랑 무슨 상관이 있는 건데요?"

내가 묻자 전성은 천천히 대답했다.

"사이비를 믿는 엄마, 사이비에 빠진 아내."

"예?"

"그런 사람들을 찾으러 오지는 않거든. 와도 전염병 걸린 사람 보는 것처럼 멀리서 뱅뱅 돌다 도망가지. 그게 우리가 사람을 지키는 방법이야."

전성이 이불 안의 다리를 세우더니 손을 이불 속으로 넣었다. 벅벅 긁는 소리가 들렸다.

"사람들은 본인들 기준으로 보기에 미친 사람을 가장 무서워해. 절대 착취하려 들지 않아. 그 아이디어를 처음 내준 게 바로 곽 작가님이었다 하데. 아무래도 사람 다루는 글을 그리 오래 쓴 사람이라 사람에게 익숙했나 보지. 작가님이 시킨 대로 꾸몄더니 피 나는 식모 찾으

러 오는 이들이 훅 줄었다고. 알잖아? 미친 여자는 무섭
고 더러운 존재니까. 미친 여자는 집에 들이면 안 되니
까. 그래서 이렇게 꾸몄어. 이걸 뚫을 정도로 사랑하는
사람이 없더라. 없어."

"말도 안 돼. 과장하지 마요."

"전혀 없다니까 그러네. 한 놈도 없다고."

나는 전성 쪽으로 꾸물꾸물 몸을 굴렸다. 사실 전성에
게도 궁금한 것이 정말 많았다.

"그런데 스님은 병 안 걸렸잖아요. 병 걸린 가족이 있
어요? 왜 여기서 머무르고 있는 거예요? 그냥 다른 사람
돕고 싶어서? 그래서 바깥 삶 다 버리고 여기 와 있다고
요? 굳이 여기에?"

사실 엄마가 왜 여기에 그렇게까지 마음을 줬는지에
대한 궁금증을 전성의 이름으로 치환해 돌려 물은 것에
가까웠지만.

18

"이런 이야기 세상에 많지. 별로 특별할 것도 없는 사연. 어렸을 때부터 서울 어디쯤에 살았는데 우리 부모가 거기서 코딱지만 한 닭집을 했지. 테이블이 세 개 있는. 1년 365일 중에서 1월 1일만 빼고는 내내 두 사람이 거기서 닭을 튀겼어. 집이라고 할 건 닭집 옆에 달랑 붙어 있는 방 한 칸이었어. 집에 들어갈 때마다 닭집을 통과해 가야 했는데 냄새가 어찌나 지독한지, 취한 사람들이 어찌나 나를 불러 세우고 낄낄거리는지 아주 신물이 날 지경이었지.

점점 집에 들어가는 시간이 늦어졌어. 집 들어가기 싫은 어린애가 깜깜해질 때까지 몸 성히 어디 머무르려면 방법은 하나뿐이야. 비슷한 애들 있는 곳 찾아내는 거. 그렇게 무리를 지으면 몸은 안 상하지, 적어도. 그리고 나는 그렇게 착한 사람이 아니라 혼자 있으면서 뺏길래 아니면 여럿이서 뭉쳐 다니면서 뺏을래, 한다면 후자를 택하는 인간이었고.

그런데 집에 아무리 늦게 들어와도 이 양반들이 닭집 문을 닫지를 않아. 영업 정리하고 집에 들어가 자도 나는 열쇠가 있으니까 충분히 알아서 귀가할 수 있는데 내가 올 때까지 계속 미련하게 보란 듯 닭을 튀기고 있는 거야, 이 양반들이. 들어 가면 지금 몇 시인지도 모르고 그러고 있어. 그러니까 취객들은 또 집에 절대 안 가지. 두 시에 가도 세 시에 들어가도 계속해서 기름 끓는 소리가 나고 왁자지껄해. 다음 날 새벽같이 일어나서 시장에 가야 되는데도 그러는 거야. 꾸벅꾸벅 졸면서 튀기고 앉아있어.

그래서 나는 이 양반들이 내게 시위를 한다고 생각했지. 너무 밉더라고. 미워서 죽겠더라고 진짜.

그때 가게는 온통 몇십 년간 튀긴 닭의 냄새가 가득 배어서 우리 부모가 병에 걸린 걸 아무도 몰랐어. 사실 냄새가 났어도 왔을 거야. 건물이 워낙 오래되어서 바퀴벌레가 나와도 손님들은 오래 죽치고 있을 수 있는 닭집을 떠나지 않았으니까…. 방에 들어가야 비로소 그 병의 냄새가 은은하게 떠돌았는데 그게 닭 냄새랑 섞이면 그렇게 구역질이 나더라. 나는 어린 맘에 냄새가 내 몸에 밸 거라고 걱정했고 그래서 외박도 점점 많이 하기 시작했어.

내가 일찍 들어갔다면 그날 같이 죽었을까, 아니면 엄마가 문을 원래대로 일찍 닫았을 거니 불날 일 없이 살았을까. 그걸 잘 모르겠어.

새벽 두 시에 손님 담뱃불 때문에 불이 났고 나는 네 시에 가게에 도착했지. 불은 덜 꺼졌는데 구경꾼들은 이미 다 흩어지고 없데.

그때를 생각하면 나도 참 어렸다 싶어. 누군들 일 년 내내 닭을 튀기고 싶었겠나. 살아야 하니까 그랬겠지, 살아야 하니까. 천애고아 두 사람이서 맨손으로 살아남아야 했으니. 사람 몸이 두 개가 아닌데 돈 벌면서 애까지 애지중지 돌볼 수는 없지.

사고가 난 후에도 그걸 못 깨달았어 나는. 몇 년이 지나도, 성인이 되어도, 그 돌아가신 분들 돈으로 계속 학교에 다니고 공부했어도 여전히 탓하기에 바빴어. 자책은 아주 서서히 자해의 형태로 왔지. 그러니까 어떤 자해였느냐면 내가 아닌 누군가… 아마도 죽은 부모가 내 삶을 망가뜨렸다는 명제를 만들어놓고는 그게 참이 되도록 온갖 근거를 스스로 만들어내는 거야. 일부러 더 나쁜 쪽으로 나를 몰아가고, 더 괴롭히고, 빤히 보이는 구덩이에 스스로 빠지고.

혼자만을 그렇게 할퀴어대면서 허송세월하다 드디어 거리로 나앉을 때가 되었는데, 어느 날 무료 급식소에서 익숙한 냄새가 나더라고."

그날 급식소에서 만난 치매를 앓는 여자에게 자꾸만 마음이 쓰여 보살펴주던 전성은 광혜암을 알게 되었다. 급식소를 운영하던 누군가가 여자에게 광혜암의 존재를 알려주었고, 여자 혼자 광혜암을 찾아갈 수 있는 상태가 전혀 아니었기에 전성이 자기 이름도 모른 채 헛소리를 하는 여자의 팔짱을 끼곤 꾸역꾸역 이곳에까지 왔다. 건네받은 약도가 손아귀의 땀에 흠뻑 젖어 찢어지도록 애를 썼다. 그리고 익숙한 냄새를 맡았다. 그제야 부모가 정말로 흐르는 시간을 감각하지 못했음을, 그리하여 그저 귀가하는 딸의 모습이 보일 시간만을 기다렸음을 알게 되었다.

그래서 전성은 떠날 수가 없었다.

엄마를 처음 본 것도 그 즈음이었다. 엄마는 주지와

함께 온갖 식재료를 짊어지고 헉헉거리며 산을 올라 땀을 흘리고 있었다. 외삼촌이 말했던 대로 온갖 육류를 들고. 돼지, 소, 닭. 동태, 굴비, 가자미. 거기에 시장에서 파는 온갖 만두, 순대, 크로켓에 또….

그때 전성은 비로소 이곳을 믿기로 결심했다고 말했다. 승복을 입은 채로 고기를 사는 것에 역정을 내던 외삼촌과는 정반대로. 왜요? 내가 묻자 전성은 대답했다.

"고기가 되면 술도 될 것 아니야."

"진짜 한 치도 예상을 벗어나질 않으시네."

전성이 찻잔에 넣었던 술의 맛이 아직도 혓바닥을 아릿하게 만들고 있었다.

실은 다른 이유가 있었다고 했다.

닭집은 동네의 시장 언저리, 가장 오래된 교회 앞에 있었다. 방에 앉아있으면 닭집에서 교회 사람들이 왁자지껄 말하는 소리가 귀로 흘러들어왔다. 사람들의 온갖 치부를 주워들을 수 있었다. 몇 달 묵은 마카로니 과자보다도 값싸게 거래되고 여러 사람의 입 안에서 잘근잘근 씹히는 그런 이야기들. 자전거를 타고 배달을 가면 지금껏 들었던 이야길 뒤집는 또 다른 광경들도 목격할 수 있었다.

그때마다 전성이 궁금해했던 것은 기준과 원칙, 사람과 삶 중 어떤 것이 더 중요한지였다. 그리고 전성은 언제나, 정말로 이상하다고 여겼다.

"기준과 원칙을 사람과 삶보다 먼저 두는 사람들이 더 높은 평가를 받고 승승장구한다. 그런데 그 사람들은 꼭 광고를 한단 말이지. 그 기준과 원칙이 사람과 삶을 위한 거라고. 절대 아니면서. 또 그들이 그 기준과 원칙을 지키느냐 하면 그건 결코 아니야."

불탄 닭집을 떠나 밑바닥으로 내려앉을수록 괴리는 크게 느껴졌다. 처음엔 밥 한 끼를 얻어먹는 값으로, 예쁘고 휘황찬란하고 텅 빈 이야기들을 듣는 게 힘들지 않을 거라고 생각했다. 한 귀로 듣고 한 귀로 흘리면 된다고, 내가 지금 외국어를 듣고 있다고 스스로를 세뇌하면 될 거라고 여겼다. 그러나 그렇게 되지 않았다.

자꾸만 화가 났다. 어느 급식소나 쉼터를 가도 전성과 같은 처지의 사람들은 계속해서 어떠한 종류의 거대한 목적, 은혜를 베푸는 이들의 어짊을 전시하기 위한 재료로서의 벽돌이 될 뿐이었다. 세상은 이상하게 돌아가고 망하는 이들은 끝없이 생겼으므로 벽돌은 아주 많았다. 벽돌이 아주 많으니 은혜로운 왕국을 건설하기도 참 쉬웠다.

"그런데 광혜암은 안 그랬던 게." 전성은 말했다. "그 노인네들, 누구도 찾지 않고 나라에서도 별 쓸모없는, 기껏해야 식모 노릇할 사람으로나 여겨지는 그 노인네들 위해서 승복 입은 이가 고기를 그렇게 산다는 게. 사람들한테 땡중이라고 손가락질 받으면서까지. 욕만 먹은 줄 아나. 머리 **빡빡** 깎은 비구니가 얼마나 공격하기 편해 보이겠어. 사람들한테 잘 말을 안 해서 그렇지 어디서 두들겨 맞고 온 일도 부지기수다. 나중엔 그냥 사람들 다 자는 밤에 몰래 들어오더라. 그 칠흑 같은 산을 타고. 걱정 안 시키려고."

"누가요?"

"누구긴 누구야, 주지 스님이지."

그러더니 덧붙였다.

"곽 작가님도 같이 다녀서 몇 번이고 불똥 맞았지."

19

전성이 나를 흔들어 깨웠을 땐 이미 모든 사람들이 일
어나 세신을 마친 후였다. 전성은 입술을 씰룩였다.

"자기 엄마 어디서 해코지당했단 말을 들어도 세상에,
저렇게 잘 자요."

그 불똥인지 뭔지에 대한 이야기였다. 나는 조금 민망
해져서 대충 얼버무렸다.

"이미 지나간 얘길 제가 들어서 걱정해봤자 뭘 어떻게
할 수 있는 게 없잖아요."

"씻고 나와. 공양 시간 다 됐으니까."

공양간에 들어서서야 비로소 이곳에 얼마나 많은 사
람들이 머물고 있는지 알 수 있었다. 얼핏 봐도 스무 명
은 넘어 보였다. 이 연령대의 여자들이 이렇게 빼곡하게
모인 걸 본 적이 있던가? 아무리 돌이켜봐도 기억나지
않았다. 아마, 음, 아마 국회의원 누구누구의 선거 유세
차량 아래에서 춤을 추고 전단지를 나눠주던 무리 혹은

모델하우스 근처에서 커다란 쇼핑백을 몇 개씩 든 채 지나가는 사람들에게 애처롭게 매달려 사장님, 한 번만 구경하고 가시라고 읍소하던 무리. 뭐 그 정도. 그 외에는 본 적이 없었던 것 같았다.

장현이 내게 손을 흔들었다. 장현의 앞에는 머리가 반쯤 센 이가 앉아서 헤실헤실 웃음을 흘리고 있었다.

"두 명씩 짝지으면 된대."

"나랑 하면 돼."

옆에서 전성이 말했다.

"얼마나 엉망일지 모르니까 우리 보살님들 맡기기가 그래."

뭐가 엉망이에요? 장현이는 엉망 아닌지 어떻게 알고? 내가 투덜거리자 전성은 턱짓으로 내가 앉을 자리를 가리키며 말했다.

"당연히 알지. 간병을 한다잖아."

그렇다.

이 병증의 가장 특이한 점 중 하나는 타인을 보살피는 신체 능력을 잃지 않지만 자신을 위하는 방법은 까맣게 잊는다는 것이었다. 마치 자신에게 입이 있다는 사실을 망각한 것처럼 사람들은 제 손에 든 수저를 자기 입으로 넣지 못하게 되었다.

"저번에는 꼬챙이처럼 바짝 말라비틀어진 아줌마가 하나 왔어. 그 아줌마가 스스로 뭘 먹게 하려면 어떻게 해야 하는 줄 알아?"

"어떻게요."

"매 수저마다 말해줘야 돼. 당신 지금 간을 보고 있다고. 당신 지금 가족들 먹일 찌개 간 보고 있다고. 매 수저마다 까먹고, 또 이야기해주고. 그럼 먹고, 또 까먹고, 또 이야기해주고. 내 입에서 단내가 날 때까지 그렇게 쭉."

그 모습을 보고 엄마가 처음으로 다른 방법을 생각해 냈다고 했다. 서로에 대한 공양. 이곳 모두가 자기 입에 수저를 넣는 방법을 잊는다 해도 아무도 굶어 죽지 않을 유일한 방법.

"그 양반도 어찌 그렇게 머리가 잘 돌아가는지. 귀인이 확실하시지. 얼마나 안도가 되던지. 우리가 언제까지 남아있을 순 없잖아. 주지 스님은 연세가 많으시고 나도 어디서 어떻게 될지 모르니까…. 그러니까 혹시 무슨 일이 일어나도 이곳 사람들은 서로 보살펴줄 수 있는 거지. 그럴 수 있게 계속해서 우리가…." 전성의 얼굴이 조금 흐려졌다. "계속해서 습관을 만들어주고 있으니까. 돌아서면 잊는 사람들에게 습관을 만들어준다는 게 우습게 들릴지 모르겠지만 아니야, 절대 안 잊거든 이 사람들은, 누군가를 먹여야 한다는 건 절대로 안 잊어…."

아침 메뉴는 소고기미역죽과 잘 익은 백김치 그리고 곱게 다져 빚어놓은 동그랑땡과 감자조림이었다. 나는 사람들의 무구하고 깨끗한 얼굴을 보았다. 누군가는 아직 병증이 깊지 않아 스스로 세수를 할 수 있지만 어떤 이들은 반드시 서로를 씻겨 주어야만 했을 것이다.

장현은 익숙한 듯 자신의 맞은편에 앉은 여자의 목에 커다란 천을 둘러주었다. 나는 궁금해졌다. 장현은 얼마나 오래 자신을 낳은 여인의 입에 수저를 물려줄 작정이었던 걸까. 물론 지금은 아버지가 함께 있다 하더라도, 그래도….

"누가 먼저 먹을까."

전성의 물음이 생각을 싹둑 잘라주었다. 먼저 드릴게요.

내가 말했다. 찬물도 위아래가 있는 법인데요. 그러자 전성이 킥 소리를 내며 짧게 웃었는데, '얼마나 잘하나 두고 보자'는 뜻이 너무나도 투명하게 드러나는 웃음이었다.

~

외할머니나 외삼촌과 싸울 때마다 엄마가 했던 말을 기억한다. 안 해본 사람들이 제일 쉽게 말해, 내가 얼마나 노력하고 있는지 당신들은 몰라! 그러면 외할머니가 뭐라고 했더라. 아마 그렇게 대답했던 것 같다. 그래, 너는 네 새끼 제대로 돌본 적이 없는 사람이라 내가 너 따위한테 뭘 얼마나 해줬는지는 안중에도 없지?

나 자신이 방치된다는 점을 빌미로 일어난 싸움을 눈 앞에서 구경하고 있어야 했던 당시의 내가 무슨 생각을 했는지는 솔직히 기억나지 않는다. 그땐 너무 어렸기도 했고 지금은 이미 너무 오랜 시간이 지나기도 했다. 그 상황에 분노했다고 말한다면 그것은 그날 그 시간의 내가 느낀 것이 아니라 후의 내가, 아픈 장면을 계속 굳이

씹고 곱씹고 또 게워내어 되새김질하듯 질겅거렸던 내가 만들어낸 감정에 가깝지 않을까.

그때의 싸움에서 나오던 말과 비슷한 논리로 나는 이번에 혼이 났다. 해본 적이 없는 사람이라서. 그러나 전성이 천둥 같은 목소리로 우당탕탕 쏟아내는 어휘들이 우스워서 이번엔 섣부른 슬픔에 빠지지 않을 수 있었다. 역시 슬픈 것보단 우스운 것이 나았다.

"야, 씨, 이년아!"

"아, 왜 갑자기 욕을 해요, 미쳤나!"

"너 지금 이게 얼마나 뜨거운지 아냐 이년아! 이런 씨발, 죽는 줄 알았네!"

아아…. 나는 김이 모락모락 나는 죽그릇을 내려다보았다. 전성의 입에서도 용처럼 김이 피어올랐다. 그러고 보니 주변 사람들은 모두 후후 소리를 내며 숟가락에 얹은 죽을 불어 식히고 있었다. 장현까지도.

"아니, 죄송해요…." 목소리가 작아졌다. "그래도 왜 갑자기 욕을 해요."

"놀라서 그랬지, 놀라서!"

이후로도 모든 게 엉망이었다. 수저의 각도도, 반찬을

입에 떨어뜨려주는 타이밍도, 그리고 죽 한 숟갈에 어떤 반찬을 몇 번이나 줄지 결정하는 것도. 왜 이렇게 많은 것들을 신경 써야 할까, 겨우 밥 한 끼 먹이는데. 종내에 는 나도 모르게 땀을 뻘뻘 흘리게 되었다. 모두가 서툴 기 그지없는 나를 구경하는 기분이었다. 장현의 시선이 가장 신경 쓰였다. 장현은 이미 상대에게 의지해 자기 식사까지 끝낸 후였다. 장현의 짝은 아기를 먹이는 방 식만큼은 똑똑히 기억했다. 적절한 온도와, 눈의 마주 침과, 씹는 속도에 맞춰 끄덕여주는 고개의 움직임까지 를 다. 큰 성인의 앞에서도 여자는 온전한 마음을 담 았다. 나는 궁금했다. 그것은 학습된 것일까, 본능일까, 아니면 본능이라고 스스로 믿게끔 학습된 것일까.

공양을 마친 모든 사람이 떠난 후 결국 나와 전성만이 공양간에 남았다. 내 식사가 시작될 즈음 장현은 짝의 이까지 닦아준 후 다시 돌아와 조금 떨어진 테이블에 앉 았다.

"딸. 이 본인이 닦았어?"

전성의 물음에 장현이 웃으며 고개를 저었다. 아뇨, 정혜 님이 닦아 주셨어요.

"그새 통성명도 했어?"

내가 묻자 옆에서 전성이 말했다. 그 보살님 이름 정혜 아니야. 기억 못 해. 내일 물어보면 또 다른 이름 말할걸.

전성은 내 몫의 음식을 다시 데워 왔다. 나 같았으면 복수심에 너도 당해 보라고 마구 흘리게끔 엉망으로 줬을 텐데, 전성은 나름 불가에 귀의한 승려라 그런지 몰라도 먹여줄 때만큼은 상냥하고 사려 깊었다. 왜 이렇게 다정해요, 적응 안 되게. 괜히 툴툴거렸더니 전성은 입을 비죽이며 말했다.

"사람 먹이는 건 별개의 일이야. 난 그렇게 생각해. 내가 급식소에 대해 싫어했던 것도 그거지 뭐. 왜 먹여놓고 이러쿵저러쿵 토를 다니. 그렇지 않니, 큰 딸내미?"

"맞아요. 먹는 게 세상에서 제일 중요하지."

장현은 대답하고는 나를 향해 입을 벌리고 미소를 지었다. 잘 닦인 치아가 입 안에서 하얗고 촉촉하게 빛났다.

20

전성은 엄마가 어디 있는지는 죽어도 알려줄 수 없다
고 했다. 엄마의 허락을 받지 못했다면서. 그렇다면야
아무래도 조사는 여기까지였다. 엄마가 무사하다는 걸
알았으니 그것으로 되지 않았을까, 딸로서 내 의무는 다
하지 않았을까 싶었다. 결국 우려가 필요 없는 단순한
성인 가출이었던 셈이다. 뭐 애당초 걱정하지 않았었느
냐고 묻는다면 변명할 도리는 없긴 하지만.

공양을 마친 사람들은 마당에 나가 해바라기를 하고
있었다. 누군가는 손걸레나 비 따위를 들고 종종거리며
돌아다녔다. 우리는 법당 안으로 들어와 문을 연 채 앉
아서 그 광경을 마냥 바라보고 있었다. 아무리 말려도
소용없다며 전성은 고개를 저었다. 빗자루 뺏으면 손으
로라도 바닥 훔치고 다닐 양반들이라고 했다.

"오늘 오후에 갈게요. 아버지가 오늘 밤에는 근무를
꼭 해야 하셔서요."

"아쉽네. 어머니께도 안부 전해드리고."

"네, 금방 잊으시겠지만…."

장현은 살짝 얼굴을 찌푸렸다. 나는 안 그런 척 몰래 옷에 코를 박았다. 잃은 기억들의 냄새가 배진 않았을까. 어차피 여기 두고 갈 이곳의 옷이지만.

"궁금한 게 있어요."

"뭐?"

아마 생계를 반쯤 짊어진 장현이었기에 그 물음을 떠올리곤 직접 물을 수 있을 거라고 나는 듣자마자 생각했다. 그리고 내가 그 의문을 한 번도 가져본 적 없단 사실에서 약간의 자괴감을 함께 느꼈다.

우리가 서로를 연인이라 부르던 시절에 우리는 닮아 있었는데.

아니, 이 역시도 내 자만이었을까?

"독지가들 기부만으로 이곳이 운영될 수가 있어요? 입이 많은데…."

전성은 어떨 거 같아? 하고 되물었다.

"실제로 그런 질문을 하는 사람들이 종종 있었지. 우리도 한때는 너무 궁금하고 벽에 부딪쳐서 이런 류의 공동체를 운영하는 사람들에게도 찾아가 조언을 구한 적이 있었어. 그 사람들이 우리에게 해결책이랍시고 제시한 게 뭔지 한번 상상해볼 수 있겠어? 남의 원조 없이 우리끼리 굶지 않고 살 수 있는 방법을 뭐라고 조언했는지."

나는 자꾸만 외삼촌의 말이 생각나서 전성의 물음에는 아무런 수를 내지 못했다. 외삼촌이 부산역 앞에서 노숙자들을 보고 했던 말. 너희 엄마는 내가 저렇게 되어도 손 한 번 내밀지 않았을 거라던 그 말….

엄마는 나를 사랑하지 않는다. 엄마는 나를 필요로 한 적이 없다. 엄마의 삶에는 이곳이 더 중요하다.

이곳에서 평생 상상조차 못 했던 무시무시한 병증의 실체를 알게 되고, 자신을 전혀 돌보지 못하는 사람들의 무리를 보고, 남에게 끼니를 떠먹이고, 또 아기처럼 받아먹으면서 나는 내내 이상하게 불안했다. 이유를 헤아리기 힘들었는데 장현의 질문 때문에 비로소 알게 되었다. 내가 느끼는 이 서늘함이 무엇이었는지를.

그 서늘함은 내 안의 진짜 나와 남들이 봐주길 바라는 이상적인 나와의 괴리에서 오는 것이었다. 나는 이러한 안타까운 사연들에 눈물짓고, 이들을 내치거나 이들의 기능만을 필요로 하는 가족이란 놈들에게 분노하고, 그리고 남몰래 선행을 베풀어온 엄마에게 감동해야만 했다. 내가 이런저런 매체에서 배우고 체득한 바람직한 방향으로 자랐다면 응당 그리해야만 했다. 특히 내가 엄마의 드라마 속 주인공을 닮은 사람이라면 더더욱. 뉘우치고 깨닫고 발전해야 했다.

그러나 그런 마음이 하나도 들지 않았다. 나는 이제막 서로의 존재를 터놓기 시작한 전성에게조차 실망감을 줄 수밖에 없는 사람이었다.

엄마랑은 다르네, 엄마는 선의 결정체나 마찬가지인 사람인데 저 딸내미는 아무래도… 아무래도 텄네, 라고 생각하겠지.

나는 이런 걱정을 하는 자신을 받아들일 수밖에 없었다. 엄마가 자신의 모든 재산을 여기에 바치려 든다면 나는 어떻게 하지?

지금껏 엄마에게 가혹하게 대했던 딸의 그 모든 행각, 바늘 하나 들어갈 곳 없이 조밀한 무능함에 질려버렸다면? 그래서 아무것도 물려주고 싶지 않다면?

이런 생각을 하는 나의 존재 자체를 망각하고 싶었다.

"…파출부 업체를 차리라고 하더라."

전성의 목소리가 가위처럼 머릿속으로 들어와 생각의 고리를 뚝 잘라버렸다.

"아픈 양반들이 밥도 청소도 잘하니까 파출부 업체를 차려서 일을 시키라고 하더라고."

전성은 개새끼들이라고 뱉었다.

"노숙 청년 돕는다는 인간이 그런 말을 하다니. 듣고 어찌나 화가 났던지 여기 돌아오는 지하철에서 몇 번이고 내려서 화장실로 가 침을 뱉었어."

나는 토악질을 했었는데, 전혀 다른 이유로.

"주지 스님은 이해하라고 하시더라. 젊은이들 돕는 양반은 일을 어떻게든 시켜서 경제활동 가능한 인간으로 키워내는 게 목적이 아니겠느냐면서. 하지만 아무리 생각해도 나는 이해가 안 돼. 우리가 그냥 평범한 노인 복지회였다면 그 인간은 그런 말 하지 않았을 거야."

장현은 목에 핏대를 올렸다. 몸을 움직이고 일을 할줄 안다고 해서 그렇게 써먹으란 말을 했다고요? 자기 이름도 기억하지 못하는 사람들을요?

"그런 말도 하데. 평생 돈도 못 받으면서 집안일을 했는데 이제 돈을 받을 수 있게 되면 어르신들에게도 좋은 일 아니냐면서. 본질을 모르는 거지. 우리가 무엇에 화를 왜 내는지 그런 사람들은 전혀 이해하지 못하는 거야."

장현이 허 소리를 냈다.

나는 장현을 보았다.

사람은 로봇이 아니다. 한 가지 면만 가지고 있지 않다. 생각의 알고리즘은 매 순간마다 변화하며 돌돌 말린 소용돌이의 모양새로 되어 있는 귓바퀴는 말을 잔뜩 왜곡해서 듣고 눈은 제가 보고 싶은 것만을 초점 잡는다. 주름이 가득한 뇌는 이미 한 번 구겨진 채 들어온 정보들을 신명 나게 썰고 무치고 볶고 졸여서 내놓곤 한다. 사람이란 그토록 잘 변하는 존재라 발생하는 해로운 순간들이나 오해들도 분명 있지만, 그래서 탄생하는 소중한 감정들도 너무 많아서 사람은 사람이 가장 사랑할 수밖에 없다….

내 머리에서 나온 말이 아니고 엄마의 드라마에 나와 명대사랍시고 여기저기 회자된 내용이다.

전성에게 동조하는 장현의 얼굴을 보는 순간 왜 갑자기 목에서 뜨거운 것이 울컥 치솟았을까. 어쩌면 그 이유를 나 역시 엄마의 대사를 통해 설명할 수 있을 터였다.

내 안엔 수많은 실패의 경험이 퇴적되었다. 가끔씩 누가 들어와 먼지를 털고 바닥에 쌓인 티끌을 비로 쓸어낸 후 시원한 물줄기를 뿌려 깨끗하게 만들어줬으면 참 기꺼웠겠지만, 그리고 그게 내가 원했던 가족의 기능이지만, 아무도 그렇게 해주지를 못했다. 막상 나 자신 역시 성격도 참 거지 같아서 그 기능을 대체해줄 친구도 제대로 구하지 못했고. 그렇게 퇴적된 경험들은 굳어서 일종의 미로를 이루었다. 내 안에 들어온 외부의 언어와 장면과 사건들은 그 미로에 갇혀 이리저리 꼬이고 헤매고 급기야는 길을 잃은 채 어디 처박혀 천천히 썩어가는 것이다. 그렇게 미로는 더 좁아지고 단단해지고 더더욱 어두워진다.

왜일까, 내가 세상만사를 계속해서 '경제적인 생산활동 일 인분을 제대로 하지 않는 가치 없는 나'의 기준으로만 판단했던 것은.

그래서 넘겨짚었다. 장현의 마음은 지금 훨씬 편안할 거라고. 곽문영 작가를 찾으러 함께 가 달라는 말을 들은 저 애는 주저했을 게 분명하다. 자기 돈줄을 잃을까 봐. 엄마가 돌아오면 다시 비루한 휴학생의 처지로 돌아

가게 될까봐. 그러나 전성이 계속해서 엄마가 쉽게 복귀
하지 않을 거라고 암시하고 있으니 장현은 아마도 한시
름 덜었을 것이다.

그러니까 저렇게 남들 걱정을 하고 사정을 묻겠지.

그러나 나는?

"엄마가 어디 있는지는 정말로 끝까지 안 알려주려
고요?"

분노는 이상하게도 눈에서부터 먼저 액체의 형태로 쏟
아져나오곤 했다.

"뺏기기 싫겠죠, 그죠? 그 사람이 돈줄인데 함부로 잃
을 수는 없죠. 맞죠?"

엄마를 잃는다 해도 굶어 죽진 않을 거란 생각은 치기
에 가까웠다.

"당신네들 진짜, 당신들밖에 모르는 사람들이야."

장현이 당황해하며 주머니에서 손수건을 꺼냈다. 쟤
는 어떻게 주머니에 손수건도 가지고 다니냐. 나는 우
는 와중에도 그런 생각을 했다. 학교에 다닐 때도 그랬
다는 것이 그제야 기억났다. 고등학교 졸업식 날, 운동

장을 가로질러 걸어가던 중 어디선가 날아온 돌에 친구 하나가 머리를 맞은 적이 있었다. 다른 애들은 허둥지둥 휴지를 찾으러 화장실로 뛰어가려 들었다. 그러나 장현은 메고 있던 가방을 모래 바닥에 내팽개치더니 그 안에서 곱게 접힌 손수건 두 장을 꺼냈다. 한 장은 피가 줄줄 흘러내리는 그 애의 머리에 대고 꾹 눌러주었으며, 다른 한 장은 직접 눈물을 닦아낼 수 있도록 손에 들려주었다. 그 애는 마지막 날인데 어떻게 손수건을 돌려주냐고 울면서도 물었고 장현은 대답했다.

아냐, 집에 손수건이 많아. 쓸 일이 많아서.

장현과 헤어진 후였기에 나는 그 장면을 못 본 척하고 지나쳤으나 오래도록, 그 애의 존재가 내게서 떠나가면서 내가 잃은 것이 무언지를 슬픈 마음으로 헤아려봐야 했다. 그때 손수건을 쓸 일이 왜 많았을지는 생각조차 하지 않은 채로. 갑자기 그 기억이 떠올라 화가 났고 전성이 아무런 대꾸 없이 나를 가만히 바라보고 있어 더 화가 났다.

그래요, 내가 한심하죠. 나도 알아요. 그렇게까지 빤히 구경거리 났다는 듯 보지 않아도 내가 나 자신을 충분히 알고 있다고요.

21

돌아오는 길 내내 장현은 내 손을 꼭 잡고 있었다. 나는 눈을 질끈 감고 자는 척을 했다. 어차피 그 노선의 그 구간에서 역과 역 사이는 몇 번을 죽었다 깨어나도 될 만큼 기니까.

엄마를 찾아오겠단 목표는 없었고 실제로 찾아오지 못했다. 않았다고 해야 더 맞으려나. 어쨌든 목표가 없었으니 실패하지도 않았다. 그런데 나는 왜 울었나.

왜 나는 아무도 주지 않은 상처를 혼자 받았나.

나처럼 비뚤어지지 않은 다른 사람들이었다면 얼마나 감동했을까. 광혜암의 모습. 서로가 서로를 위하고 먹이고 씻기는 모습. 어떤 이들은 가족이란 작자들의 작태에 분노하기도 할 것이다. 애정이라곤 눈곱만치도 찾아볼 수 없는 이기적인 모습을 손가락질할 것이다.

결국 내가 가장 악한 사람인 걸까.

서울로 돌아오는 내내 아무 대화도 하지 않았다. 우리는 하리팰에서 가장 가까운 역에서 헤어졌다. 장현이 거기까지 데려다주었다. 내일 시간 맞춰 출근할게. 장현의 말에 나는 고개만 주억거렸다. 등을 돌리는데 뒤에서 그 애의 목소리가 들렸다.

"같이 있어 줘서 고마웠어."

나는 다시 뒤돌아서진 않고 여전히 등을 보인 채 대답했다.

"내가 필요해서 네가 같이 가준 거잖아."

장현은 대답했다.

"필요로 해줘서 고마워."

나는 손을 휘젓고 걸었다. 그 애와 연애한 것도 내가 그 애를 필요로 해서였다. 다정하고 섬세하며 또 상대방에게 좋은 말만 해주던 그 애는 다른 누구와도 사귈 수 있었을 텐데. 그런데 나랑 사귀었다. 장현이 곁에 있을 때 나는 그 어느 때보다 행복했으면서 또 그 어느 때보다도 나 자신을 의심했다. 나라는 인간이 장현의 언어가 그리는 상과 같다는 자신이 없었기 때문이었다.

집에 돌아왔다. 아무도 없는 집에. 이렇게 넓은데, 이렇게 비싼데, 이렇게 쾌적한데 아무도 없는 집에. 집에 오는 내내 전날과 똑같은 옷을 입고 있는 게 그렇게 찝찝했는데 막상 현관에 들어서자마자 맥이 탁 풀려 갈아입을 옷을 찾을 힘조차 생기지 않았다. 나는 하루 동안의 냄새가 배어있는 옷을 허물 벗듯 아무렇게나 벌려놓고서는 그대로 벌러덩 누워 버렸다. 속옷만은 전성이 꺼내준 새것이었다. 광혜암에는 새 속옷이 아주 많았다. 계속해서 기억을 잃은 사람들이 드나드는 그곳에는 돈 주고도 안 살 원색의 속옷이 가득했다. 할머니들은 그런 색을 좋아한다고 전성은 변명처럼 말했다. 전성이 옷을 갈아입을 때 힐끗 본 속옷 역시 적잖이 놀라운 자주색이었다. 스님도 그런 색 속옷을 입어요? 내가 묻자 전성은 제발 트집 좀 그만 잡으라고 툴툴댔었다. 문신 가지고도 뭐라고 하더니 이젠 남의 속옷 색까지 왈가왈부하는 거냐고. 젊은이가 되어서 왜 그리도 보수적이냐고….

그러고 보니 마지막으로 누군가와 함께 잠을 잔 게 언제였던가.

광혜암에 있던 내내 단 한 순간도 심심할 새가 없었다. 그 아무것도 없는 암자에서도. 아마 그곳에 머무는 모든 사람이 그렇겠지. 비슷한 처지의 사람들끼리 눈 감으면 금세 증발할 이야기들을 나누고.

빗방울은 증발할 걱정을 하지 않은 채 내려 여기저기서 빛을 반사해 반짝이기 마련이다. 더 후한 빛을 받을수록 조금 더 빨리 증발하겠지만 그전까지는 더욱 선명하겠지. 동그란 모양으로 또록또록 소리를 내겠지.

브래지어의 후크가 등에 배겼다. 나는 브래지어를 풀어 반으로 접고는 한 손으로 들어 올렸다. 그걸 가만히 바라보았다. 매끈하고 모던한 하리펠의 높은 천장과 빛나는 조명을 자글자글한 레이스가 가렸다. 시장에서 샀을 이 속옷은 하리펠과 하나도 어울리지 않았다.

나는 왜 이렇게 무언가를 잃은 기분이 들까, 왜 이토록 허전할까. 남에게 나쁜 마음을 먹은 사람 하나 없이 그저 백지 같은 이들이 복작복작 가득한 공간에서 머물다 와서일 거라고 생각했다.

그렇게 두어 시간을 무료하게 누워 있다가 무슨 생각에서인지 비척비척 일어나 팬티 바람으로 발코니로 향했다. 어차피 펜트하우스는 높다. 너무 높다. 게다가 기막힌 각도로 설계되어 있어서 아래에서는 절대로 펜트하우스의 발코니를 볼 수 없었다. 완벽하게 프라이빗한 발코니, 무엇이든 남의 눈치 하나 보지 않고 멋대로 할 수 있는 외부 공간. 그게 바로 하리펠의 펜트하우스가 자랑하는 최고의 장점이었다. 대한민국 그 누구도 서울 한복판에서 알몸으로 바깥 공기를 마실 수는 없지만 하리펠의 펜트하우스에서만큼은 가능하단 것.

엄마는 여기서 어떤 일탈까지 해보았을까?

나는 엄마가 취재 여행을 갔던 때 술을 마신 채 여기서 홀딱 벗고 춤을 춘 적이 있는데.

엄마는 그런 행동을 할 수 있는 사람일까?

갑자기 궁금해졌다. 나는 모르니까. 그 사람이 어떤 사람인지.

아연해졌다고 해야 할까 아니면 화가 났다고 말해야 맞는 걸까.

굉장히 모호한 분노였다. 광혜암에 가보기 전 내가 품은 불만이 그저 하나뿐인 딸을 '다른 부모'처럼 보살펴주지 않은 오랜 세월에 대한 서운함의 누적이었다면, 이번엔 조금 달랐다.

말하자면 이거였다.

왜 당신은 내가 알던 이와 다른 사람인 척하는 건데.

왜 나보다 다른 이들을 더 사랑했던 건데.

나는 브래지어를 발코니 밖으로 던졌다. 어차피 아파트의 격을 떨어뜨리는 투척물은 관리사무소에서 즉각 치워줄 것이고. 어디 빨랫줄에 걸려서 부부 싸움을 유발하는 그런 드라마 같은 상황은 대건빌라에서라면 모를까 이 단지에선 있을 수 없는 일이며.

무엇보다, 갑자기 전화가 울렸기 때문이었다.

오혜진이었다.

"주민호 피디님이 만나잔 요청이 있으셔서요."

"아…."

"그런데 단둘이요. 저는 제가 동행하겠다고 했는데 딱 잘라서 단둘이어야 한다나. 갑이 하자는 대로 해야죠, 뭐."

"제가 실수하면 어떡해요."

"그냥 입 꾹 다물고 계세요. 그쪽에서 할 말이 있으니까 미팅 요청을 했겠죠."

전화가 끊기고 핸드폰 화면이 다시 홈 화면으로 바뀌고 나서야 나는 미팅 요청에 당황해 진짜로 해야 할 말을 하지 못했다는 사실을 깨달았다. 탐정을 이제 그만 쓰셔도 될 것 같아요. 엄마가 어디 있는지 알아냈으니까. 엄마가 거기서 자기 돈 다 쓰고 올 것 같아요, 엄마에게 이렇게나 인도적인 면모가 있다는 걸 피디님은 알고 계셨어요? 뭐 이런 물음.

나는 꺼진 화면을 멍하니 보다가 장현에게 메시지를 남겼다. 어머니 잘 계셨어? 아버지 힘드셨겠다. 뭐라고 안 하셨어? 너 무슨 일 하는지도 잘 모르시잖아.

장현은 제 엄마와 함께 찍은 셀카와 방금 끓였다는 찌개 사진을 연달아 답장으로 보냈다. 나는 그 사진을 오래 응시하다 핸드폰에 저장했다. 그러나 곧 다시 갤러리로 들어가 삭제 버튼을 눌렀다.

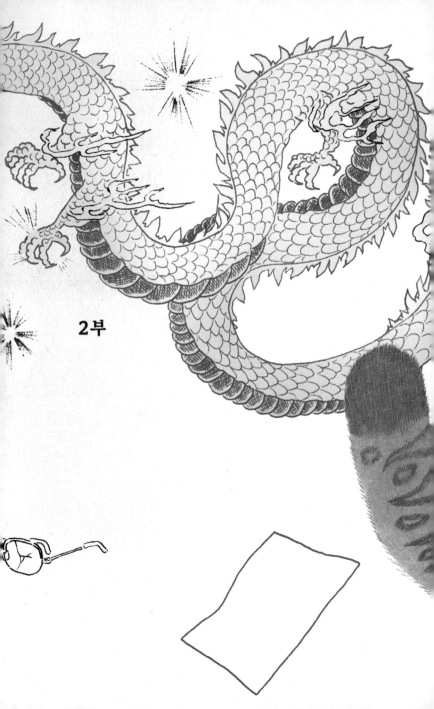

2부

22

"단둘이 뵙자고 해서 놀라셨죠."

예에, 예. 나는 고개를 주섬주섬 수그리며 상대의 눈을 피했다. 대신 애꿎은 카페 안만 휘둘러보았다. 이 넓은 카페 안에서 한참 전에 도착했다는 주민호가 선택한 자리는 아주 외진 곳이었다. 어느 사람들에게도 목격되지 않을 정도로 구석진 자리. 우리 대화야 당연히 누구에게도 안 들릴 게 뻔했다. 배경음악마저 지나치게 커서, 주민호에게 바보같이 고개를 기울이며 예? 네? 하고 되물어야 했다.

조금 더 조용하고 밝은 자리도 있을 텐데.

"저를 만나셔봤자… 저도 엄마의 앵무새일 뿐인데요."

내가 말하자 주민호는 저 역시도 세븐믹스의 앵무새일 뿐이라며 웃었다. 저 위치까지 프리패스로 도착한 이가 할 말은 아니지 싶었다. 주민호에게는 성공한 사람 특유의 겸손이 분명히 있었다. 어쩜 저렇게 인성까지 좋냐는 말을 듣도록 제련된, 은연중에 쌓아 올린 경계를 허물고 미소를 짓게 만들어 끝내는 원하는 것을 쟁취해내기 위한 무기로서의 겸손. 뭐, 어쩌면 주민호는 본디 그토록 아름답게 태어난 사람이고 나 혼자만의 피해의식이 그런 선입견을 만들어냈는지도 모르는 일이지만.

본론을 던지지 않고 주민호는 또 뻔한 소리를 해댔다. 요새 날이 참 좋던데 용호 님도 어머니랑 많이 이곳저곳 다니세요? 예전에 어머니께서 가끔 예능 나오시면 용호 님 이야기도 하고 그러셨잖아요.

"엄마는 그런데 놀러 안 나가요. 일 중독자라서."

나도 모르게 퉁명스런 소리를 내뱉고는 아차, 저 이는 내 밥줄이었지 싶어 덧붙였다. 죄송해요, 민망하시라고 한 소리는 아니에요. 그러자 주민호는 또 사람 좋은 미소를 지어 보였다. 남들 놀 때 같이 놀면 그런 거장이 되실 수 없었겠다며.

"피디님도 그렇게 어린 나이에 메인 다셨으면서. 피디 님도 대단한 건데 겸손이 심하시다."

질시를 차마 숨기지 못했다. 그 소릴 들은 주민호는 또다시 수줍게 웃었다.

아마 조금 더 많이 알았더라면 그 미소에 내가 가진 것과 유사한 종류의 체념이 섞여 있다는 걸 눈치챌 수도 있었을 텐데. 그때는 그저 오래 견고히 쌓아 올린 감옥 같은 열등감에 갇혀서 시야가 지나치게 좁았다.

나는 주민호가 시답잖은 이야길 꺼낼수록 점점 불안하고 초조해지다가, 공포심에 고개를 제대로 가누지 못하다가, 압박감에 어깨를 한없이 움츠리다가, 결국엔 이 카페의 시그니처라는 솔트 커피를 세 잔이나 시켜 마셔버리고 말았다. 얼마나 안 좋은 소식이길래 절대적 갑인 주민호마저 속 시원하게 털어놓지 못할까. 마지막 잔에 이르러서는 이런 생각뿐이었다. 곧 잘릴 거니까 커피라도 한 잔 더 얻어먹자. 여기 비싼 데니까. 왜 이렇게 짜. 그래도 일단 마셔. 이게 제일 잘 나간다니까.

그런 생각. 또 이런 생각.

어쩐지 그럴 줄 알았어. 이렇게 일사천리로 일이 진행될 리가 없었어. 내 인생이 그렇게 풀릴 리가 없었지. 장현이 많이 도와주긴 했지만, 실제로 장현은 정말 잘 쓰긴 했지만…. 분명 둘 중 하나야. 대본이 아주 거지같거나, 아니면 엄마가 쓴 대본이 아니라는 것을 세븐믹스가 알아낸 거지. 머스트미디어 사람들이 같이 있으면 일단 어떻게든 회피하며 진실을 숨기려 들 테니까 일단 가장 취약해 보이는 나를 불러낸 거야.

이해가 됐다. 마음을 단단히 먹어야 했다. 먹어야지, 먹어야지. 속으로 중얼거렸는데 입 밖으로 그 말이 나온 모양이었다. 예? 뭘 먹어요? 주민호가 물었고 나는 커피를요, 커피를… 이라고 얼버무리려 했지만.

이를 어쩌면 좋을까.

눈물이 먼저 나와 버렸다. 이미 짠 커피를 하도 많이 마셔버려서 잠깐 동안은 내가 울고 있다는 사실도 인지하지 못했다. 카페인 때문에 가슴은 벌렁대고 얼굴은 축축하고 사위는 조용하고…. 손에 냅킨이 뭉텅이로 들어왔다. 주민호가 말했다. 왜 우세요, 왜…. 당황해하는 말투였는데 그마저도 아주 노련하게 연습된 결과물 같이 들렸다. 너무 매끈해. 너무 완벽해. 나는 절대 저렇게 되지 못할 거야.

"대본이 별로인가요. 아니면 뭐 하실 말씀이 더 있나요. 그냥 빨리 다 하세요. 저는 상처받지 않을게요. 빙빙 돌리지 마시고 그냥 솔직히 말씀해주세요. 피디님 죄송해요, 이렇게 추한 꼴 보여드려서. 저 같은 사람 처음 보시죠. 저는 왜 이 모양 이 꼴인지 모르겠어요. 지금껏 매번 한심해하는 사람들만 만나면서 살아왔는데, 내가 지금 하리팰에 산다고 해서 그게 무슨 소용이야. 피디님 죄송해요. 저 같은 사람이랑 엮여봤자 좋을 게 없을 텐데. 그냥 잊어 주세요. 그거 아세요? 우리 엄마는 일도 잘하는데 남도 잘 돕는대요. 진짜, 세상에 뭐 그런 사람이 있지. 진짜…. 심지어 우리 엄마는 자기 미워하는 나까지 도와주고 있어. 취직도 못 하니까 일을 주잖아요. 세상에 그런 사람이 있어요? 진짜…. 어디서도 남의 돈 못 벌 것 같으니까 매니저 시켜줬다니까요?"

신들린 사람처럼 아무 말이나 뱉어내면서도 끝까지 거짓말을 뒤엎는 이야길 하지 않았단 게 스스로 우스웠다.

대체 돈이란 건, 성취란 건, 지위와 직함과 소속이란 건 뭘까.

주민호는 내가 예상했던 것과는 전혀 다른 반응을 보였다.

"왜 우세요, 우시면 안 돼요…. 진짜 절대! 절대 안 돼요…. 얼른 그치셔야 돼요. 할 얘기가 많은데 벌써 이러시면…. 아니, 그 할 얘기가 나쁜 얘기가 아니고요! 얼른…. 일단 저기 화장실 가서서 세수 먼저 하고 오실래요? 아, 저 폼클이랑 크림 있어요. 빌려 드릴게요. 얼른 다녀오세요."

"그런 걸 왜 가지고 다녀요…."

"이따 이야기 들으면 아실 거예요. 일단 세수 먼저."

화장실에서 주민호의 폼클렌징으로 세수하고 주민호의 크림으로 보습을 마친 후 나왔을 때, 주민호는 자기 핸드폰을 만지작거리고 있었다. 내가 자리에 다시 앉자마자 핸드폰을 눈앞에 들이밀었다.

"이제 동급이죠?"

눈앞이 어지러웠다.

"뭐, 이게 계약서에 적혀 있는 그놈의 '영업상 비밀'인지는 모르겠는데 설마 굶겨 죽이기야 하겠어요?"

내가 역겨워했던 그의 가식적인 겸손은 이토록 뒤집힌 상황에서 성립하지 않는데.

"저는요, 진짜요, 이 프로젝트가 이런 건 줄은 몰랐어요."

세상은 너무나 뒤죽박죽이어서, 엎치다 뒤치다 엎치다 뒤치고 보면 나랑 전혀 다른 위치에 있다고 여기고 멀리했던 사람이 바로 나의 이웃일 수도 있었다. 절대 열린 적 없던 문을 사이에 둔.

"거짓말해서 죄송해요."

주민호의 목소리는 배경음악이 바뀔 때의 침묵이 아니었더라면 전혀 식별되지 않았을 정도로 작았다.

"계약금이 너무 컸고 저는 일자리가 필요했어요. 그래서 처음엔 어쩔 수 없었어요."

23

주민호는 상황을 전달하는 능력이 뛰어난 인물이었다. 아마도 대사 치는 훈련을 많이 했겠지. 끝없이 연습했겠지. 그래서 이제는 모든 말을 대사처럼 하게 되었겠지.

"처음부터 죄책감을 가질 것이지 이제 와서 왜 갑자기 이러는 거냐고 물으신다면, 사실 드릴 말씀은 한 가지뿐이에요. 지금까지 제가 오디션을 528번 봤다는 거, 주말마다 서울이랑 경기도 방방곡곡의 제작사를 돌아다니면서 문 앞에 놓인 낡은 함에 프로필을 집어넣어야 했다는 거. 그 와중에도 살 뺀다고 그 거리를 다 걸어 다녔다는 거. 왜 백수 주제에 꼭 주말에만 돌아다녀야 했냐면요… 두 가지 이유가 있는데 하나는 쟤 또 왔어? 라고 말할지도 모를, 물론 그건 저의 자격지심일 가능성이 있지만 어쨌든 그렇게 말할지도 모를 제작사 사람들 얼굴을 보는 게 민망해서였고, 또 하나는 평일 낮에 정처 없이 걸어 다니면 나만 낙오된 느낌이 들고 괴로워서였다는 거. 목에 사원증 걸고 다니는 사람들이 자꾸 저의 허황

된 꿈을 비웃는 것 같다는 생각이 들었단 거. 그거예요."

"그 이유들이 지금 돌변한 태도에 대한 설명이 되지 않는다는 건 잘 아시죠?"

내가 묻자 또 빠르고 크게 고개를 끄덕였다. 참으로 열성적인 사람이었다.

처음엔 일을 얻었다는 생각에 신이 나서 몇 날 며칠 동안 잠을 자지도 못했다고 했다. 기획 회의에도 아주 열렬히 참여했다고. 우리가 처음 만나던 날 전달받은 주민호의 과거사 대부분은 그가 회의에서 직접 제안해 꾸며낸 것이었다. 사람들이 박수갈채를 보냈다고 했다. 이유는 간단했다. 주머니 텅 빈 젊은이를 가장 잘 홀리며 동시에 오만 감정을 이끌어낼 수 있는 '또래'의 이미지를 가장 잘 아는 이는, 역시 빈 주머니를 차고 있던 배우 지망생 주민호였으니까.

주민호가 몰랐던 것은 세븐믹스와 머스트미디어의 방향성이 서로 전혀 달랐다는 점이었다. 정확히 말하자면 세븐믹스가 머스트미디어와의 기존 기획을 엎고 새 판을 짜고 있다는 것. 새 기획의 방향성에는 '인간 주민호'가 동의할 수 없는 사안이 너무나 많았다는 사실이었다.

"저는 악역을 연기할 수는 있어요. 사실 악역 전문 배우가 되고 싶었고요."

"왜 굳이요?"

"악역 전문 배우로 딱 발을 붙이고 나면요, 일단 일을 많이 받잖아요. 극적인 이야기엔 언제나 미워할 사람이 필요하니까 손 놓고 쉬는 날은 없을 거 아니에요."

나는 그 마음이 뭔지 알았다.

"그런데 그건 언제나 악역을 '연기'할 때 한해서인 거죠⋯."

머스트미디어는 엄마와 딸이 화해하는 휴먼 드라마를 원했지만 세븐믹스는 달랐다.

세븐믹스는 카메라에 담기는 20대 젊은이들을 조롱하면서 전 세계의 시청자들이 쾌감을 얻기를 원했다.

~

휴먼드라마를 의도하고 불씨를 지핀 채 사라진 엄마는 막상 자신이 사라졌기에 그 불이 엉뚱한 곳에 옮겨붙어도 알지 못했다. 아니, 애초에 멋대로 흩날리는 불티를 어떻게 진화할지도 알지 못할 테지만.

엄마와 머스트미디어는 모녀의 화해 서사를 담은 리얼리티를 계획했다. 머스트미디어 쪽에서는 특히 대부분의 엄마들이 워킹맘인 현시점에 잘 맞는 콘텐츠라고 분석했다. 어쩔 수 없이 그 자녀 세대는 결핍을 느끼며 자랄 테니까. 엄마란 굴레를 뒤집어쓴 인간 곽문영에게 내가 모르는 구석과 무력하게 눈물짓는 순간이 있단 사실을 보여주는 총 4화 정도의 실험 카메라면 어떨까? 주민호가 계약서에 도장을 찍던 당시의 기획은 그랬다. 만약 다 찍고 나서 실험 카메라인 걸 그제야 알게 된 등장인물들이 방영을 거절하면 어떻게 되나요? 주민호가 묻자 대답은 이랬다고 했다. 거절할 수 없을 만큼의 출연료가 나갈 거라고. 그리고 최대한 매력을 느낄 수 있도록 포장해 곽 씨 모녀 자체를 띄울 작정이라고.

뒤에서 세븐믹스는 달리 생각했다. 당연히 부족해, 아무리 스타 작가라고 한들 심심하기 짝이 없는 이야기야, 팔리지 않을 거라고. 그러던 와중 누군가 편성 회의에서 솔깃한 말을 했다. 이 판에 양념만 좀 치면 재밌을 것 같은데요? 모든 일이 놀랍도록 잘 풀리게 만들다가 열등감 버튼 누르는 인물을 집어넣어서 뒤통수를 빡 갈겨버리면 어떻게 될까요?

"곽문영이 지랄하면?"

"숨겨야죠. 나중에 딴소리하면 계약서로 커버 치고. 어차피 돈 주면 뭐든 하는 용역이에요, 그 여자는."

'팔아볼 만하다'고 결론 내려졌고 곧 내가 모르는 곳곳에 찾아낼 수 없는 초소형 카메라들이 여럿 위치되었다.

~

주민호는 기획 초기, 이 프로그램 자체가 모녀 화해를 위한 거대한 몰래카메라라고 인지하며 투입되었다. 까맣게 모른 채 속고 있는 나를 만날 때마다 양심의 가책이 조금 들기는 했지만 그래도 좋은 의도로 만들어진 프로그램이고 결국엔 행복해질 거라고 합리화했다.

세븐믹스의 사람들이 주민호를 회의에 계속 참가시킨 게 실수라면 실수였다고 볼 수 있을까. 나의 반응에 따라 거의 즉흥적으로 연기를 진행해야 하니 주민호가 돌아가는 상황을 모르고 뻐끗했다가는 판이 어그러질 수 있었다. 그 덕에 주민호는 이들이 머스트미디어 몰래 이 프로그램을 다른 주제로 몰아가고 있다는 사실을 알았다.

"머스트미디어 사람들이 회의실에 있을 때랑 세븐믹스 사람들끼리 따로 몰래 회의를 할 때 쓰는 텍스트가 달랐어요. 여기, 기획안 보시겠어요?"

서울에서 가장 비싼 공동주택, 그곳의 펜트하우스. 제 능력도 없이 그저 엄마 찬스를 통해 펜트하우스에 입성하게 된 별 능력도 없는 젊은 여자. 삼수해서 간신히 인 서울은 했지만 졸업 학점은 거지같고, 취직은 몇 년째 실패 중. 어차피 걱정은 없다. 엄마 돈이 있는데 뭐. 엄마와의 사이? 그다지 좋지 않다. 여자에겐 너무 잘난 엄마. 여자는 엄마를 질시한다.

어느 날 엄마가 사라졌다. 그런데 그와 동시에 일이 술술 풀리기 시작한다. 갑자기 재능을 인정받고 통장엔 돈이 쌓인다. 어쩌면 여자는 정말로 재능이 있던 걸지도 모른다! 어쩌면 엄마라는 뿌리 깊은 노목이 키 작은 나무의 광합성을 막고 있던 걸지도 모른다!

여자는 과연 엄마를 열심히 찾을까.

아니면 아무도 모르는 실종 상태로 내버려두고 자신의 성공을 즐길 것인가.

　회의에서 가장 많이 나온 말은 '안도감'과 '우월감'이었다고 주민호는 덧붙였다. 세븐믹스의 사람들은 모조리 내가 엄마를 찾지 않을 것이라는 사실에 베팅했단다. 시청자들이 나를 헐뜯으며, 자신은 그래도 저만치 나쁜 사람은 아니라는 위안을 얻을 거라고 예상했다고.

　"문제적으로 히트할 법한 프로를 저쪽에서는 '갈비'라 불러요." 주민호의 증언이었다. "씹고 뜯고 맛보기 좋다는 얘기죠. 뼈가 쓰레기로 남고요. 뼈라는 게 뭐냐면요, 일상이 망가진 출연자요. 그 사람들은 출연자 생각은 하지 않아요. 서사가 살이니까. 진짜 사람은요, 그냥 뼈예요."

　뼈.

　며칠 전까지 나는 그들이 원하는 대로 움직였다. 엄마 탓을 하고, 걱정도, 찾으려는 노력도 하지 않고, 대본이 무사통과되는 상황을 당연한 것인 양 즐겼다. 며칠 전까지는, 그러니까 내가 엄마를 찾으러 광혜암에 가기 전까지는.

세븐믹스 사람들이 간과한 것이 오혜진의 존재였다. 오혜진은 성실하게 머스트미디어의 방향대로 굴러가고 있었으니까. 아니, 정확히 이야기하자면 자신이 오래도록 몸 바쳐 사랑해온 곽문영 작가님이 설계한 대로 충실히 지시를 이행하고 있었으니까.

오혜진은 서재의 그 수많은 자료들에서 내가 광혜암의 존재를 알아채지 못하자—공부를 열심히 한 건 내가 아니라 장현이었으니—탐정 운운하며 '승복 입은 여자'에 대한 실마리를 내게 흘리는 플랜B를 실행했다.

"아니 그런데 대체 어떻게 제 동의도 없이 저를 막 이렇게 함부로 찍어요?"

"보호자 동의가 있는데요 뭐."

"진짜, 다시 만나기만 해. 엄마고 뭐고 죽었어 진짜."

세븐믹스의 빌어먹을 인간들은 내가 장현과 함께 광혜암을 찾아가고, 거기서 여자들이 득시글한 장면을 목격하고, 전성과 한방에서 잠을 자고, 아침 식사를 남의 입에 떠 넣어주는 일을 하는 동안 내내 긴급회의를 일삼았다. 내가 그들의 예측을 뒤엎는 방식으로 행동했으니까. 그들이 멋대로 예상해 레고 블록처럼 차근차근 조립해나가고 있던 나의 캐릭터를 무효로 만들어버렸으니까. 그리고….

"그 사람들이 주요 타깃으로 삼던 시청자층은 광혜암의 존재에 전혀 환호하지 않을 테니까요."

"왜요?"

"아무런 경제적 능력이 없음에도 서로 도우며 멀쩡하게 사는 여성 노년층을 누가 돈 주고 볼 것이냐. 그게 긴급회의에서의 핵심이었어요."

"아니, 잠깐. 노년층은 멀쩡하게 살면 안 되는 거예요?"

"누가 안 된대요, 되죠. 당연히 되는데 돈 내면서 보고 싶진 않다고요. 비주얼이 좋은 것도 아니고. 누가 할머니들만 잔뜩 나오는 리얼리티를 봐요. 웃긴 할머니들이면 모를까. 여자 아이돌들 잔뜩 나와서 어디 오지 할머니들이랑 한글 배우고 밥 먹고 자고 하는 프로 있었거든요? 다들 아주 힐링 프로라고 칭찬했는데 칭찬하면서 보지는 않았어요. 쪽박 찼다고요. 근데 여기는 예쁘고 잘생긴 연예인이 나오고 그 팬들이 봐주거나 쉴드 쳐주는 것도 아닌데."

맙소사.

"세상에는 안 보고 씹힐 작품과 보고 씹힐 작품이 있죠. 세븐믹스 사람들은 보고 씹힐 작품을 원했던 거예요."

"그렇게 씹히는 게 나잖아요!"

"알 바예요? 사람이 아니라 갈비라니까요?"

아.

"그러니까 내가 너무 착해져서 초를 쳤다 이 말이네. 그쵸? 나는 완전 개쓰레기 딸이어야 했는데 내 본분을 못 지키고 엄마 찾으러 갔단 소리네⋯."

눈을 감았다. 스무디를 가는 믹서의 소리가 조용한 카페 안을 가득 채웠다. 나를 저렇게 갈아 잡수시려 했단 말이지. 거짓말로 구덩이에 빠뜨리고서는 날을 집어넣어서 아주 빠르고 세게. 너무 무서워서 우스웠다. 엄마와 머스트미디어는 나를 속이고 세븐믹스는 또 엄마와 머스트미디어를 속이고 그리고 나는 내가 속는 줄도 모르고 머스트미디어와 시청자를 속이겠다고 하고 있었고⋯.

"제가 사실 급하게 만나 뵙자고 한 건 어제 회의 때문이었어요."

"네, 무슨 일이 있었는데요."

이제 놀랄 여력도 없다고 생각했는데.

"계약 파기를 논하시더라고요. 어제 카메라도 다 철수했어요."

"네?"

"없던 일로 하겠대요."

"아니 잠깐만요. 그래도 회사 대 회사의 일이잖아요? 이렇게 막 멋대로 끝낼 수가 있어요?"

아, 이런 기분. 이런 기분…. 잘 알고 몹시 익숙하며 그래서 너무나 증오하는 기분. 무언가 크게 잘못되었는데 그게 오롯이 내 탓이라는 기분. 그 원인을 내 밖에서 찾아내 나를 죽을 둥 살 둥 보호해야만 미치지 않고 견딜 수 있을 것 같은 기분.

"모르셨어요? 곽문영 작가님, 계약서 제대로 안 보고 닥치는 대로 일하는 걸로 업계에서 되게 유명하셨다는데."

온갖 계산에 무지하단 사실은 알았지만 정말로 그랬다고?

"그래도 머스트미디어에서 챙겨줬을 거 아니에요. 오혜진 피디님도 있고…."

"챙겨주셨죠, 주셨는데 어딘가 구멍이 있었던 거예요."

주민호는 숨을 고르더니 갑자기 딴 얘기를 했다. 저기

요 용호 씨, 저는 절대로 인류애가 넘치거나, 의협심이 강해서 세상이 올바로 돌아가지 않으면 참을 수 없다거나, 남이 자기 권력 가지고 사기 치는 거 내 한 몸 바쳐서 막고 싶다거나 그런 의인은 절대 아니에요. 혹시 오해하실까 봐서요.

"그럼 왜 와서 이렇게 들쑤시는 건데요?"

그가 바랐을 질문을 던져주는 게 지는 행위 같긴 했지만 이 질문은 실은 주민호보다 내게 더 필요한 것이었다.

　콘텐츠로 보는 불행이 현실에서는 오롯이 내 것이었음이 밝혀졌을 때의 기분을 말한다면 그것은 '팔릴 법한' 것일까?

　엄마가 그 병에 마침내 걸리고 말았다는 사실을 내가 알고 난 이후의 내 표정은 섬네일로 쓸 만할까?

　어쩌면 나는 몰라도 내 본능은 알았을지도 모른다. 엄마가 사라진 것엔 분명한 방아쇠가 있다는 사실을. 엄마에게 아무 일이 일어나지 않았다면 굳이 이런 짓을 벌일 이유도 없었을 거란 사실을. 그리고 그 일이 분명 좋은 것은 아닐 거라는 사실을. 다 알면서도 모르는 척하고 있었던 것인지도 모른다.

　그래서 더 서러웠다. 날아오는 주먹을 보면서 맞은 기분이라서.

　결국 우리가 지지고 볶고 싸우고 울고 등 돌린 모든 기억은 나 혼자서만 갖게 되는 거다. 아물지 않는 흉처럼.

괜찮으시냐고 주민호는 스무 번쯤 내게 물었다. 내가 무슨 꼴을 하고 있는지 보지도 못했으면서 나는 계속해서 괜찮다고, 나 신경 쓰지 말라고, 나는 정말 괜찮다고, 아무렇지 않다고 소리쳤다. 괜찮다고 몇 번을 말해요! 내가 안 괜찮았으면 좋겠어요? 여기서 엉엉 울기라도 했으면 좋겠어요? 나는 소리를 질렀다. 아무도 신경 쓰지 않고 인상을 찌푸린 채 조용히 좀 해달라고 말하는 사람조차 없어서 차라리 꿈 같다고 생각했다.

눈을 감았다 떴는데 내 몸이 엄마 방의 요 위에 엎드려 있었다. 주민호와 어떻게 헤어졌는지는 기억이 잘 나지 않았다. 몸에 깔려 있던 핸드폰을 들었다. 상대가 받지 않은 발신 전화가 열여섯 통, 그리고 그 상대로부터 온 부재중 전화가 스무 통. 단 한 명의 상대, 내가 의지할 수 있는 단 한 명의 사람이었다. 스물한 번째 진동이 울렸다. 나는 전화를 받았다.

"미안해. 무슨 일 있어?"

상대는 주저함 없이 다시 물었다. 평생 그 모든 것 앞에서 안전거리를 유지한 채 전진을 멈추기만 했던 나와 달리. 그 애는 언제나 그랬다. 나 역시도 내 버릇을 언제나 고치지 못했고.

"내가 갈까?"

25

장현은 말이 없었다.

그렇지. 비유하자면 회사 열심히 잘 다니고 있는데 갑자기 인사팀에서 불러서는 당신 다음 주부터 나오지 말라는 통보를 하는 꼴이니까. 게다가 뭐라고 바락바락 화를 내려 했더니 통보를 한 그 사람 역시 인사팀의 비정규 인턴인 상황이다.

"그냥 관행적으로 넣는 조항이었대. 천재지변이나 기타 피치 못할 사정에는 계약을 파기할 수 있고 어쩌구 하는 거 있잖아. 엄마는 거기 걸린 거지. 뭐 대판 싸워봤자 세븐믹스가 이길 게 명백하고 사실 머스트미디어에서 싸워줄지도 의문이야. 거기도 세븐믹스에 편성을 나중에라도 받고 싶을 텐데 굳이 적을 만들 리가…."

장현이 대체 그 천재지변에 상응할 만한 변화가 대체 무엇이냐며 내게 조심조심 물은 것이 딱 3분 전이었다. 그리고 그 3분이 내 인생에서 가장 고된 시간이었다.

"왜 그런지는 나도 모르겠는데. 정말 모르겠는데. 아

니, 평소에도 나를 위해주거나 했으면 상관이 없는데 그
것도 아니고 맨날 자기 일만 하고 나는 신경도 안 썼던
사람이 갑자기 왜 그렇게 되었는지 모르겠는데. 전염성
은 없다고 전성이 그랬는데, 아니, 그런데 전염성이 있다
고밖엔 생각이 안 들고 그래서 약간 미치겠는데, 있잖아."

장현은 내가 절반쯤 주절거렸을 때 이미 눈치를 챈 것
같았다. 아, 하고 낮게 탄식하는 소리가 들렸으니까.

"곽문영 씨가 사라진 이유가 그거래. 머스트미디어에
서 처음에 모녀 화해 리얼리티 만들자고 한 이유도 그거
고. 그러니까 이게 곽문영이란 사람 인생의 마지막이라
는 거야. 세븐믹스에서는 자기네 입맛대로 잘 안 돌아가
니까 곽문영 작가의 병중이 계약 해지의 사유가 된다고
하는 거고. 소송을 하든 뭘 하든 어차피 못 이길 거래."

화가 나면 눈물부터 난다. 곽문영 씨가 나에 대해서
제일 싫어하는 특징인데. 그렇게 물러 터져서는 사회 나
가서 아무것도 못 되니까, 손해만 보고 비웃음 사니까
당장 고치라고 몇 번을 혼났는데.

"근데 장현아, 너도 광혜암 가서 봤지만 그 아줌마들
이랑 할머니들, 하루 온종일 집안일만 하고 남이나 챙기

려 들잖아. 기계처럼."

장현이 일어나서 티슈를 통째로 가져왔다.

"그런데 곽문영 씨는 그런 거 못 한단 말이야. 관심도 없고 남 위해줄 줄도 모른단 말이야. 할 줄 아는 건 키보드 두드리고 대본 쓰는 것밖에 없단 말이야. 밥이란 걸 한 지 언제인지도 모르겠고 걸레질하면 먼지를 한쪽으로 모아야 한다는 것도 모르고 마구 뭉갠단 말이야. 본인이 세탁기 돌려놓고도 하루 종일 까먹어서 냄새나게 만든단 말이야. 그런데 그런 사람이 갑자기 병에 걸렸다고 자기가 몇십 년간 못 하던 걸 잘하게 될까?"

아무리 기억을 잃는다고 해도 기분까지 사라지는 것은 아니다. 감정은 남는다. 내가 광혜암에서 본 사람들 역시 마찬가지였다. 오히려 더 솔직히 표현하면 했지.

엄마는 자기가 후원했던 곳에 들어간다면 대우받을 거라 생각했을지도 모른다. 하지만 과연 그럴까. 다섯 살짜리처럼 투명하게 행동하며 다섯 살짜리 만큼도 기억과 이해를 하지 못하는 사람들에게, 아무것도 손에 익지 않아 할 줄 모르는 엄마의 존재가 기꺼울까. 그들은 후원 같은 개념 모를 텐데. 돈 같은 거 모를 텐데. 그냥 보통의 자신들보다 부족한 누군가가 끼어들었다는 것을 본능적으로 감각할 뿐. 주변 환경에서 이질적인 무언가를 찾아내는 건 종을 막론하고 생존을 위해서 가장 필요한 본능일 텐데.

곽문영 씨는 거기서 행복하지 못할 것이다.

그렇게 많이 도와주고도.

곽문영 씨는 마지막까지 불행할 게 뻔했다.

"그리고 더 짜증 나는 것도 있어."

말하는 동안 눈두덩이 실시간으로 통통해지는 게 느껴져서 나는 아예 눈을 감아버렸다.

"그 병의 원인이 죄책감이라며."

끝까지 본인은 나쁜 사람 안 하려고.

"대체 나한테 무슨 죄책감을 가지는데. 그러면 애당초 그렇게 행동하지 말든지."

어렸을 때를 아무리 돌이켜봐도.

"내 삶에 대해 뭘 그렇게 생각해줬다고 갑자기."

나는 그런 게 제일 싫어.

"가진 양반들은 항상 그런다고. 잘못만 열심히 하다가

사과하고서는 사과했으니 됐지, 잊었지, 하는 식이야. 분명 그래. 엄마가 그런 병에 걸렸다는 게 알려지면 또 여기저기서 기사 나겠지. 사람들은 다 엄마를 동정하고 면죄부를 주겠지. 정작 나는 엄마가 있든 없든 병에 걸렸든 말든 달라지는 게 없고 아물지도 않는데…."

장현을 차마 볼 수 없어서 눈을 질끈 감았다. 만약 내가 장현의 상황에 놓였다면 어땠을지 상상해버리니 머리가 어질어질했다. 멋대로 다가와서는 어디 말도 못 할 일을 시키고 실컷 칭찬을 하다가, 갑자기 상황이 달라졌다며 이젠 일을 그만 해도 된다고 하고, 심지어는 아마도, 지금껏 받은 돈을 뱉어내라는 말을 할지도 모르고… 결국 장현은 자신이 드나들던 그 작가 지망생 카페에서 가장 어처구니없는 피해를 당한 당사자가 될지도 모른다.

꾹 감은 눈꺼풀 안쪽으로 심박에 따라 명멸하는 빛 먼지를 따라가며 나는 그때 마침내 인정할 수밖에 없게 되었다. 장현이 지금 내게 얼마나 큰 사람인지, 내 인생에서 장현이 빠져나간다면, 장현이 내게 등을 돌리게 된다면, 나는 얼마나 괴로울지.

손등 위로 내 것보다 조금 더 큰 손바닥의 감촉이 느껴졌다.

장현이 말했다.

자신은 엄마가 그렇게 된 걸 알고 난 후 한 달 넘게 엄마랑은 말도 하지 않는 짓을 저질렀다고, 분명히 엄마가 잘못한 것이 없는데도 불구하고 엄마의 얼굴조차 바라보기 싫어서 피해 다녔다고, 불행의 원인을 자꾸만 가장 불행한 이에게 돌리려 들었다고. 상황을 받아들인 후에도 차라리 일찍 세상을 떠나면 어떨까 하는 모진 마음이 자꾸만 들어 괴로웠다고.

광혜암에 갈 때까지 말이다. 광혜암에서 둘씩 짝이 되어 살아가는 사람들을 볼 때까지. 나는 장현이 그곳에서 그렇게 충격을 받았는지 몰랐다. 여전히 나만 생각하느라.

"변명을 하자면 내가 병 걸린 엄마를 원래의 엄마로 인지하지 않은 거겠지. 내게도 엄마라는 두 글자 개념에 기능적인 쓸모가 반드시 있어야만 한다는⋯."

"너는 그런 생각 하는 애 아니야!"

나도 모르게 외치자 장현이 고마워, 하지만, 이라고

대답했다.

"나도 그런 애였던 거야. 과연 누가 그 혐의에서 자유로울 수 있을까? 아마 너 말고는 아무도."

너는 그런 생각 하는 애 아니라고. 나는 하고 싶은 말을 솔직하게 다 토해내지 못했다. 내게 하는 것만 봐도 알아. 너는 섬세하고, 다정하고, 한 번에 열 가지 방향의 생각을 하고, 그 누구도 상처 입히려 하지 않는, 내가 만났던 가장 큰 어른이고 가장 어른 같은 어른인데 왜 그런 식으로 너를 자책해.

"그래서 내가 이렇게 화가 나나봐. 내가 광혜암에서 보고 듣고 느끼고 온 것들 때문에."

장현이 주먹을 쥐었다. 손톱이 파고들어 아플 텐데.

"뭐? 사람들이 안 볼 거라고?"

~

장현은 자기 가족의 이야길 내게 별로 하지 않았었고, 그래서 엄마를 한쪽 겨드랑이에 끼다시피 한 채 온갖 병원을 오가며 진단명을 받기 위해 애썼던 일에 대해서도 역시나 터놓은 적이 없었다. 의사와 간호사와 원무부와 기타 여러 사람의 무심한 태도들이 얼마나 많은 상처를 주었는지.

그 상처는 온갖 제도의 허점 때문에 아물지 못하고 계속 벌어졌다. 돈을 쥐고 있는 사람들, 이를테면 보험회사나 장현의 엄마가 일하던 마트의 실장이나 멀쩡히 잘 살며 툭하면 장현에게 이래라저래라 그래야만 네 부모처럼 되지 않는다고 조언하는 없는 게 낫는 친척들과 기타 등등. 그들이 보기에 장현의 엄마는 그저 무기력해 식욕 없고 씻기조차 귀찮아하지만 남편이나 딸은 어떻게든 챙기는 우울증 환자에 불과했다. 사람들은 거기서 벗어나 병증을 이겨내지 못하는 것은 순전히 본인의 의지 문제라고 쉽게 판단했다. 언젠가는 첫째 숙모에게 그런 이야기도 들었다고 했다.

평생을 바쳐 한 게 뭐 있어. 계집애 하나 키우고 알바나 했으니 의지가 박약할 만도 하지. 살면서 아등바등 이뤄본 게 뭐가 있겠어?

그 자신도 똑같이 자식을 낳아 씻기고 먹이고 공부시켜 키웠으면서 그런 식으로 말을 했다. 장현은 화도 내지 못했다. 엄마가 그런 말을 들어야 했던 이유가 자기 때문인 것 같아서. 자신이 탄탄한 성공 가도를 달렸다면 엄마가 병에 걸리지 않았을 거라고 생각해서. 그 숙모의 자식은 좋은 학교 가서 바로 공기업 들어갔다니까 그 숙모는 죄책감을 가질 일도, 남들이 존재조차 인정하고 싶어 하지 않는 치매에 걸릴 일도 없을 것이다. 아이를 잘 못 키웠다고 생각하게끔 유도하며 병증이 될 정도의 죄책감을 가지게 만든 원인이 바로 나일 거야. 장현은 그렇게 생각해왔다.

죄책감을 잘 느끼는 성격은 어쩌면 그대로 유전되는 것이 아닐까. 아니면 죄책감 자체가 유전되는 것일지도 모른다. 얼마나 많은 집들이 이런 일을 숨기고, 세균에 곪아 못생겨진 상처를 그저 밴드로 칭칭 감아 감춘 채 살아가고 있을까. 장현은 혼자 있으면 그런 상상 밖에 할 수 없다고 했다.

"그런 상처는 째서 안에 있는 고름 다 짜내고 맑은 공기 받아 얼른 아물게 해야지, 밴드로 감고 살면 습기만 차서 더 덧난단 말이야. 그런데 짜낼 방도가 없어. 다들 보기 싫어하니까 숨긴단 말이야."

우리가 뭘 어떻게 해야 할까. 버려지지 않으려면. 함께 사면초가에 몰린 머스트미디어가 과연 우리를 도와줄 수 있을까. 오혜진이, 박찬호가.

아니다. 머스트미디어가 먼저일 수 없다. 일단은 주민호와 장현을 만나게 해야겠다고 나는 생각했다. 무언가를 뒤집으려면 결국 닮은 이들끼리 이마를 맞대야 하기 때문에.

26

"우리, 이름들이 다 너무 멋있다."

어차피 또래들이니 말을 놓자는 제안은 장현이 먼저 했다. 그 제안이 나오자마자 주민호가, 아니 민호가 싱긋 웃더니 한 말이 그거였다. 이름.

"나는 처음에 피디님 보고 남자인 줄 알았잖아. 나 폼 클렌징 빌려줄 때까지 남자인 줄 알았어."

"근데 우리는 왜 다 이름이 이렇게 멋있지? 다들 뭔가 사연이 있는 건가?"

장현의 이름은 부모님의 이름을 한 글자씩 딴 것이었다. 민호는 원래 이름이었던 소희에서 스스로 개명을 했다고 했다. 자신이 하고픈 연기와 소희란 두 글자는 어울리지 않는다고. 그것도 편견이라고 말했더니 입을 비쭉거렸다. 그러는 당신은 용호란 이름에 만족하며 사셨는지요?

그러더니 답도 듣지 않고 손뼉을 치며 호들갑을 떠는 것이었다.

"용호야. 작가님이 진짜, 진짜 마지막에는 결국 사랑하신 거라니까. 무슨 사연이 있었는지 밝히시진 않았으니 모르지만 있잖아, 결국엔 유작을 딸과 함께하는 거, 그리고 심지어는 그 유작에서 자기를 찾아달라고 남긴 채 떠난 그 실마리마저 딸의 출생에 연관된 거잖아…!"

"뭔 소리야."

"태몽 컨설팅 말이야!"

"비약 그만."

악역 전문 배우를 하고 싶다며, 그러면 평소에도 목소리 싹 깔고 무게 있게 굴고 카리스마 장전하는 연습을 해야 하는 것 아닌가. 민호는 조금 친해졌다고 자각하고 나자마자 배를 보이며 발라당 드러누웠다. 완전히 푼수 그 자체였다. 너 이런 성격으로 악역을 어떻게 연기하려고? 내가 묻자 민호는 대답했다. 이게 바로 매력 포인트, 갭 차이라는 거라고!

말을 놓게 되니 서로의 이 끔찍한 처지를 어떻게 하면 극복할 수 있을까에 대한 논의 속도도 몇 배로 빨라졌다. 일단 농락당했단 사실은 셋 다 참을 수 없었다. 그런데 대체 무얼 할 수 있는가, 우리에겐 힘이 없는데. 그래서 대화는 도움을 요청할 수 있는 사람을 찾는 방향으로 이어졌다.

일개 국문학과 휴학생과 일개 배우 지망생과 일개… 일개의 나에게, 대체 누가 있을까.

"그래도 머스트미디어에서는 뭔가 도와주려고 하지 않을까. 어쨌든 자기들도 팽 당하는 입장인데. 오혜진 피디님은?"

"그 사람 멘털 약해. 이거 엎어지고 쪽박 찰 위기란 거 알면 있던 이성까지 다 휘발될걸. 죽으려고 할지도 몰라."

"아니, 회사 자체에서 도울 수도 있지 않나?"

글쎄. 나는 박찬호의 얼굴을 떠올렸다. 장광설을 늘어놓던 그는 자신이 공들여 쌓은 탑에 흠집이 나는 순간을 견딜 수 있을까. 그 분노를 나나 오혜진에게 퍼붓지 않고 이성적으로 참아낼 수 있을까.

순간적인 분노를 이겨내지 못하고 그것을 타인에 대한 반응의 거칠기와 무게로 치환시켜버리는 사람들을 믿는 것이 가능할까. 잘 모르겠다. 그것 역시 역지사지의 일종일 텐데. 아무래도 초등학교에서부터 '역지사지'를 필수교과로 추가해야 하는 게 아닐까.

아니, 맞다. 실은 내가 바로 그걸 가장 못 하는 인간이라서. 못 배워서 투덜거리는 거다.

"근데 용호야, 있잖앙."

"똑바로 발음해라."

"있잖아."

"뭐."

"광혜암 갔을 때, 곽문영 작가님은 결국 못 뵀다며."

"어."

"그럼 나 한 번 더 데리고 가주면 안 돼?"

왜? 시큰둥하게 묻는 내게 주민호는 입술을 비쭉 내밀며 주워섬겼다. 저 장대한 기골에 몹쓸 애교.

"아니 그냥, 만나 뵙고 싶어서 그렇지⋯."

"다 알면서. 우리 엄마 이제 원래 곽문영 아니라고. 그냥 깜박깜박하는 아줌마."

울지 말자. 울지 말자, 하고 되뇌었다.

"그냥 깜박깜박하는 아줌마라고. 말 걸어 봤자 무슨 말 하는지도 모른다고. 작가님, 그 작품 있잖아요, 어쩌구 저쩌구 해봤자 몰라. 영양가 있는 대화는 하나도 할 수가 없어."

그러자 민호는 말했다.

"그래서 더 뵙고 싶은 건데."

"왜? 무슨 이득을 얻으려고?"

내 텅 빈 질문에 민호가 심상하게 한 대답이 얼마나 거대했는지.

그래서 뵙고 싶다고 걔는 답했다.

굉장히 이기적인 이유에서지. 그 사람이 너무나 대단할 때는 두려워. 그가 나를 함부로 대할까봐 무섭지. 내가 내내 혼자서만 그려왔던 그에 대한 환상을, 이상적인 그의 모습을 그가 배신해버릴까봐 무서워. 사실 그로서는 잘못을 한 게 아니잖아? 그는 그저 그였을 뿐인데 나 혼자 그를 떠받들더니 미워하고 존경하다가는 경멸해버리고.

더 무서운 건 그가 나를 오해할 수도 있는 점인 것 같아. 그는 내가 자기 자신에게 얼마나 큰 애정을 가지고 있는지 투명하게 볼 수 없잖아. 하필이면 내가 자기가 일하는 필드의 주머니 빈 신생아에 불과하니까, 내게서 콩고물을 바라는구나, 하고 여길 수도 있어. 그렇게 오해받는다면 나는 어떤 방법으로 나의 충실한 마음을 증명해낼 수 있을까?

그런데 지금은 아니잖아. 나는 절대로 오해받지 않을 거고 절대로 상처받을 걱정도 하지 않을 거야. 의도하지도 예상하지도 못했던 그 어떤 방해 요인 없이도 그저 온전히 당신이 내게 해준 게 참 컸노라고, 그게 참 감사했다고 말할 수 있는 때가 드디어 왔는걸.

내 감사가 일그러지지 않는 순간을 가질 수 있게 해줘. 먼지투성이가 되거나 멍들 걱정하지 않아도 되는, 감사의 대상이 자신을 보호하기 위해 어쩔 수 없이 왜곡된 렌즈로 내가 빚은 감사를 보지 않아도 되는, 그런 순간이 과연 살면서 지금 말고 다시 올 수가 있을까?

물론 주민호는 이렇게 정돈된 문장으로 연유를 이야기하지는 않았다. '이잉'과 '아앙'을 일삼는 말투 때문에 내게 타박을 어지간히 받고 나서야 물기를 쭉 빼고 탈탈 털어 담백하게 저런 말을 나누어주었다. 그럴 땐 정말로 배우 같았다. 그러나 애석하게도 악역 같지는 않았다. 결말에 가서는 반드시 잘되리라 믿어 의심치 않게 하는 소년만화 주인공 같았다.

~

"한번 맘만 먹으면 있지, 말을 꼭 드라마 찍는 배우처럼 한다니까. 어떻게 머릿속에서 바로 그렇게 비현실적인 대사들이 나오는 거냐고. 아마 어디서 써 왔나봐. 아니면 진짜 이중인격인가? 애교 부리는 주민호랑 명대사 날리는 주민호, 이렇게 두 개."

광혜암에 다시 갈 일시를 정하고 민호가 먼저 자리를 뜬 후 나는 장현에게 투덜거렸다. 그저, 그저 조금 민망해서였다.

왜냐하면 민호의 말을 듣고 그만 훌쩍거렸기 때문에.

너무 힘들었으니까.

머리를 계속해서 팽팽 돌리며, 타인에게 온갖 저의가 있을 거라 지레짐작하면서 목과 어깨를 움츠리고, 넘어져 굴러도 다치지 않을 정도로 경직된 자세를 취하고는 하루 24시간을 버텨 왔다. 그 순간들이 어둡고 괴로운데 또 너무 평범해서, 그래서 끔찍하다고 어디서 한탄도 못 할 지옥 같았는데 민호는 순수한 사랑으로 차올라 있었고, 그 모습을 보고 나서야 비로소 오랜 힘듦이 조금은 가시는 느낌이 들었으니까.

저런 사람도 있구나.

고맙다.

고맙다고 나는 생각했다. 장현이 혼자일 때 조금 버거웠을 수도 있으나 민호가 같이 있다면… 그 둘은 주저앉은 나의 양쪽 겨드랑이에 각자의 손을 하나씩 집어넣어 마침내 몸을 일으켜 세워줄 위인들이었다.

두 사람이 없었다면 나는 어땠을까.

철저히 당하고 말았겠지.

연기자 주민호가 아니라 푼수 주민호가 묘사했던 것처럼 말이다.

"요렇게 실눈 뜨고 매직아이 하는 것처럼 사람을 요래조래 쳐다보다가 여기 급소가 똥그랗게 뚫렸네, 하고 싱긋 웃으면서 푹 쑤시는 거 진짜 잘하걸랑 그 인간들이."

"그 인간들?"

"세븐믹스 말이야."

27

민호는 별로 힘들어하지 않았다. 촬영 현장에서 32시간을 기다리다 취소당한 적도 있다고 했다.

"미쳤다. 일당도 못 받고?"

"취소니깐."

"신고를 해!"

"무슨 수로."

"그럼 너한테 뭐가 남는데?"

그러자 씩 웃더니 말했다. 같이 일했던 언니들.

그래서 나는 관두자 관둬… 하고 탄식했다.

민호는 아주 작은 크기에도 불구하고 선명하게 찍힌다는 카메라를 빌려와서는 우리 얼굴에 마구 들이밀었다. 웃어, 웃어! 예뻐! 하고 소리치면서. 지하철 플랫폼의 노인들이 모두 우리를 바라보았다.

"그만 해라. 쪽팔려."

"다 사랑스럽단 눈으로 보시는데?"

"제발 그만하라고…."

그래도 둘만 있을 땐 그토록 길고 힘들었던 여로를 셋이 되어 구르니 조금 나아지는 것도 같았다. 민호의 존재감은 어마어마했다. 프로필을 내려 매일 도합 몇십 킬로미터를 돌아다니고, 전국 방방곡곡을 누비며 엑스트라 아르바이트를 하고, 대학 다니던 시절에는 온갖 열악한 환경에서 과제 촬영을 해왔다는 민호는 지치지 않는 이동에만큼은 잔뼈가 단단히 굵어진 사람 같았다. 어느 역에서는 총각이 참 서글서글하다는 칭찬도 들었다. 저 에너지가 어디서 나오지. 멀대같은 키인가 아니면 시원스레 벌어지는 입매인가. 나는 처음엔 속으로 꿍얼거렸으나 결국에는 민호의 말 한 마디 한 마디마다 웃음을 터뜨리거나 따발따발 말대꾸하게 되었다.

지하철이 서울을 벗어나고 칸 안의 사람이 점점 적어지자 민호는 카메라를 들었다. 찍습니다요, 하더니 나더러 슬레이트 치듯 손뼉을 한 번 짝 쳐달라고 했다.

짝.

~

"야! 나 여기 기억나는데? 이 음침함 익숙하다고. 중1 때 무슨 봉고차에 단체로 실려와가지고, 와! 내 인생에 여길 다시 오게 되냐, 진짜 오래 살고 볼일이다."

민호는 뷰파인더와 전경을 번갈아 골똘히 쳐다보더니 탄성을 내질렀다. 뜻밖에도 이괙산에서 엑스트라를 해본 적이 있다고 했다.

"그때 내 배역 이름이 뭐였게."

"뭐?"

"옥수수 먹는 애."

나는 웃어야 할지 말아야 할지 알 수 없었다.

"야 말도 마. 원래 배역은 그것도 아니었다. 거지아이3. 옥수수 먹는 애가 메인이고 그 옆에서 우는 거지 아이가 셋이나 더 있었단 얘기다. 그니까 나는 신분 상승한 거라고."

사극이었나? 장현의 물음에 그렇지! 하고 민호는 박수를 쳤다.

"원래 옥수수 먹는 애가, 주인공 아역 남자애가 주는 옥수수를 게걸스럽게 먹으면서 고맙습니다 도련님, 하고 눈물 줄줄 흘려야 되거든. 그런데 옥수수를 안 쪄서

줬단 말이야. 애가 그걸 못 먹고 저 멀리 있는 엄마 눈치만 흘끔흘끔 보는 거야. 생옥수수를 못 먹었던 거지. 그때 또 감독님이 엄청 깐깐해서 먹는 척은 안 된다고, 무조건 먹어야 된다고. 이미 혼은 날 대로 나서 울음은 터졌는데 결국 끝까지 못 먹었잖아. 그래서 나한테 온 거야, 그 대사 한 줄이."

광혜암에 올라가는 길은 여전히 내내 음지였다. 민호는 올라가던 걸음을 갑자기 멈추더니 카메라를 옆으로 돌리며 땅 어딘가에 푹 파인 동그란 흔적을 가리켰다.

"저거, 저거. 두더지 구멍이다? 좋은 땅인 거야. 지렁이 많아지면 두더지도 나온다 하거든. 사람들이 사는데 두더지가 나온다면 누군가 이 땅을 위해 많은 공을 들였단 얘기지."

"너는 숨도 안 차냐?"

"거친 숨소리밖에 안 나오는 다큐를 누가 보겠냐? 지금 내가 희생하는 거잖아, 내 폐활량 다 바쳐서."

그렇긴 그랬다. 내가 입을 다물자 장현이 대신 물었다. 두더지 구멍이라니 그런 건 또 어떻게 그렇게 잘 알아?

"그날 어떤 스탭 언니가 그 옥수수 개, 달래면서 그런

얘길 했거든. 그날 걔 엄마는 아예 자기 차 타고 쌩 가
버렸다, 애는 거기 그대로 내버려두고. 걔 어떻게 집에
돌아갔을까? 난 그게 아직도 궁금해. 그리고 나 때문에
그런 일이 벌어진 것 같아 미안하더라. 걔는 지금 뭐 하
고 살까?"

이윽고 익숙한 풍경이 눈에 들어왔다. 부서진 성물들,
기괴한 그림자. 민호는 발을 멈추고 하나하나 카메라를
들이댔다. 인서트를 따야 한다나 뭐라나. 덕분에 우리가
익히 아는 그 건물들에 도착하기까지는 퍽 오랜 시간이
걸렸다.

나는 그 마당에 올라서자마자 땅바닥에 눕듯 앉아서
아이처럼 웃고 있는 익숙한 얼굴을 마주했다. 옆에 나란
히 누워 킬킬대던 전성이 우릴 보고는 눈을 휘둥그레 떴
다. 그러나 익숙한 얼굴의 사람은 계속 깔깔거리며 웃기
만 했다.

나는 그 얼굴이 웃는 모양새에는 익숙하지 않았다.

28

자초지종을 들은 전성은 눈을 꾹 감더니 말했다. "그래, 맞아. 딸내미가 찾아올 거니까 엄마를 숨기고 병은 모른 체 하라는 부탁을 받았어. 그런데 그쪽에서 연락이 더 오지 않은 지도 좀 되었어."

물으니 세븐믹스에서 이 프로젝트를 접기로 한 때와 비슷한 시기였다.

"그래서 그냥 평소처럼 생활하고 있었지."

"어떻게 그렇게 뻔뻔스러운 거짓말을 해요? 다 지어낸 거예요? 서로 밥 먹여주는 것도? 물소리 무서워하는 것도?" 내 목소리가 너무 못생겨서 입을 다물고 싶었는데 그게 맘대로 되지 않았다. "닭집 얘기도?"

눈꺼풀이 반쯤 열렸다.

"딸내미, 미안하지만 내겐 그렇게 슬픈 이야기를 지어내는 능력은 없어." 전성이 말했다.

그리고 민호의 카메라 앞에서, 엄마는 수줍게 웃었다.

"저기, 그니까… 이게 참 너무 큰 기회라서요." 익숙한 회색 작업복을 걸친 그는 말했다. "어떤 식으로 쓰면 될까요? 말씀하시는 대로 수정할 거고요. 아니 저는, 저는 그냥 빨리 나왔으면 해서요… 제가 혼자 애를 키우는데… 사정이 좀 궁핍하고 해서."

진짜, 너무 싫다.

이 상황이 너무 싫다.

다른 이들은 귀엽게라도 늙었잖아.

왜 혼자 저리 궁색하게.

오래오래 천천히 변하는 이들도 있다잖아.

왜 당신은, 무슨 죄를 지어서 저렇게 빨리 모든 기억을 잃는 거냐고.

"울어?"

어느새 표정을 푼 전성이 옆에서 깐죽거렸다. 한 대 치고 싶었다.

~

주지는 자신을 무명이라 부르라고 했다. 상냥하게 조곤조곤 말하는 목소리를 가지고 있었고 전성과는 달리 깍듯한 존댓말을 썼다. 이름은 직접 지으신 건가요? 장현이 묻자 고개를 끄덕였다. 어차피 자칭 사이비인데 남이 지어준 이름 받을 필요가 있나요. 어차피 여기 있는 양반들 금방금방 다 잊어서 내 이름도 백 번 천 번 바뀌어요.

무명에게는 어차피, 라고 문장을 시작하는 말버릇이 있었다. 어차피 버려질 거, 어차피 죽을 땐 혼자일 거, 어차피 키운 이의 노고는 아무도 기억하지 못할 거. 어차피, 어차피. 어차피 여기 있는 사람들을 다 거둬 입히고 먹이고 재울 이의 입에서 그렇게 부정적인 어휘가 끝없이 흘러나왔다.

"스님 완전 어차피 중독자네요. 왜 그렇게 어차피, 를 많이 쓰세요?"

민호의 물음에 무명은 대답했다.

"저 양반들 앞에선 좋은 이야기만 하거든요. 그런데 어차피 내가 살아보니 삶이란 건 매일매일이 영으로 수렴해 버릇해요. 어디서 좋은 얘기하면 어디선 나쁜 얘기를 해야만 합니다. 그래서 혼잣말로 나쁜 얘기하는 버릇이 들었어요. 그리고 사람들한테는 잘 먹는다 예쁘다 잘

했다 얘기해주는 거고요."

무명은 한숨을 쉬었다.

"그 드라마란 장단을 같이 맞춰주는 게 내가 문영에게
줄 수 있는 가장 좋은 선물이라고 생각했는데 이렇게 되
었으니 어찌하면 좋을까, 우리 불쌍한 보살님은. 아니,
문영은 어차피 기억을 하지 못할 테니 상관이 없을까."

그러고는 나를 바라보았다. 어차피 모녀의 눈물겨운
화해는 물 건너갔으니 자신이 아는 만큼을 전해주고 싶
다고 무명은 말했다. 받아들이는 것은 내 자유겠지만,
곽문영이란 사람이 정작 피를 나눈 가족에게는 자기 이
야기를 손톱만큼도 하지 않았단 사실이 무명 자신의 소
매를 자꾸만 끌어당겨 주저앉힌다면서.

~

내가 지니고 있는 기억, 내 뇌리에서 삶의 첫 장면으
로 남은 허공을 날아다니는 물건들의 모습은 가짜 기억
이 아니었다. 그날 엄마는 혼자 집에 있었다. 빽빽 울던
나를 달래고 달래다 지쳐 멀리 방바닥에 눕혀둔 채, 구

석에 웅크려 귀를 막고 있던 중이었다. 이미 세 시간째였고 온갖 시도를 다 해보았지만 울음을 그치기는커녕 도대체 왜 우는지 그 이유조차 오리무중이었다. 참을 수 없어서 엄마는 결국 손에 집히는 대로 물건들을 집어 던졌다.

그때 옆집 노파가 문을 두드렸다. 애가 너무 울어 싸서 뭔 일 있나 하고 올라왔네… 하고 말하던 노파는 나를 보고는 웃더니 엄마에게 그랬단다.

세상에, 그래도 애기 엄마라고, 기특하네. 맞아서 지 새끼 아플 건 하나 안 던졌네.

그 노파가 엄마에게 광혜암과 무명을 처음 소개해주었다. 가서 가만히 사람들 사는 것만 봐도 좋다고. 저 상냥한 중의 목소리만 들어도 세상을 달리 볼 수 있게 될 거라고. 엄마가 독립할 때쯤에는 무명이 대건빌라의 고물 줍는 집주인을 연결해주었다. 둘 중 하나가 치매를 앓고 있었고 고물을 내처 줍는 습성 역시 그 탓이었으나, 병의 진전이 퍽 느린 편이어서 아직 평소의 일상을 꾸역꾸역 영위하고 있었다.

"그땐 광혜암이라고 이름만 걸어놨지 거의 아무것도 없다시피 했어요. 같이 사는 보살님들도 여남은 분밖에 없었고. 이곳 절반은 그 대건빌라 보살님들이 지어주신 거나 마찬가지입니다."

"그 폐지 줍던 할아버지 할머니가요?"

"그분들 부부 아니라는 건 알았나요?"

전혀 몰랐는데.

"할아버지 할머니 아니라는 것은요?"

"무슨 소리예요. 딱 동년배 같아 보였는데. 아저씨라고 하지 마세요. 완전 할아버지였어요."

"아닙니다."

"뭐가 아니에요."

"할머니였습니다. 둘 다."

나는 우뚝 멈추었다. 한쪽이야 할머니가 맞았다. 하지만 다른 한쪽은? 그 사람이? 껌을 느리게 질겅질겅 씹고 돌아다니는, 맨날 똑같은 누런색 점퍼에 더러운 슬리퍼를 신고서는 공동현관을 드나들던 나를 의뭉스럽게 쳐다보던 그 사람이?

"무슨 생각을 하는지 알겠는데 늙은 내 눈에는 여기 찾아온 아가씨들도 그때의 그 할머니들과 다를 바가 없어 보입니다."

맞다. 나는 꼬리를 내렸다. 특히 나까지 속였던 민호라면 더더욱.

"결국 사람 사는 건 다 똑같아서 아픔도 유전됩니다. 내 아픔은 슬프게도 이미 누군가 미리 겪었던 아픔일 가능성이 커요. 상처의 기억을 가지고 있는 사람들은 똑같은 상처를 알아봐요. 다른 사람들은 저 사람 여기가 이상하게 못생겼다고 흘낏 보며 넘기지만, 경험이 있던 사람은 알 수밖에 없단 말이에요. 치료를 제때 받지 못해서 잘못 아물어 흉이 진 모양이라는 걸 안단 말입니다. 그 보살님들이 곽 작가님을 알아본 이유가 그거지. 자기 몇십 년 전 모습을 그대로 닮았었단 말이에요."

대건빌라가 있던 동네는 한 동네에서 아주 오래 산 사람들이 대부분인 조용하고 낡고 외진 곳이었다. 방값이 싸지만 그만큼이나 어딜 오가기가 불편한 위치에 있었고, 흐르고 흐르다 거기 고인 사람들은 대부분 타인의 사정을 보물 파묻듯 어딘가에 집어넣어 놓았다. 땅을 꾹

꾹 다지고 잊어버려 주었다. 그곳은 마치 서울시의 사랑니 같은 곳이었다고 무명은 말했다. 여기저기서 낡은 낭만으로 묘사되지만 정작 조금이라도 문제가 된다면 단박에 쓸모없어 뽑아버려야 하는 취급을 받는 대상이었다고.

늙은 두 사람 역시 조용한 사랑니처럼 살았다. 원치 않은 아이를 몸 찢겨가며 낳아야 했던 사정이 있던 두 사람은 아이를 각자 포기했고, 어쩌다 알음알음 서로를 알게 되었고, 이전의 연을 모두 끊은 채 사랑니 동네에 흘러들어왔고, 혹시나 누군가 해코지를 할까 무서운 나머지 결국엔 몸 꾸미는 데 관심이 없었던 쪽이 남자인 척 굴게 되었고, 그래서 편해졌고, 딱히 성공하겠다거나 어느 제도권에 편입되겠단 욕심이 있는 것이 아니었으므로 그저 귀여운 동네 장사하며 오래도록 신선처럼 연명했다.

세입자로 들어온 곽문영을 마주하기 전까지는.

"그분들은 그 층을 비우고 오래 기다렸어요. 독립하게 되면 꼭 여기로 와야 한다고. 처음 소개받았을 때부터. 용호 씨가 말도 못 하는 아기일 때부터 계속 고대했던 거죠. 자신들이 차마 완전히 떨쳐내지 못하는 죄책감, 그걸

문영과 귀여운 딸이 해소해주길 진심으로 바랐던 겁니다. 마치, 그래요, 불쌍한 사람 나오는 다큐 보고 울면서 좋은 댓글 남기고, 전화 걸어 천 원 후원하는 걸 대단히 여기는 사람처럼 행동했다고 표현해도 반박할 길은 없어요. 아, 제 표현이 아니고 그 두 분이 직접 하신 표현이에요. 그토록 하신 일이 많으면서 그렇게 자조적으로 매번 말씀을 하셨습니다."

아니다. 무언가 빠진 점이 있었다. 어딘가 분명한 구멍이 있었고 그걸 무명은 계속해서 모르는 척 피하는 중이었다. 말을 안 한다면 내가 물을 수밖에.

"저기, 그런데요."

내가 말을 자르자 장현과 민호가 동시에 내 쪽으로 고개를 돌렸다. 민호의 카메라도 함께 내 쪽을 향해 돌아갔다.

"좋아요, 좋은데요. 스님, 왜 하필 우리 엄마랑 저였어야 했어요?"

무명의 눈이 한 번 깜박였다. 또 한 번, 느리게 깜박. 눈가에 진 주름이 자글자글했다. 저 이는 몇 살일까. 나는 그 눈을 보면서 생각했다. 저 이는 살면서 얼마나 많은 사람의 사연을 들었을까. 저 주름 사이사이에 그 사연들이 켜켜이 쌓여있겠지. 그러니까 저이의 주름은 마치 책꽂이와도 같다. 세상 그 어느 누구도 다시는 펼쳐볼 생각 않고 버려둔 책들을 주워서 먼지를 닦아내어 다시 꽂은 책꽂이. 사람들은 그 책들을 싫어한다. 보고 있으면 마음 불편해질 걸 왜 읽느냐고. 가뜩이나 살기 팍팍한 세상, 밝고 따스한 이야기만 접하면 안 되는 거냐고 묻는다.

가상으로라도 행복하고만 싶지, 맨날 주위에서 보는 너저분한 얘기 또 보고 싶지 않아요.

마음이 불편하고 눈살이 찌푸려져요. 싫어요.

"이 세상에 힘든 모녀가 얼마나 많은데요. 그래, 미혼모라고 범위를 줄여봐요. 그래도 많아요. 그렇게 누군가를 돕고 챙겨주고 그 대가로 애정이나 위안 같은 거 받고 싶었으면, 그냥 어디 쉼터 가서 일하시면 돼요. 그러면 충분하잖아요. 그런데 왜요? 왜 하필 우리 엄마랑 제가 타깃이 된 거예요?"

그러자 무명은 말했다.

"손을 먼저 내민 건 문영이었습니다. 몇 번을 보니, 그

저 불쌍해서 나온 동정이 아닌 게 확실하더라고요. 그래
서 광혜암 사람들로서는 더 편했고요."

엄마가 절대로 그 어느 곳에서도 말하지 않았던 사실.

"문영도 우리를 필요로 했으니까요."

29

무명은 우리 셋에게 커다란 방 하나를 배정해주었다.
장현은 부모님과 영상통화를 했다. 요새 외박이 잦은데
아무래도 남자친구 생긴 것 아니냐는 장현 아빠의 뻔한
농담을 들은 민호가 대뜸 장현의 얼굴에 자기 얼굴을 붙
였다. 그러더니 뺨에 입까지 맞추었다. 미친 거 아냐?
남의 부모가 빤히 보는 앞에서? 펄쩍 뛴 건 나였는데 오
히려 장현의 엄마는 박수를 짝짝 치며 좋아했다. 아빠의
말투가 조금 딱딱해지려고 해서 어쩔 수 없이 내가 나서
야 했다. 혼돈에 빠진 중년 아저씨의 얼굴을 보는 게 그
리 재미있는지 민호는 깔깔거리고 웃다가, 결국엔 자기
주민등록증을 꺼내 '2'자를 렌즈에 잘 보이도록 비춰 주
었다. 아버님 걱정 마세요! 장현이는 제가 지키고 있습
니다! 민호가 소리를 쳤다. 나는 팔뚝을 꼬집었다. 조용
히 좀 하라고, 이 외진 암자에서 온갖 소음은 네가 다 내
고 있다고.

우리는 자기 전에 민호를 따라 스트레칭을 했다. 경

력 이십 년의 배우 지망생이 가르쳐주는 스트레칭이라니. 다른 건 다 우스워도 왠지 그것만큼은 믿음직스러웠다. 사타구니가 쭉쭉 늘어났다. 장현이 앓는 소리를 냈다. 스트레칭을 다하고 나니 땀에 흠뻑 젖었는데 물소리를 내며 다시 씻을 수는 없기에 우리는 그냥 이불을 깔지 않고 맨바닥에 누웠다.

다들 맨바닥에 누워도 잘 잘 수 있는 이들이었다. 곧 고롱고롱 소리가 났다. 민호는 잘 때도 반듯했다. 저 애는 과연 삼십 년 가까이 어떤 시간들을 보내야 했을까. 나는 손을 뻗어볼 수도 없을 만치 뜨겁고 또 어두웠을 그 시간의 줄기들은 쟤한테 어떤 생채기를 냈을까.

나만 잠이 오지 않는 모양이었다. 엄마가 그렇게 미친 속도로 대본을 쏟아낼 수 있던 원동력이 결국은, 실제 인물을 모델로 하고 실제 사건을 차용했기 때문일까? 기억을 잃는 사람들의 사연은 사도 되는 것일까? 얼마나 각색했을까? 나는 알 수 없었다. 이미 엄마마저 대부분의 기억을 잃었으니까. 엄마는 기억 잃은 자들을 보듬고 대가로 사연을 샀으며 그렇게 벌어들인 돈을 더 많은 이들을 먹이고 입히고 재우는 데 썼다.

왜.

왜 굳이 그런 일을 해야 했을까.

새벽 두 시가 될 때까지 잠을 이루지 못했다. 결국 아무도 깨지 않게끔 숨을 죽이고 깨금발을 하며 밖으로 나갔다. 여전히 별은 별로 보이지 않았다. 민호가 설치해놓은 카메라가 마당 한쪽에서 계속 돌아가고 있었다.

"잠이 안 와요?"

돌아보니 두 손을 늘어뜨린 엄마가 나를 멀뚱멀뚱 쳐다보고 있었다. 그렇지. 엄마가 자기에는 아직 이른 시간이었다. 엄마는 보통 새벽 네 시쯤에야 일을 마치고 까무룩 잠들고는 했으니까. 기억은 잃어도 수면 패턴은 그대로인 모양이었다.

그 시간 동안 얼마나 외로울까. 이 어두운 하늘 아래서. 그런 생각이 들었던 것은 나 역시도 한없이 혼자라는 느낌이 들었던 탓이었을지 모른다.

"별 좀 볼까 해서 나왔는데 아무것도 안 보이네요. 여기 시골 맞아요? 서울 하늘이랑 하나 다를 게 없는데."

지금 눈앞에 있는 사람은 나와 지지고 볶던 곽문영이

아니라 전혀 다른 별개의 인격체에 가까웠기에 나는 일단 결정했다. 처음 보는 사람에게 하듯 친절히 대하자. 이이를 알아가는 것처럼 굴자.

"여기서는 잘 안 보여요. 더 올라가야 잘 보이는데. 같이 가실래요?"

엄마는 세심한 관광 가이드처럼 굴었다.

"여기가 어딘지는 알고 그런 말씀을 하시는 거예요?"

"찾아온 분들은 다들 별을 보고 싶어 하시길래요."

아. 내가 망각하고 있던 사실을 다시금 떠올리게 하는 말이었다. 엄마는 그 병에 걸렸다. 무조건적인 보살핌, 본인의 안위나 욕구는 생각도 없는 헌신이 증세인. 나는 지금 엄마가 봉사해야 할 대상이었다. 드디어, 마침내… 라고 나는 중얼거렸다.

하나도 기쁘지 않았다.

"여기 와서 별부터 찾는 거 진짜 기괴한 거 아니에요? 사람엔 관심 없이 별만 찾는 거잖아. 사람에겐 모질면서 별만 예쁘다고 좋아하는 사람들이 세상에 얼마나 많아요. 또 저 멀리 일엔 분노하면서 어떤 일에는 가장 먼저 앉을 자리 찾아서는 구경만 하는 인간들도 천지에 널렸어."

엄마가 어느 드라마에서 쓴 대사였다. 그 대사를 고스란히 읊었다. 그 뒤로 말해주고 싶었다. 내가 안 그런 척했지만, 당신에게 아무런 애정을 가지지 않은 척했지만, 실제로는 이렇게 통째로 몇 문단을 외울 만큼 당신을 이해하고 싶었다고. 당신이 어떤 식의 개체인지, 왜 내게 이렇게 구는지, 당신과 어떻게 하면 교감할 수 있을지… 알고 싶어 했다고.

엄마는 그저 눈을 동그랗게 뜨더니 그래도 별을 보고 싶으신 게 아니었나요, 하고 되묻는 것이었다. 기대한 내가 바보지.

"그럼 어디로 올라가야 잘 보이는데요?"

내 물음에 엄마가 손을 내밀었다. 엄마의 손톱이 가지런히 정리된 걸 보면서, 언제나 큐티클이나 손 가시가 덕지덕지 붙어있던 옛날의 손톱을 떠올렸다. 여기 어딘가에 사람들의 손톱을 책임져주던 이가 들어와 살고 있는 게 분명했다.

나는 그 낯선 손을 잡았다. 어쨌거나 퍽 무해해 보이는 인격과의 밤 산책은 나쁘지 않을 것 같았다.

"별 훔치는 밤손님처럼 돌아다니면 되는 거예요."

실없는 소리를 하는 엄마의 손에 이끌려 일어나서 나는 엉덩이를 툭툭 털었다. 그러고는 조금 주저하다가 손을 놓았다. 굳이 잡고 있을 필요는 없다고 생각했으니까.

그러나 엄마는 다시 손을 내밀었다.

"좀 가팔라요. 밤이라 모르는 사람이 가기엔 길도 무섭고."

"웃기네. 손잡고 가면 밝아져, 길이?"

"아. 우리 청소할 때 쓰는 랜턴이 있어요. 그걸 들고 가면 될 것 같습니다."

나한테 그렇게 깍듯한 말투 쓰지 말아요. 내가 말하자 엄마는 영문을 모르겠다는 듯 나를 멀뚱멀뚱 바라보다가 금세 미안하다고 사과했다. 그게 너무 싫었다.

~

어렸을 때 혼자 뒷산 벤치에서 잠들었다고 거짓말을 한 적이 있었다. 엄마와 둘이 랜턴의 빛에 의지해 산길을 걷다 보니 거의 잊고 있던 그때의 기억이 불현듯 떠올랐다. 그 기억의 장면에 외할머니도 외삼촌도 없는 것을 보니 아마 대건빌라로 이사를 한 이후의 일인 모양이었다. 사실 아주 장담할 수는 없다. 기억이란 게 정말이지 얼마나 흐물흐물하고 허술하고 구멍 숭숭 나 있는 것인지 모르는 사람은 없을 테니까. 외할머니의 집에도, 대건빌라가 있던 동네에도 뒷산이란 건 있었다. 생각해보면 조금 우습다. '뒷산'이란 이름의 산이 한국 땅에 얼마나 많을까.

어쨌든 나는 그때 뒷산이라고 불리는 그 야트막한 산에 혼자 주저앉아 우는 아이의 모습을 상상하고 있었다. 나 자신을 어느 드라마 주인공의 아역쯤으로 상상하고 주변의 모든 상황을 일종의 역경으로 받아들이는 고약한 취미가 어린 내게는 있었는데, 다만 주인공 아이만큼 '몸이 힘든' 상황에 맞닥뜨릴 용기는 전혀 없어서 가끔은 작은 거짓말들을 하곤 했다. 들은 사람들이 아주 크게 놀라며 나를 걱정할 만한 거짓말을. 그런 허풍을 주변 사람들이 별로 믿지 않고 뒤에서 우스워하며 비웃는다는 걸 알게 된, 아마도 중학교 입학 후부터는 완벽히 손을 씻었지만.

그러나 엄마는 내 말을 완벽히 믿었던 것 같다.

그날 나는 반 친구의 집에 놀러 갔다. 여자애들에게 잘도 깐족대는 성격의 남자애네 집이었다. 그 나이쯤의 여자애들, 그러니까 가슴엔 조금 멍울이 지고 생리대도 가방에 넣어 다니는, 더 대범하다면 혀를 내밀며 '혀 가운데 고랑이 난 애들은 키스를 많이 해본 애들이야'와 같은 카더라를 나누는 여자아이들은, 그토록 깐족대는 남자애들을 귀찮아하는 척하면서도 마음에 품곤 했다.

나는 그저 머릿수를 늘리기 위한 엑스트라일 뿐이었다. 그 어린 나이에도 알고 있었다. 알면서도 갔다.

"너 집에 얘기하고 왔어?"

"미쳤냐. 집에서 처맞고 머리 빡빡 깎일 일 있어?"

내가 선망하는 아이들이 나누는 이야기를 나는 고스란히 기억하고 그대로 복제했다. 저런 말투로 저렇게 씹어뱉듯 말하면 참 멋있어 보이는구나.

그날 그다지 많은 일탈을 하지는 않았다. 아니, 다른 애들은 모르겠다. 내가 그랬다. 쫓겨났으니까. 어떻게 번호를 찾아냈는지 아직도 알 수 없지만 엄마는 그 남자애에게 직접 전화를 걸었고 통화를 끝낸 뒤 그 애는 말했다.

"와 씨발! 나 연예인이랑 통화했다."

그리고 내게 다가와서는 어깨에 팔을 척 올렸다.

"근데 진짜 사랑하시나 보다. 어우, 어떡해. 공주네."

또 뭐라고 했더라.

"세상에 그런 부모도 있구나. 야 진짜, 너무 멋있어. 부럽다 야. 얼마나 좋을까? 심지어 돈도 잘 버는 엄만데. 야, 얼른 들어가. 우리랑 놀다 인생 종 친다고 엄마가 걱정하신다 야."

쫓겨나서는 그 애가 살던 아파트 단지의 상가 계단에 쪼그려 앉아 새벽까지 머물렀다. 자꾸 눈물이 나서 견딜 수가 없었다. 거의 한 시가 넘어서 집에 돌아갔다. 집을 가득 채우던 보조작가들이 아직도 몇 남아 있었다.

그들이 없었더라면 솔직하게 말했을지도 모른다. 그러나 이미 충분한 하루치의 비웃음을 샀다. 보조작가들마저, 그들마저 나를 우습게 볼까 두려웠다. 나는 이렇게 힘든데 저들은 별것 아닌 어린 시절의 미열로 생각할까 걱정되었다. 그래서 엉뚱한 거짓말을 했다.

엄마 때문에 집에 오기 싫어서 뒷산 벤치에서 자고 왔어.

그리고 또 말했다.

엄마 드라마 주인공처럼 행동해봤어. 어때? 실제 상황으로 이런 에피소드를 겪고 나니까? 조금 걱정돼?

그때 엄마는 손바닥으로 내 머리통을 때렸다. 엄마의 드라마에서였다면 그렇게 때리고 난 후 나를 끌어안았겠지. 방금 때린 뒤통수를 감싸고 엉엉 울며 미안하다고 사랑한다고 말했겠지. 그러나 엄마는 그렇게 말하지 않았다. 대신 소리쳤다. 너는 거기서 무슨 일을 당하면 어쩌려고 그런 짓을 저질렀느냐고.

나는 아마 대답했던 것 같다. 엄마, 아무 일도 일어나지 않았어. 누가 해코지하지도 않았고 누구한테 맞지도 않았다고. 오늘 하루 동안 나를 때린 건 엄마뿐이야. 내게 나쁜 짓을 한 건 딱 한 명, 엄마뿐이라고. 때린 본인이 나한테 그런 말을 하는 거야, 지금? 나한테 무슨 일이 일어나 봤자 엄마가 무슨 상관인데. 신경도 안 쓸 거면서.

30

핸드폰을 어딘지 모를 곳에 흘린 게 먼저인지 아니면 공터에 도착한 게 먼저인지 잘 모르겠다. 핸드폰 카메라로는 담기지 않는 한이 있어도 일단 저 밤하늘을 찍어야겠다는 생각이 든 게, 공터에 도착해 조금은 신이 난 상태로 몇 바퀴를 뱅뱅 돈 이후였으니까.

"솔직히 전 잘 안 믿었는데. 이제 좀 신뢰가 가는데요."

다른 곳에 햇빛이 가득할 때 유독 음침해 보이던 이퀵산은 해가 지고 만물이 어둠에 가라앉자 훨씬 호의적인 인상으로 변했다. 위협적인 부스럭 소리 같은 건 나지 않았다. 들리는 건 풀벌레 소리와 가끔의 산비둘기 소리뿐이었다. 엄마는 낮게 흥얼흥얼 곡조도 안 맞는 노래를 부르고.

"들었어요, 문영 씨? 신뢰가 간다고요."

역시나 답이 없었다. 나는 엄마의 어깨를 잡고 돌려세웠다. 엄마는 화들짝 놀랐다. 문영 씨! 내가 불러도 대답하지 않았다. 아니, 제가 부르잖아요, 라고까지 하자 비로소 고개를 저었다.

"저는 승혜예요."

바보. 자기 이름도 모르고.

"그래요, 승혜 씨."

"죄송해요. 막상 오니까 설명을 잘 못 하겠네요. 저 사실 별 잘 모르거든요. 별자리 같은 것도."

예전에 드라마 쓰면서 엄청 공부한 걸 내가 빤히 알고 있는데. 바보.

"〈은하의 목소리〉라는 드라마 알아요, 승혜 씨?"

곽문영 최고의 히트작. 그러나 엄마는, 그러니까 승혜 씨는 여지없이 고개를 저었다. 그래, 승혜 씨였다. 나는 그와 대화를 나누는 거였다. 엄마가 아니라. 그러니까 화를 내면 안 됐다.

"그거 되게 유명한 드라마였는데. 천체동아리 대학생들이 나오는 드라마인데요, 물론 그 시절 한국 드라마답게 주된 줄기는 로맨스예요. 하지만 그 이면에는 임신한 채 실종된 친구 찾아다니는 이야기가 있죠. 시청자들이 추리 엄청 했었어요."

눈곱만큼이라도 해로운 구석이 있어 보이는 캐릭터가

하나도 없었다. 그저 해맑은 청춘드라마처럼 시작한 작품이었기에 추리는 더욱 어려웠다. 회차가 지나면서 각자의 의뭉스러움이 하나씩 드러났다. 모두가 켕기는 점을 몇 개씩 숨기고 있어 결국 모두가 의심스러워지는 작품이었다.

"그런데, 범인이 없었답니다."

서로의 치부만 낱낱이 드러낸 채 맞이한 마지막 화에서 등장인물들은 첫 화와 같은 장소에 모인다. 같은 자리에 같은 자세로 앉는다. 표정도 같다. 아니, 같은 척하고 있다.

그 엔딩으로 엄마가 얼마나 욕을 먹었는지 모른다. 작품 안 보고 작가 곽문영에게 애써 관심 없는 척하던 나조차도 다 알 정도로. 일단 학교에서 애들이 내 눈치도 볼 새 없이 쑥덕거리는 걸 듣지 못할 방도도 없었으니.

"승혜 씨."

별 밑에서는 묻고 싶었다.

"그 이야기도 누군가의 경험이었던 거예요? 그거 진짜로 끔찍했는데. 어떻게 사람이 사람에게 저럴 수 있나, 하는 사건들만 가득했잖아요. 그런데 정작 매듭은 제대로 안 짓고. 온갖 욕 먹어가면서도 입 한 번 뻥긋 안 하고. 그게 진짜였어요?"

돌연 거센 힘이 내 손을 잡아챘다. 갑자기 들이닥친 악력에 놀라 나도 모르게 외마디 비명이 나왔다. 다른 누구도 아니고 그저 승혜 씨의 힘이었다.

승혜 씨는 나를 질질 끌고 공터의 가장자리로 향했다. 아파요 승혜 씨. 이거 놔요 승혜 씨. 나 어디 도망 안 갈 테니까 말로 해요, 네? 아니 뭐 이렇게 힘이 세요 승혜 씨. 왜 이러냐고요, 진짜 무섭게, 이렇게 컴컴한 데서.

도저히 내가 넘볼 수 없는 악력이었다. 결국 우리가 멈춘 곳은 공터를 나고 드는 길에서 가장 먼 어느 나무 근처였다. 큰 나무 아래, 앉기 적당하게 생긴 바위가 하나 있었다. 내 손을 놓은 승혜 씨는 바위를 손바닥으로 두어 번 훑어 그 위에 쌓인 흙먼지와 나뭇잎 따위를 쓸어냈다. 그러고는 내 어깨를 눌러 억지로 거기 앉힌 후 본인은 땅바닥에 아무렇게나 풀썩 엉덩이를 댔다. 승혜 씨 여기 앉아요, 내가 거기 앉을게. 내가 말했지만 들은 척도 하지 않았다.

당황해 가빠진 숨을 가라앉힌 내가 타박할 때까지 승

혜 씨는 별말이 없었다. 별을 잘 보겠다며 전원을 끈 랜턴이 아직도 승혜 씨의 왼손에 있었다. 나는 랜턴을 빼앗아 켰다. 빛줄기의 끝이 흙바닥에 닿은 그의 왼쪽 손끝을 비추었다. 마치 무언가를 긁거나 어루만지듯 움직이는 다섯 손가락을. 나는 어지럽게 움직이는 승혜 씨의 왼손가락 중 되는 대로 하나를 움켜쥐어 멈추도록 만들었다.

"승혜 씨, 흙바닥을 그렇게 손톱 끝으로 긁으면 손 다 상해요. 그럼 전성 스님이랑 무명 스님 속상해요. 스님들도 속이 상한답니다. 다 퍼주는 것 같은 스님들도 실은 속이 상해요."

원래는 그저 그 손가락을 멈추게 하고 싶어서 아무렇게나 뱉었던 말이었는데 막상 입을 열자 의도치 않았던 이야기들이 나왔다.

"그분들이 그렇게 잘해주셨다면서요. 힘든 삶 버티고 이겨내게 만들어 주셨다면서요. 그러면 속상하게 할 일을 더 벌이면 안 되지요. 혈육보다 나은 분들이잖아요. 자식보다도 승혜 씨를 훨씬 더 잘 아는 사람들이잖아요. 말 잘 들어야지요. 아, 내가 멍청했다. 자식이 있는지를 먼저 물어봐야지. 승혜 씨 혹시 자식 있어요? 딸이 있단 거 기억해요? 그럴 리가. 아니 그래, 자식을 물어본 내가 바보다. 당연히 없을 수도 있는데. 그럼 승혜 씨 엄마는요? 이 세상에 멀쩡히 태어난 이상 당신 엄마는 없을 수 없잖아요. 그 사람이 누구인지 내가….”

그때 승혜 씨가 내 말을 썩둑 자르며 끼어들었다.

“그렇죠? 괴로운 일에 범인이란 건 보통 없지요? 그게 맞는 거지요?”

그가 오른손을 내 손 위에 올려두었다. 자신의 왼손을 움직이지 못하도록 잡아놓은 그 손 위에.

한참 전에 이야기했던 걸 왜 다시 끄집어내려는 거지. 나는 한 오 초 정도를 멀뚱멀뚱 허비했다. 마음 졸이며 봤더니 그딴 식의 허무한 엔딩으로 초를 치느냐는 항의를 두고두고 받았던 그 드라마의 기억을 불러들였다. 그러고는 승혜 씨를 애써 부정하며 대답했다.

“보통이 아니죠. 범인이 있는 게 맞죠. 그렇게 풀어낼 거 아니면 사람들이 뭐 하러 드라마를 봐요, 〈그것이 알고 싶다〉 보겠지.”

그러자 승혜 씨는 말했다.

"범인이 없었다고, 그래서 그냥 넘겨야만 한다고 나한
테 그랬어요."

~

공터를 떠나자마자 랜턴이 퍽 소리를 내더니 다시는
켜지지 않았다. 나는 엉금엉금 비탈길을 내려가다가 나
무뿌리 같은 것에 채여 굴러떨어졌다. 승혜 씨가 비명을
지르며 나를 쫓았고 우리는 길을 잃었다.

31

어슴푸레한 새벽잠에서 깨어 빈 이부자리를 발견한 것
은 매일 새벽 유산소 운동을 하던 민호였다. 평소 일어
나던 대로 눈을 뜬 민호는 신발을 꿰어 신고 밖으로 나
왔다. 밤이슬을 맞지 않도록 처마 밑에 간신히 설치해놓
은 카메라를 들고 지난밤의 녹화분을 빠르게 돌리며 확
인했다. 반짝하고 어느 지점에서 빛이 들어왔다. 승혜
씨가 든 랜턴이었다. 그 때문에 민호는 우리 둘이 광혜
암을 떠나 어디론가 이동했다는 사실을 알게 되었고 두
스님과 장현을 깨웠다.

그때 공양간에서는 그날의 아침 식사 당번 둘이 두런
두런 누구의 것일지 모를 과거에 대한 이야기를 나누며
쌀을 불리고 채소를 씻는 중이었다. 겨우 새벽 네 시 반
에 벌써부터. 무명은 겁 많은 환자들이 동요할 수 있다
며 최대한 목소리를 낮추었으나 당번들 귀까지 속일 수
는 없었다. 무슨 일인가요, 물으며 그들은 공양간 밖으
로 나왔고 누군가 없어졌다는 사실에 그대로 잘 갈린 칼

을 들고선 따라나섰다.

그 모습이 퍽 능숙해 보였다고 나중에 민호는 말했다.

광혜암에는 무명이 남았다. 야산이고 사위도 어두우니 모두 함께 움직이기로 했다. 민호의 카메라에는 나와 승혜 씨가 나눈 대화가 녹음되어 있었다.

"별 잘 보이는 공터?"

전성은 잘 아는 곳이었다. 세상에, 평소엔 기억도 못하더니 갑자기 뭔 바람이 불어서 여기로 딸을 데리고 왔데…. 공터로 향하는 내내 전성은 탄식 같은 말을 뱉었다.

문제는 그 공터에 이르러보니 이미 우리가 없었다는 사실이었다. 다섯은 가만히 더는 별이 보이지 않는 공터에 서서 침묵에 빠졌다. 무슨 일이 일어난 걸까. 공터를 몇 번이고 빙 둘러보았으나 특별해 보이는 흔적은 없었다.

분명 다시 내려가다가 어디선가 일이 생긴 거야. 그런데 올라오는 동안 아무것도 보지 못했잖아, 그러니 무슨 수로 찾는담.

중얼거리는 전성의 말을 칼을 든 두 사람이 막고는 무언가 의견을 이야기했다. 전성은 고개를 갸웃거렸다. 그들의 이야기가 백 퍼센트 맞을 거라고 확신하며 가장 먼저 발을 옮겨 따르기 시작한 사람은 장현이었다. 장현은 칼을 든 이들의 투박한 주장을 민호에게 설명했다.

"용호가 바보도 아니고. 광혜암에 가는 길을 모를 이유가 없잖아. 그런데 오지 않았다는 건 용호 상태가 좋지 않단 얘기고, 그 얘기인즉슨 곽 작가님이 용호를 보살펴야 하는 상황이 왔단 뜻이고. 그럼 하나야. 누군가를 보살펴야 할 땐 언제나 가장 오래 보살펴본 사람의 말이 맞거든."

동행한 자를 이토록 어두운 이궉산에서 보호하고 보살펴야 하는 승혜 씨라면 어떤 선택을 해야만 할지 그들은 정확하게 알았다. 그럴 수밖에 없었다. 장현의 설명이 내포했듯 얄궂게도 그들 모두가 오롯이 한 방향으로 닮아가고 있었으니까.

사람들은 무덤에서 나와 승혜 씨를 발견했다. 칼을 든 두 사람이 간단히 한 문장씩 말했다.

"무덤은 양지발라야지."

"무덤에 사람이 제일 많이 와."

먼저 말한 이가 고개를 끄덕이며 덧붙였다.

"사람들은 죽은 사람을 더 잘 챙겨. 벌초도 하고 성묘도 하고."

나를 장현이, 승혜 씨를 민호가 업었다. 장현의 등이 아주 뜨겁고 축축했다는 것이나 오금을 받치고 있던 장현의 손이 둥글었다는 기억이 난다.

그에 앞서서 아직 아무도 우릴 찾기 전에 승혜 씨와 부둥켜안고 있던 순간들이 있었다. 먼저 팔을 벌린 것은 승혜 씨였다. 나 때문에 승혜 씨가 더 추워지면 어떻게 해요. 나는 말하면서도 본능적으로 나의 것보다 뜨거운 그의 팔뚝과 목을 잡아당겼다.

어디 앉거나 누울 곳이 마땅치 않자 승혜 씨는 죄송하다고 말하더니 봉분에 비스듬히 누웠다. 그와 반쯤 껴안고 있던 나도 엉겁결에 같이 무덤에 기대게 되었다. 승혜 씨의 말대로 공들여 정리한 보드라운 잔디가 덮고 있는 무덤은 산의 다른 곳과는 달리 나쁘지 않은 피난처였다.

조금 있으면 해가 뜰 거예요. 그럼 양지바른 곳이라 가장 먼저 따뜻해져요. 승혜 씨는 내 등을 꼭 껴안고 말했다. 나는 곧 입술을 떨기 시작했는데 딱딱 소리가 날까봐 이를 서로 부딪치게 두지 않으려 무진 애를 썼다.

승혜 씨는 이미 충분히 많은 것을 하고 있었기에 그를 더 걱정하게 만들고 싶지는 않았다.

무언가 말을 하고 싶었다. 20여 년간 죽이네 사네 하면서 헐뜯기만 했던 여자의 몸을 꺼안고 있으려니 아무래도 어색했기 때문이었다. 제아무리 기억을 잃었다 해도. 서로의 숨소리만을 감각할 수 있는 그 상황이 도달하는 게 두려웠다. 이 순간이 그냥 하나의 코미디면 참 좋겠다고 생각했고 내가 실없는 소리를 늘어놓기라도 하면 정말로 그렇게 될 수 있을 것 같았다.

그때 승혜 씨가 먼저 엉뚱한 말을 꺼냈다.

"내가 젊었을 때요."

"네."

"내가 죽으면 누가 빈소를 차려주고 관을 들까 궁금해했던 적이 있었어요."

승혜 씨 당신 자신은 모르겠지만 사실 당신 아주 유명한 드라마 작가예요. 관 들어줄 피디나 배우들 아주 많다고요. 나는 그렇게 대답하려다가 입을 다물었다. 두 가지 이유에서였다.

첫째, 나도 그런 상상을 한 적이 있기 때문이었다. 특히 엄마가 사라진 후에는 가끔 그런 꿈을 꾸었다.

둘째, 승혜 씨의 '젊었을 때'는 지금의 승혜 씨 머리가 멋대로 만들어낸 가짜 과거일 테니까, 아마도.

"승혜 씨 가족도 있잖아요. 또 승혜 씨 일을 같이하던 동료들도 있었을 거고."

비록 지금은 광혜암에 들어왔지만. 그 말은 덧붙이지 않았다. 기실 광혜암 사람들이 가장 오래, 가장 진득하게 슬퍼하면서 가장 부지런히 상복 치맛자락으로 식장을 쓸고 닦고 음식을 나를 게 뻔해 보였지만.

"그건 기억이 안 나요. 그리고 나가 죽으라는 말을 하도 많이 들어가지고."

승혜 씨의 대답이었다. 내 어린 시절로 미루어보건대, 진짜 외할머니나 외삼촌이 그랬다고 해도 위화감이 없을 말이긴 했다. '마지못해'라는 말이 딱 어울리는 태도로 나를 대하던 사람들. 어린 곽문영에게라고 달랐을까.

"왜 나가 죽으라는 말을 들었어요."

"많이 먹는다고요."

"많이 먹는다고요?"

"돈도 못 벌어오는 주제에 처먹기만 더럽게 많이 처먹

는다고."

승혜 씨 잘 안 먹잖아요. 이렇게 말랐는데… 젊었을
땐 그래도 잘 드셨나보다. 아니 그런데 돈 못 벌어온다
고 먹지 말라는 건 너무한 얘기 아니에요? 가족인데….
나는 주워섬겼다.

그리고 문득 현관문 밖에 쌓여있던 그 배달 음식들의
모습이 머리를 스쳐지나갔다.

엄마의 병증이 진행된 상황이었을 테지. 그러니 자신
이 뭘 시켰는지도 잊은 채 그런 식으로 방치해놓았을 것
이다. 그러나 그에 앞서서 왜 평소엔 먹을 것에 대한 탐
욕이 거의 없던 엄마가 그렇게나 많은 음식을 시켜야 했
는지 나는 가족으로서 궁금해했어야 했다.

아니다.

어차피 다 끝난 일. 잊자, 하고 나는 움직이지도 않는
목을 애써 가누었다. 잊자.

"저도 대학 나와서 취직 못 한다고 엄마한테 엄청 욕먹
었어요."

나는 말했다. 어차피 승혜 씨는 우리 엄마가 누군지도
모르겠지만, 이라는 말은 삼키고.

"저랑 승혜 씨랑 그런 면에서 비슷하네요. 웃기다, 그쵸. 완전 똑 닮은 삶 아니에요?"

그러자 승혜 씨는 말했다.

"대학, 대학. 대학 재미있었는데."

"승혜 씨 대학 나왔어요?"

"대학, 다녔어요."

"에에, 정말?" 치매는 치매구나. 나는 장단을 맞춰줘야겠다고 생각하며 재빠르게 말을 이었다. "뭐가 그렇게 재미있었는데요?"

"자취한 거. 엄마랑 같이 안 산 거."

나는 쿡쿡 웃었다. 이건 또 진짜 똑같네.

"정신 빠진 애를 자취시켜서는 안 됐대요. 다 내 잘못이었대요."

승혜 씨는 아무렇지도 않게 말했다.

"나는 처음엔 잘 낳아서 잘 길러야지 생각했는데 옆에서 자꾸만 그렇게 말하니까 어느새 나도 그 생각에 오염이 되고 말았어요."

~

"둘이 꼭 껴안고 무슨 이야기했어?"

똑똑, 하는 노크 소리 뒤에 들어온 전성이 우려 섞인 목소리로 장난을 쳤다. 나는 대답했다.

"풀 얘기랑 나무 얘기랑 별 얘기요."

"아이고 참 팔자도 좋지. 남의 무덤에 누워서."

나는 눈을 깜박였다.

"그리고 꿈이랑."

천장이 아직도 조금씩 돌고 있었다.

"승혜 씨의 과거 이야기요."

나는 전성에게로 고개를 돌려 물었다. 엄마를 아마도 무명 다음으로 가장 잘 알 사람에게.

"그 과거는 다 가짜죠? 지어낸 거죠?"

팔꿈치로 바닥을 짚은 후 조금 몸을 일으켰다. 딱 무덤에 비스듬히 누워 있던 그 각도까지만 허리를 세웠다. 장현이 허겁지겁 방석 같은 걸 가져와서 등 뒤를 받쳐 주었다. 그것도 슬펐다. 보살피는 데 익숙한 사람들은 왜 다들 저렇게 바보 같을까.

"그렇지요? 치매잖아요."

32

나는 전성에게 고개를 저었다. 아무리 그렇게 옛날이
야기 해대도 나는 눈 하나 깜짝 안 해요. 진짜인지도 알
수 없어. 가짜일 거예요. 지어낸 얘기일 거라고요. 그리
고 만약 진짜라 해도요… 그래도… 그래도 그게 나를 이
십 몇 년간 제대로 돌보지 않고 자기 일만 해댄 것에 대
한 해명이 될 수는 없어요. 어쨌든 나는 내 삶 위주로 볼
거라고요. 나는 이기적이니까. 아주 못되어 먹어서 이해
같은 건 절대로 해주지 않을 거니까.

민호가 가져다준 두루마리 휴지로 눈가를 닦고 코를
팽 풀었다. 역시 눈물이 아주 많이 날 땐 보드라운 티슈
보다 억센 휴지가 제격이었다. 먼지도 안 날리고 찢어지
지도 않으니.

"그렇게 울다가 또 앓아눕는다. 적당히 울어."

전성은 장현을 시켜 물을 떠오게 했다.

"맞아, 믿든 안 믿든 딸내미 마음이야."

나는 등과 목덜미를 간질간질 건드리던 무덤, 그 풀의

질감을 떠올렸다. 그 무덤에서 우리는 자신이 죽은 후의 장면을 저마다 상상했고 그러다가 천천히 삶의 필름을 되돌리는 길을 걸었다. 나의 경우엔 내 기억을, 승혜 씨의 경우엔 승혜 씨의 기억을.

문득 떠오른 것은 그저 평범한 물음이었다. 승혜 씨의 기억이 진짜가 아닐 거라고 내가 일갈하는 이유는 피상적으로는 승혜 씨가 승혜 씨가 아니기 때문이고, 조금 더 깊이 들어가자면 내가 오래도록 품고 있는 곽문영에 대한 감정을 그 기억이 뒤엎고 배반하려 들기 때문이다. 그렇다면 과연 내 기억은 진짜일까. 믿을 수 있는 것일까. 내 기억에 의거하여 무언가를 판단하려 들 수 있는 것일까.

장현과 민호는 내가 무슨 말을 하는지도 모르고, 나와 승혜 씨가 무슨 대화를 했는지도 모르고—아니, 사실 '승혜 씨'가 누구를 이야기하는지도 대충 눈치껏 알아들은 것이 전부일 터였다—그저 나를 달래주느라 야단이었다. 철에 안 맞는 땀방울이 장현의 목덜미를 타고 흘러내리고 있었다.

문을 열고 무명이 들어왔다. 무명에게 똑같은 질문을

다시 했다. 무명은 조금 더 명징하게 말해주었다. 엄마를 나보다도 훨씬 더 깊이 알아온 사람.

"맞아요. 범인이 없는 일을 겪었어요. 문영이 헤프게 굴었다고 주장했고."

밖의 마당에서는 광혜암에 머물고 있는 보살들이 신나게 떠들고 웃는 소리가 들렸다. 명분은 '명상의 시간'이었는데 말도 잘 듣는 사람들은 이 시간엔 서로 즐겁게 노세요, 라는 지침에 아주 충실했다. 나보다 먼저 회복한, 혹은 자신이 어제 무덤가에서 저체온증에 떨었단 사실을 다른 이를 편하고 행복하게 보살펴야 한다는 목적 탓에 잊은 승혜 씨는 거기서 조금 쉰 목소리로 나지막한 탄성들을 지르는 중이었다.

"그 대건빌라 주인들이 그래서 엄마를 품은 거라고요? 완전히 똑같은 사람이라?"

무명은 긍정도 부정도 하지 않았다. 사실은 나 역시도 그 이야길 들었을 때 충분히 눈치챌 수 있던 사실 아니었는가. 그런데 왜 나는 내내 일부러 뇌의 회로를 막은 듯 딴청을 피우고 있었던 건가.

"저는 그 빌어먹을 남자 새끼를 닮은 걸까요."

내가 말했다.

"누군지는 모르지만, 무능력하고 악한 면에서요. 그 새끼가 어떻게 살고 있는지도 모르겠지만 진짜 뒈졌거나 아니면 이미 쫄딱 망한 후라면 좋겠다. 아, 어쩌면 쫄딱 망했다가 내가 엄마 재산 물려받으면 갑자기 자기 자식이라고 찾아올지도 몰라요! 그런 것도 나랑 똑 닮은 거겠죠?"

"만약 그런 일이 생기면 어떻게 할 건데요?"

무명이 물었고 나는 대답했다.

"죽여서 파묻거나 파묻어서 죽일 건데요. 개새끼."

또 말했다.

"한때는 매일 현관에 들어설 때마다 오늘은 아빠가 날 데리러 왔을 거라고 생각한 적도 있었어요. 남자 신발이 있으면 이거 아빠일 거라고 기대했고. 이제 안 그럴 거예요. 우리 집에 들어올 수 있는 건 딱 둘뿐이야. 나랑 곽문영이랑 둘뿐이라고요."

그러자 갑자기 민호가 끼어들었다. 민호가 옆에 있는 줄도 까맣게 잊고 있었는데.

"나는?"

또 물었다.

"함장현은?"

장현이 옆에서 어이없다는 듯 나는 왜 끼워, 하고 민호의 등을 쳤다. 그러자 전성이 끼어들었다.

"삼천 명 정도 들어갈 수 있어."

"무슨 헛소리예요, 스님은 또."

"곽문영이 승혜가 되었는데. 오늘은 그 사람이 승혜라는 보장이 있어? 그 사람 하나하나는 다 다른 사람들이지. 문영 승혜 경아 순옥 그 외 다수."

그러자 주민호가 손뼉을 짝하고 한 번 쳤다. 나왔네요! 하고.

"뭐가 나와."

"카피가!"

33

"몸은 좀 괜찮아요? 저는 어제 좀 아팠는데."

내가 물었다. 또 나도 모르게 카메라 쪽으로 시야를 돌리고 말았다. 카메라 뒤쪽에서 민호가 성난 푸들처럼 파르르 떨며 손짓했다. 나는 얼른 고개를 틀었다. 젠장, 본인은 배우니까 카메라를 의식하지 않는 게 쉽겠지. 나는 아니란 말이다. 자꾸만 뻣뻣한 나무토막처럼 삐걱대는 걸 막을 도리가 없었다.

오히려 자연스러운 이는 승혜 씨였다. 아니, 오늘은 지승 씨. 이름이 바뀐 것도 웃겼는데 '승' 자가 겹친다는 사실이 더 우스웠다. 그래, 생각해보면 매일 다른 이름을 지어내는 일이 쉽지는 않을 것이다. 제아무리 작가라 한들.

숟가락을 들었다. 배추된장국과 흰쌀밥이 모락모락 김을 뿜고 있었다. 이번엔 잘하겠지. 잘 해내겠지.

나도 모르게 또 카메라 쪽을 보았다. 이번엔 민호가 웃었다.

~

'하루를 머물면 서른 명의 친구가 생기고 또 다음 날이
되면 서른 명의 친구가 더 생기는 곳.'

민호는 광혜암을 이렇게 정의하는 카피를 썼다. 민호
는 실제로 광혜암에서 인기가 제일 많았다. 처음에는 남
자라고 오해한 사람들을 소스라치게 만들었으나 가장
목소리가 큰 누군가의 두 손을 끌어다 제 가슴에 턱 얹
었다. 봤지 언니? 나 딸내미야! 그게 매일 아침의 의식이
었고, 그 이후에는 하루 종일 사랑받았다. 키가 커서인
지 얼굴이 잘생겨서인지 아니면 푼수 같은 성격 때문인
지는 몰라도. 광혜암의 사람들은 마음을 숨기는 법을 잘
몰랐다. 아이처럼.

나는 예쁜 딸내미가 좋다고 오늘만은 은형 씨인 누군
가 말하면, 민호가 예쁜 애는 예쁜 애를 알아본다며 넉
살 좋게 대답하여 은형 씨를 부끄럽게 만드는 꼴이었다.
그 모습을 보고 나와 장현은 뒤에서 속살거렸다.

아무래도 악역 전문 배우는 어렵겠지? 하고. 원래 나
이가 들수록 성격이 얼굴에 나타난다잖아. 나이가 들수

록 점점 더 선해질 텐데 이를 어쩌면 좋나.

엄마를 보살펴야 하는 장현보다는 나와 민호가 더 광혜암에 자주 머물렀다. 너희 솔직히 말해, 밥 주니까 눌러앉는 거지? 전성의 물음에도 민호가 먼저 대답했다. 당연하죠. 밥만 줘요? 씻을 물도 주고 잠도 재워주잖아. 여름엔 시원하고 겨울엔 따뜻하죠? 수도세 전기세가 얼마나 비싼데.

나는 그 옆에서 하릴없이 웃기만 할 뿐이었다.

그러니 모두 잠든 한밤중, 몰래 보시함에 봉투를 넣은 후 합장하고 돌아서는 민호와 봉투를 들고 몰래 들어오는 내가 딱 마주친 것은 꽤나 우스운 사건이었다.

"얼마 넣었어."

"너는 얼마 넣었는데."

"야, 내가 먼저 물어봤어."

"초딩이냐고."

"하나 둘 셋 하면 동시에 말해. 하나, 둘, 셋."

그리고 둘 다 당연히 약속이나 한 듯 입을 꾹 다물었다.

결국 서로 얼마나 넣었는지를 종이에 적은 후 함께 열어보기로 했는데 막상 펼친 두 쪽지에는 너무나도 약소

한 금액이 일 원 하나 다를 것 없이 적혀 있었다. 봉투에 넣으면서도 내내 이게 맞는 걸까, 지나치게 적어서 우스꽝스러워 보이거나 서운함을 사지 않을까, 하고 생각했는데 둘이 되니 뭔가 든든하기도 하고 뻔뻔스러워졌다.

"잘했네, 우리! 돈도 못 버는 우리가!"

"이 정도면!"

"잘한 거지!"

"…지랄들 하네."

둘이 되었을 때 가장 좋은 것은 입에 걸레를 문 땡중 전성에게 밀리지도, 말리지도 않고 찻잔을 내밀 수 있다는 점이었다. 전성은 우리가 얼마 넣었는지 입씨름하고 있을 때쯤부터 몰래 민호의 카메라를 들고 우리를 찍고 있었는데 둘 모두가 입을 다물자마자 금방 들키고 말았다.

본인의 얼큰한 숨소리가 얼마나 우렁찬지 모르는 알코올 중독자의 비애랄까.

"그래도 니들이 예쁜 건 그거야. 단 한 번도 여기서 같이 머물러줄 생각을 한 가족은 없었거든. 다 빼내려 하지. 또 진짜 단 한 사람도, 여기서 보살님들이 말하는 자기 이름을 불러줄 생각을 안 했거든. 항상 자기가 아는 이름만으로 부르려 해. 이미 보살님은 그 이름도 거기 얽힌 과거도 다 잊었는데. 가족들은 자기 편한 대로 생각하려 해."

완벽 범죄를 저지르지 못한 탓에 우리는 전성에게 붙들려 개똥철학을 들으며 밤새는 중이었다. 나는 공양간의 시계를 멀거니 쳐다보았다. 새벽 세 시. 찻잔에 든 보드카는 전성이 마셨는데 왜 눈꺼풀은 내 것이 내려앉을까. 민호는 옆에서 전성이 안주 삼아 가져온 오이를 빼앗아 통째로 씹어 먹고 있었다.

"근데 그건 사실 제가 엄마랑 사이가 안 좋았기 때문이잖아요."

내 말투가 조금씩 늘어지고 있었다. 제어할 수가 없었다.

"사이가아, 안 좋았으니까. 그러니까 옳다구나아, 하고 다른 인격 환영하는 거 아니에요? 내가 나쁜 것이죠. 그 사람이랑 친해지면은 말이에요, 내 죄책감이 조금은 덜해지니까, 그러니까아. 해로운 관계 때문에, 원하지도 않은 애 낳은 여자 삶… 그런 거 생각, 안 해두 되니까아. 그 딸은 심지어, 어디 땡중들도 알구 있는 걸 자기만 몰랐는데, 그래서 죄의식이요, 없진 않은데요오, 근데 이미 당사자가 잊었으니, 그니까 얼마나 편하냐고요? 그럼 나는 그 여자랑, 그 빌어먹을 여자랑, 그냥 친구 하면 되는 거잖아요. 나한테 너무 유리하다고요, 아, 진짜. 젠장."

승혜 씨. 지승 씨. 그 외에도 매일 달라지는 수많은 이름들. 나는 그 다양하고 귀여운 사람들에게 언제나 관대할 수 있었다.

정작 곽문영에게는 그러지 못했으면서.

사실 제삼자가 본다면, 우리에게 닥친 일을 무진 애를 써 가며 모르는 척하려고 드는 것으로 여겨질지도 몰랐다. 우린 어쨌거나 세븐믹스의 처분을 기다리고 있었으니 처형까지의 절차가 긴 사형수와 비슷한 꼴이기도 했다. 광혜암의 마당에서도, 지하철에서도, 허기진 배를 채우러 들어간 역 인근의 노점에서도 우리는 계속해서 서로에게 물었다. 아직 연락 안 왔지? 라고.

내가 좋아하는 어떤 이야기가 있다. 그런 사형수에게는 꼭 귀여운 쥐가 한 마리 있는 이야기. 말도 기똥차게 잘 알아듣고 머리도 사람보다 비상하게 돌아가는 쥐. 먹을 것 많은 마을에 살지 왜 하필 감옥에 머무느냐 하면 아마도,

보통 마을에서보다 쥐를 죽여야 한다는 마음을 가진 자가 적기 때문일 것이다. 우리의 주인공 사형수는 한술 더 떠서, 개구멍을 통해 들어온 식사의 빵조각이나 멀건 수프에 둥둥 뜬 고기 부스러기 따위를 쥐에게 준다. 쥐는 감읍하는데 그 쥐가 아는지 모르는지는 모르겠지만 우연찮게도 또 이 사형수는 억울하게 죄를 뒤집어쓴 인간이다. 저 인간은 좋은 인간이다! 은혜를 갚자! 깜찍하고 대견한 쥐는 이렇게 생각하며 조그맣고 까만 눈을 굴리기 시작한다.

~

마침내 핸드폰이 울렸다. 나는 전화를 받지 않고 대신 장현과 민호가 함께 있는 단체방에 메시지를 남겼다. 전화는 한 번 더 왔고 여전히 받지 않자 곧 반짝, 메시지가 떴다. 오혜진이었다.

미리보기로만 확인하고 열지는 않았다. 대신 손톱을 물어뜯으며 두 사람을 기다렸다. 민호가 먼저 인터폰을 울렸다. 장현은 아버지와 교대하려면 아직 한 시간을 더 기다려야 한다고 했다.

"빨리 연락 달래."

나는 비로소 문자를 열어 민호에게 내용을 확인시켜 주었다. 그래도 장현이 함께 있어야 하지 않을까, 하고 민호가 의견을 냈고 나 역시 동의해서 결국 우리는 남은 시간 동안 멀뚱멀뚱 서로의 얼굴만 구경할 처지에 이르고 말았다.

"영상통화 할래?"

난데없이 물은 것은 민호였다. 도통 저의를 알 수 없는 질문에 내가 되물었다. 무슨 자다가 봉창 두드리는 소리야?

"내가 대사 연습 같이할 사람이 없어서 외롭다고 하니까 전성 스님이 아무 때나 전화하라고 했거든. 그래서 자주 했는데."

"야, 넌 진짜 친화력 대단하다!"

"보살님들도 많이 바꿔주셔서 얼굴 자주 뵀는데…."

우리 엄마랑도? 나는 그게 궁금했는데 차마 입이 떨어지지 않았다. 그래서 하릴없이 민호의 친화력에 질렸단 표정만을 지으며 고개를 저었다. 민호가 내 눈치를 슬슬 살폈다. 왜 쳐다봐! 내가 소리를 치자 민호는 말했다. 친구가 더 많이 생겼으면 좋겠대.

"누가."

"누구긴 누구야."

외로웠던 사람이겠지.

장현은 눈구멍이 쑥 들어간 채로 하리팰에 도착했다. 아버지가 경비로 일하는 건물에서 곱창집을 운영하던 세입자가 난동을 부리는 바람에 해결을 돕고 오는 길이라고 했다.

"그 사장님이 아빠한테 참 깍듯하게 잘하던 사람이었거든. 그런데 길고양이들을 잡아 죽이다 들켰대. 난리 났는데 그 사람이 그랬대. 고양이가 그렇게 장사를 많이 방해한다고. 뭘 어떻게 방해했느냐고 물었더니 정신을 힘들게 한다고 하더래. 자기는 장사가 안 되어서 말라비틀어지는데 고양이들이 피둥피둥 살이 찌니까 자기 심리적인 피해가 어마어마하다고."

"그거 다 붓기잖아."

"그런 말해봤자 먹히겠어? 캣맘이랑 한바탕 하다가 폭행까지 가려고 한 걸 간신히 막았어."

"아버지한텐 친절했던 사람이라며?"

내가 묻자 장현은 대답했다.

"그러게. 사람들은 왜 이렇게 모순적일까?"

우리는 스피커폰 모드를 켜 놓고 오혜진에게 전화를 걸었다. 핸드폰 너머의 목소리는 사포같이 거칠게 쉬어 있었다. 세븐믹스의 의중을 우리가 먼저 알지 못했더라면 오혜진의 이런 모습을 보고 몹시 당황했을 터였다. 그러나 민호가 우리 편이었다. 그렇게 어른들이 우리를 속여 넘기려 들었으나 이제는 우리가 그 위였다. 판을 다시 짤 수 있었다.

'별일 아니지만 한 번 뵙자'는 말을 별일 잔뜩 있는 목소리로 말하는 오혜진의 말을 자르고 내가 대답했다.

"목소리가 안 좋으신 것 같아요, 피디님. 어디 아프신 거 아니죠. 저도 뵙고 싶어요. 드리고 싶은 말씀이 있어요, 피디님."

그러자 오혜진은 겁에 단단히 질려 버렸다. 조금 미안했다. 그래도 만나서 해야만 하는 이야기였다. 나와 장현은 받아야 할 사과도 있었다.

34

오혜진은 고개를 숙였다가, 다시 들었다가, 또다시 숙였다가, 이번에는 제 두 손을 마주 잡고 손가락을 불안스럽게 꼼지락거리기만 했다. 알고 계신 줄은 몰랐어요…. 목소리가 기어들어갔다.

"저는 정말로, 중반쯤 되면 말씀드리려고 했는데."

"됐어요. 이미 다 엎어지고 지나간 일."

오혜진 역시도 위의 말을 그대로 전하는 비둘기일 뿐이다. 물어오는 소식이 마음에 들지 않는다고 해서 비둘기에게 돌팔매질할 수는 없는 노릇이다. 그래 봐야 변하는 건 아무것도 없다.

"그런데 저 궁금한 게 있어요."

비둘기가 직접 대답해줄 수 있는 건 딱 하나였다.

"장현이는 안 끌어들이게 초장부터 자를 수도 있었는데, 왜 내버려 두셨어요?"

그 말을 하자마자 오혜진이 눈물을 흘릴 줄은 몰랐다.

우리가 광혜암에서 매일 같이 바뀌는 이름을 가진 여자들과 매일 새로이 관계를 맺고 있을 때 오혜진은 자신이 파놓은 구덩이에 빠져 홀로 바닥을 긁고 있어야 했다. 구덩이가 생긴 건 사랑 탓이었는데 사람이 대한 사랑이 아니라, 자신을 그토록 혹독하게 대한 걸 빤히 겪었으면서도 계속해서 좇고 있던 어느 이상에 대한 사랑이었다.

혹자는 욕심이라 부를 테지만 그건 오혜진을 오해한 판단이다. 오혜진은 한 번도 전면에 나설 생각을 하지 않았으니까. 그저 꿈에 부풀었을 뿐이었다.

내가 새로운 신인을 찾아냈다는 꿈. 내가 사랑하는 업계를 더욱 빛나게 만들어줄, 내가 사랑하는 부류의 작품을 써줄 수 있는, 그런 신인. 오혜진은 장현과 연을 맺고 싶었다. 언제든 새로운 작품을 함께하고 싶었다. 그게 장현이 얽혀 들어간 이유였다.

과거에 우울한 시기를 그렇게 오래 겪었어도 느끼지 못했던 충동을 오혜진은 이번에 처음으로 가졌다고 했다.

'죽고 싶었다'는 충동.

왜?

"내가 내 꿈 때문에 누군가의 삶을 망쳤다는 생각이 들었어요."

나는 그때 문득, 오혜진의 손에 이끌려 박찬호 사장을 처음 만났던 그날 그 술자리를 떠올렸다.

~

"오혜진 너는 너무 착해빠져서 문제야."

박찬호는 양 볼이 벌게져서 그렇게 말을 했다. 마치 나는 그 자리에 없는 것처럼, 오혜진과 함께 둘이서만 술을 마시는 것처럼.

"물론 너한테 고마운 것 많아. 너 없었으면 우리가 곽 작가 지금껏 붙들고 있지도 못했을 거고, 곽 작가 외에는 우리가 별 간판이랄 게 없어서. 그래, 네가 어느 정도 기여를 한 걸 내가 안다고."

오혜진은 희미하게 웃으면서 눈앞의 락교를 뒤적거리고 있었다.

"그런데, 야, 너는 사람이 모질지가 못 해." 박찬호는 그렇게 말했었다. "너는 인마, 너어무 생각이 많아. 뭘 그렇게 다 공감하고 다 신경을 쓰려해. 네 처지에 대해서 너만큼 생각해줄 인간이 어디 있는 것 같아? 결국 누를 곳은 눌러야 한다고 내가 몇 번을 말하냐. 너는 항상 네 앞길을 네가 막아, 인마. 그런다고 해서 그 사람들이 알아줄 것 같아?"

오혜진은 누구에게도 모진 말을 못 했다. 급박하게, 혹은 각박하게 돌아가는 현장에서 사람들에게 큰 소리를 낼 줄 몰랐다. 누군가에게 화를 내면 몇 날 며칠을 앓았다. 상대는 속으로 욕을 퍼붓고는 잊었는데도 오혜진은 잊지 않았다. 오혜진에게 말이란, 그리고 자신의 지위란 자루 없이 날만 양쪽에 위치한 칼과도 같았다. 취해서 정돈된 말 대신 입 밖으로 튀기는 침의 형태로 주로 분사된 박찬호의 요지는 이거였다. 누군가의 삶을 망치지 못해 끝내 아무것도 이루지 못하는 성정은 오혜진이 지금껏 성공하지 못한 가장 중요한 이유라고. 결국 세상 모든 것의 총량은 한정되어 있으므로 내가 가질 것을 얼른 채가야 하는데, 오혜진은 손을 먼저 뻗기엔 생각이 너무 많다고.

"하다못해 시청자도 그렇지. 결국 드라마 보는 인간은

거기서 거기니까 빼앗아 와야 하는 건데. 그런데 우리 오혜진이는…." 박찬호는 손을 들어 소주를 한 병 더 시켰다. "오혜진이는 그런 것마저도 못 해. 그렇게 예민하게 굴어서 뭘 어떻게 할 수 있을까 싶고."

그제야 내가 옆에 있다는 걸 기억해낸 듯 박찬호는 내게로 시선을 돌려 말했다.

"그래도 곽 작가랑은 잘 맞았습니다. 왜냐! 곽 작가님도 딱 그런 성격이거든. 글재주가 없었으면 그 사람도 딱 우리 혜진이처럼 다 빼앗기고 살 사람인데 하늘에게 감사해야지 뭐. 알아요?"

그때의 내가 그 말을 듣고도 별생각을 하지 않았던 이유는, 바보같이 그 상황에서의 오혜진과 나 사이의 서열을 가늠하며 각자의 점수를 매기고 있었기 때문이었을 것이다.

서열이라니, 점수라니.

가당키나 한 일인가.

당시의 나와 지금의 내게서 가장 달라진 것은 동료의 존재에 대한 믿음이 아니었을까 생각한다.

박찬호의 그 논리대로라면 나와 오혜진은 모두 이 세상에서는 성공하지 못할 사람이다. 뒤집어 생각한다면 그래서 우리는 서로를 믿을 수 있는데, 나는 그걸 너무 늦게 알았다. 스스로 안 것도 아니다. 만년 지망생이면서도 남을 즐겁게 해주는 것이 언제나 먼저인 민호와 가짜 일자리를 위해 그토록 열심히 공부했던 장현, 그리고 어디서도 환영받지 못할 이들을 보듬어 매일 새로운 친구를 만나는 삶을 선물하는 무명과 전성의 말들을 통해 알았다.

그러므로 아무에게도 상처 주지 못해서 여태껏 근근이 살던 40대의 여자, 오혜진에게 나는 이제 상처를 줘도 된다고, 제발 주라고, 그것이 우리의 유일한 생존 전략이라고 말할 참이었다.

우리가 상처를 줄 이들은 무고한 이들이 절대 아니므로 겁을 내려놓자고. 당신이 사랑하는 꿈, 이야기와 움직임, 그리고 순간만큼은 진심을 담아 연기처럼 토해내는 어떠한 종류의 말들, 그런 것들을 놓지 않을 방법이 있다고.

당신은 이것 때문에 죽지 않고 살았다고 말했는데 그렇다면, 이젠 얼굴 모를 누군가도 우리가 만드는 무언가 때문에 죽지 않고 살게끔 만들어야 하지 않겠느냐고. 그게 바로 보답이자 당신의 오랜 꿈이 아니냐고 말이다.

~

"그리고 아마도 꿈은 옳나봐요."

우리가 무엇을 해왔는지 가감 없이 털어놓은 후 나는 말했다.

"며칠 전이었나, 엄마 서재에 앉아서 혼자 곰곰이 생각해보니까 그렇더라고요. 저는 제가 지금껏 제 안위만을 위해서 이기적으로 살아왔다고 믿어 의심치 않았고 그 탓을 엄마의 양육 때문으로 돌렸어요. 그런데 갑자기 제가 저를 너무 박하게 대했다는 걸 깨달았죠. 저는 제가 편할 거였으면 광혜암에 다시 가지 않았을 거예요. 그러면서도 엄마를 찾지 않은 이유를 만들어내고 합리화했을 거예요. 나중에 다른 누군가에게 이야기해도 받아들여질 수 있을 만한. 그런데 저는 그러지 않았거든요. 계속 광혜암에 갔단 말이에요. 이유가 있었어요. 이유가요."

왜 이제야 알았을까.

"나한테 좀 드문 재능이 있을지도 모른단 사실을 이제야 알게 된 거예요. 오 피디님, 저는 있잖아요, 제가 뭘 잘하냐면요."

나는 엄마가, 옛날의 곽문영 씨가 말했던 꿈을 떠올렸다. 용과 호랑이. 지금은 까맣게 잊었겠지. 그 꿈이 진짜였을까. 이제 대답해줄 사람은 없지만 어쩌면 그 꿈은 그저 그 자신을 위로하기 위한 하나의 이야기였을지도 모른다. 허물어지기 직전의 삶을 마주한 이, 남들의 입방아에 신나게 오르내릴 안줏거리로서가 아닌 자신의 가치를 찾지 못하고 있던 이. 그 사람이 본의 아니게 자신의 삶을 허물어뜨리려 준비하고 있는 또 하나의 인격체를 어떻게든 버리지 않고 키워내기 위해, 환상의 실을 자아 만들어냈던 어떠한 종류의 은막 같은 것.

곽문영 씨가 그땐 미처 상상하지 못했을, 곽문영이라는 이름을 잃게 되기까지도 아마 몰랐을, 내가 잘하는 것은.

"저는 화를 잘 내요. 그런데 있잖아요, 그게 재능이에요."

나는 손으로 얼굴을 가렸다.

"화가 너무 많은데 어디에 그걸 발산해야 하는지를 몰라서 내내 한 사람에게만 매달렸어요. 그 사람이 있으면 가장 쉽게 내가 잘하는 걸 해낼 수 있으니까. 그 사람의 안위 같은 건 생각지도 않았던 이유는 그저 그 사람이 가족이기 때문이겠죠. 가족이 아니었다면 그러지 않았을 거예요. 아시잖아요, 나쁜 사람들. 자기를 떠날 리가 없는 가족에게는 함부로 하면서 밖에선 깔끔하게 위선적으로 구는 사람들. 제가 그런 사람이었던 거죠."

　시간을 돌린다면 다시 그렇게 행동하지 않을 수 있을까?

　"엄마는 사라지고 내 화는 남으니까 그제야, 쉬운 화가 아니라 어려운 화를 내는 것이 무엇인지를 알고 연습하기 시작한 거 같아요. 어려운 화란 게 무엇을 연습하는 것인지 묻는다면… 절반은 그래요. 내 주위가 아니라 더 힘이 세고 내 삶을 뒤흔들 힘이 있는 사람에게 화를 내는 법을 배우는 것. 나머지 절반은요, 그 화가 다른, 내가 좋아하는 사람에게 이롭도록 만드는 법을 알아내는 것이요."

　오혜진에게 하고 싶은 말은 사실 간단했다.

"피디님. 저는 장현이가 좋아요. 민호도 좋고요. 무명도 좋고 전성 스님, 그 스님은 너무 틱틱대긴 하는데 그래서 더 좋아요. 그리고 피디님도, 저한테 거짓말을 하긴 하셨지만, 그래도 좋아요. 하지만 아직까지 곽문영이라는 사람에게는 화가 나 있어요."

그러나.

"하지만 곽문영의 몸을 빌린 다른 이에게는 화가 나지 않아요. 저는 하루살이인 그들이 다정하고 귀여워서 좋아요. 같이 별 보러 가줘서도 좋았고 나를 안고 있어 줘서도 좋아요. 내가 이렇게 크는 동안 나를 안아 준 사람이 없었는데.

그러니까요, 피디님. 피디님이 꼭 해주셔야 할 일이 있는 것 같아요. 미안하시다면 더더욱요."

우리는 완전히 패배할지도 모른다. 정말로 망할지도 모른다. 자근자근 물어 뜯길지도 모른다. 누군가는 뭐가 그렇게 비장했느냐고 조롱할 것이고 또 누군가는 모두의 사연을 너무 값싸게 파는 것이 아니냐고 댓글을 남길 것이다. 어쩌겠는가. 우리를 트랙에 데려다놓은 건 우리가 아니었다. 뛰는 법을 가르친 것도 우리가 아니었다.

이제 와 입맛에 맞지 않는다고 발을 잘라버린다면 그 옛
날 읽었던 어느 동화책에서처럼 춤추는 발이라도 세상
에 내보내버릴 요량이었다.

어디까지 가나 보자, 하고.

멀리멀리 도망가며 여기저기 곧 씻겨 내려갈 발자국이
라도 일단 남기라고.

그렇게만 된다면 뭐, 그 정도로 착해빠져 보이지는 않
을 터이기도 하고.

대신에 약속할 수는 있을 것이다.

그 발들은 아주 귀여운 춤을 출 것이라고.

또 장담할 수 있다. 몸 없는 두 발이 춤추는 것이 괴이
하고 끔찍해 보이겠으나 적어도 단 한 군데, 그걸 무서
워하지 않고 함께 마루에 앉아 킬킬 웃으며 구경하거나
혹은 아예 따라 출 사람들이 가득한 공간이 있다고. 어
쩌면 물집이 가득 잡혔을 발을 조심조심 달래고 구두를
벗겨낸 후 깨끗한 물과 복숭아 향 나는 비누로 발바닥과
발가락 사이사이와 성난 발등을 잘 씻어줄지도 모른다.
그러고는 보드라운 수건으로 감싸 말려줄 것이다. 이불

을 덮어줄 것이다. 토닥여줄 것이다.

다음 날 기억 없이 똑같은 보살핌을 다시 줄 거란 사실도 모르는 채 그렇게.

어떤 길이 그 스텝의 아래로 펼쳐질지는 아무도 모르지만.

35

"가장 좋아하는 게 뭐예요?"

내 질문에 연진 씨는 부끄럽다는 듯 몸을 배배 꼬았다. 그러자 옆에서 민호가 연진 씨의 어깨를 부드럽게 감싸고는 바로 펴게 만들며 말했다.

"야, 연진아. 연진이 좋아하는 거 있잖아."

"나는 기억이 안 나."

"너 열무김치 좋아하고 또 동물 나오는 티비 보는 거 좋아해. 또 배드민턴 좋아하잖아, 배드민턴. 허구한 날 나보고 같이 쳐달라고 하면서 모르는 척하냐?"

연진 씨가 부끄럽게 웃었다. 나는 물었다. 민호는 연진 씨에 대해 많이 아나봐? 그러자 민호가 고개를 끄덕였다. 그럼, 나를 얼마나 괴롭혔는데. 그놈의 배드민턴! 이 야산에서 셔틀콕 주워 오는 건 다 나 시키고. 나 도망가면 다 연진이 탓이라고, 똥개훈련 시켜서.

둥그런 원 안쪽으로 와르르 웃음이 쏟아졌다. 민호를 다들 어찌나 좋아하는지, 다들 엉덩이가 배기고 다리가 저릴 만한 시간이 되었는데도 일어날 생각을 안 했다. 이제 민호는 보살님들에게 말까지 놓는 중이었다. 모두가 그걸 원했기 때문이었다.

아무래도 악역 전문 배우는 못 하지 않을까. 착한 주인공을 맡아야 할 것 같은데. 저 능청스러움이 연기라 해도, 혹은 자신의 커리어를 위한 연습에 지나지 않는다 해도, 나는 감사하고 감탄할 수밖에 없었다.

"이제 정미 씨 차례!"

민호가 소리쳤다. 연진 씨 옆의 정미 씨 쪽으로 카메라가 돌아갔다. 정미 씨가 이를 드러내며 웃었다.

"가장 좋아하는 게 뭐예요?"

내가 물었다. 예상대로 정미 씨 역시 말을 꺼낼 생각 없이 수줍어만 했다. 그때 옆의 연진 씨가 대뜸 소리쳤다.

"드라마! 그리고 사람!"

~

기억은 잃어도 선호가 변치 않는다는 걸 처음 알려준 이는 역시 장현이었다.

"다만 자기 선호를 입 밖으로 잘 드러내지는 않아요. 아마 그런 선호를 드러내는 게 남 보살피는 데 걸림돌이 된다고 판단하는 모양이에요."

"입 밖으로 내지 않는데 어떻게 알았어요, 변하지 않는다는 걸?"

"제가 알잖아요." 오혜진의 물음에 장현은 대답했다. "당연히 엄마가 뭐 좋아했는지 제가 아니까 그게 충족될 때와 되지 않을 때의 차이가 분명하다는 것도 금방 알죠. 음식 같은 게 아니에요, 제가 말하는 건⋯." 장현은 무언가 단어를 고르는 듯 곰곰이 턱을 긁다가 덧붙였다. "제가 말하는 건 일종의 미래에 대한 욕망과 연결된 선호예요. 그 미래는 과거에 꿈꿨던 것일 수도 있지만, 지금부터 시작되게끔 만들고 싶은 것일 때도 왕왕 있고요."

"지금부터?"

"네, 환자가 자신의 세계 안에서 갈망하는 앞으로의 삶에 대해서요."

나중에 오혜진은 내게, 아무래도 장현은 어머니를 오래 간병했으니 그렇게 잘 알고, 또 그래서 그렇게 아이디어를 낸 것일 테죠? 하고 물었으나 나는 고개를 저었다.

그건 그 애만의 유구한 재능이었다. 그 누구도 마음먹는 다 해서 쉽게 가질 수 없는 재능. 오히려 나이가 들고 표정이 딱딱해질수록 하찮게 여기게 되기 마련인 그런 재능. 다정한 재능.

그래서 우리는 선호를 파악하는 것에서부터 시작했다. 가지지 않아도 무방했던 죄의식에 밀려 잊은 것을 되살렸다. 아니… 재생이 아니라 재창조라 봐도 무방했다. 우리는 과거보다 미래로 나아가고자 했으니까.

이전의 슬픈 엄마 혹은 아내, 쓸모로만 평가받는 가족원이 아니라 광혜암의 일원으로서, 매일 새로 태어나는 독립적인 개체로서.

광혜암에 오기 전 오혜진을 설득하며 나는 말했다. 나는 바로 이런 이야기를 보고 싶었다고. 서로에 대해 묻는 장면들을. 앵글 앞에 선 이가 과거의 그 어떤 일에도 아무런 영향 없이 지금의 자신만을 말할 수 있는 자리를. 다들 누군가의 보살핌 아래 큰 이들이니 이들의 새 삶을 응원하지 않을 이유는 없다고.

"그런데 행여나 잘 풀린다 하더라도 또다시 상처받을 사람이 생길 수 있어요." 오혜진의 팔꿈치 밑에 갈기갈기 찢긴 냅킨이 수북했다. "다들 눈물을 흘린 다음 그걸 핑계 삼아 잊을 거예요. 아마 누군가는 후원을 좀 하겠지만 그 빌미로 주인 행세를 하려 들 거고요, 누명을 뒤집어씌워서 지금껏 몸 바쳐 광혜암을 만들어온 사람들을 쫓아낼지도 몰라요. 왜냐하면 딴 사람이 행복하게 사는 꼴을 못 보는 새끼들도 되게 많거든요…. 심지어 이용하는 새끼들도 분명 있을 거야, 세븐믹스 새끼들처럼 말이에요…. 난 그게 무서워요. 그런 일이 벌어지면 결국 그 태초의 책임은 나에게 있잖아요." 나는 듣다 말고 벌떡 일어났는데 오혜진은 점점 빨라지는 자기 말에 휘말려 내가 일어났단 사실조차 모르고 있었다. "저는 저 이득 보자고 한 일 때문에 누군가 다치는 거 감당 못 해요. 그런 상황은 절대 맞닥뜨리고 싶지 않아요…."

"아니, 누가 피디님보고 이익 챙기래요? 좀 도와 달라는 거예요! 답답해 정말!"

어떻게 그런 목소리가 나왔는지 모르겠다.

"당신 그렇게 착한 사람이니까 도와달라고 하는 거라고요! 당신 골수까지 빨아먹을 거예요, 나랑, 장현이랑, 민호랑! 그리고 곽문영 씨랑, 곽문영 씨 아닌 그 많은 사람들이랑 무명이랑 전성 스님들이랑요, 제발 다! 도와달라고 말하는 거예요, 피디님한테! 대표가 그랬잖아요, 오혜진 피디는 남들 상처 못 줘서 성공하지 못한다고. 그렇게 착한 사람이니까 우리가 지금 믿고 기대려고 하는 거잖아요. 우리한텐 상처 안 줄 거니까! 그러니까 이용 좀 당해주면 안 돼요?"

~

오혜진이 옛 동료들에게 연락해서 만날 수 있단 답을 받을 확률은 대략 절반 정도였다. 만난 이가 우리의 말에 관심을 보이는 경우는 거기서도 열 중 둘 가량밖엔 되지 않았다. 너 참 징하다는 반응이 대부분이었다. 너 참 징하다. 아니, 곽꼬야. 작가님이 아프다며. 아파서 여기 들어갔다며. 그럼 이제 커리어는 끝이잖아, 그런데 아직도 거기 붙어있어? 뭐 콩고물 떨어질 거라도 있어? 너도 그럼 빨리 방향 틀어야지, 썩은 고기 열심히 붙든다고 해도 그게 뭐 팔리냐? 양념 죽어라 쳐도 안 팔려, 사람들이 바보냐?

오혜진은 나를 옆에 대동하고 싶지 않아 했지만 어느 순간부터는 내가 박박 우겨 함께 자리에 앉았다. 우긴 이유는 간단했다. 곽문영의 딸이 앉아있으면 오혜진이 막말을 조금 덜 들을 거라고 생각했기 때문에. 오혜진이 제발 오해를 받지 않았으면 좋겠단 간절함이 풍선처럼 계속해서 부풀었기 때문에.

오혜진은 오해받은 자신의 감정을 진짜 마음에서 우러나온 것이라고 착각하고, 규정된 자기 모습을 진짜 자신이라고 믿게 되어 불행해진 사람일지도 몰랐다. 엄마와 엄마의 결과물을 너무나 사랑했으나 대부분의 인간들이 뱉던 '똥꼬 핥아 먹고사는 여자'라던 판단에 분노해낼 용기나 근성이 없는. 정말로 내가 그런가보다… 하고 받아들여 버린. 남들이 징그럽다고 손가락질하는 상황을 너무도 오래 겪다보니 스스로를 징그럽도록 미워하게 되어 버린 불쌍한 어른, 불쌍한 생활인.

나를 보는 사람들의 눈빛도 크게 다르지 않았다. 엄마가 아프면 엄마를 보살필 것이지 그걸 가지고 또 뭘 찍느냐고 핀잔을 놓는. 조금 더 심하게는, 이른바 악어의 눈물을 흘리며 '정당한 노력' 없이 무언가를 얻어가려는 전형적인 젊은이란 소리도 들어야 했다. 나야 광혜암의 존재를 알고 거기 발을 들이기 전까지의 죄가 있기 때문에—전통적인 딸의 의무에서 벗어나 엄마를 제대로 찾지 않고 상황을 방치한 것 말이다—그에 화내진 않기로 했다. 대신에 말했을 뿐이다. 거기 곽문영은 없고 아주 많은 새로운 인물들이 있으며, 나는 그들과 새로운 관계를 맺는 확장을 원하지 그 어떤 반성이나 사과할 생각은 없다고 말이다. 그러한 자세로 다시 욕을 먹는다 한들 괜찮다고, 내가 보여주고 싶은 것은 그저…

그저 세상에 이런 곳도 이런 사람들도 있다는 것뿐이라고. 조금 더 욕심을 부리자면 나 자신도 몰랐던 거대한 희비극이 아주 근처에 있다는 것도. 오로지 타인만을 생각하는 사람들이 숨어 사는 희비극.

36

그럼에도 돕는 사람들이 있었다. 다들 본업이나 가정이 있기에 시간이 되는 날만 손을 내밀어줄 수 있다고 오혜진이 조금은 쭈뼛거리며 말했지만, 민망해할 필요가 뭐 있단 말인가. 그만큼이면 우리는 충분했다.

오혜진이 처음 광혜암에 가던 날 동행한 이는 둘이었는데 하나는 이른바 '전업주부'였고, 다른 하나는 그의 남편이었다. 현장에서 만나 결혼했으나 발달장애가 있는 아이를 낳아 둘 중 하나가 일을 그만둘 수밖에 없었다고, 그들은 간단히 자기소개를 했다. 그것이 '자기소개'였다. 자신들이 어떤 사람인지에 대한 이야기는 존재하지 않았다. 마치 입에 올리면 큰일이라도 날 것처럼. 내가 묻자 그들은 대답했다. 글쎄요. 어느 순간부터인가 생각해본 적이 없는 것 같아요. 저는 현장에서 좋다면 좋고 아니면 아닌 거였고, 와이프는 아이가 좋다면 좋고 아니면 아닌 거고.

내가 거꾸로 인터뷰하는 느낌이 들어 조금 우스웠지

만 한 번 더 물었다. 도와주신다고 말씀하신 이유가 뭐예요? 그러자 여자가 대답했다.

곽 작가님 편찮으시단 얘길 저렇게 많이 하고 다니면 금방 소문 퍼질 텐데. 혜진이 앞날이 걱정되어서 한다고 했어요.

내가 여자에게 기대했던 대답은 의외로 남편의 입에서 나왔다.

우리 와이프 같아서요. 우리 와이프도 남 돌보는 것밖에는 안 하니까. 와이프가 행여나 그렇게 아프면 내가 어떻게 해야 하는지를 알고 싶다는 아주 실용적인 이유에서 왔습니다.

하나도 안 실용적인, 몹시 온화한 표정으로 일부러 그렇게 딱딱한 체를 했다. 제발 착하면 착한 척 좀 하지, 하고 나는 속으로만 중얼거렸다. 하지만 남을 먼저 생각하는 이가 그걸 숨기고 이기적인 척 구는 게 모조리 생존 전략이었음을 이제는 아니까 밖으로는 이야기하지 않았다.

곽문영 씨의 드라마에 그런 대사가 있었다.

'지구가 생긴 이후 가장 오래 지속된 시대가 뭔 줄 알

아? 착한 애들이 가장 힘들어하는 시대야.'

　오혜진은 엄마의 일거수일투족을 꿰고 있었으나 광혜
암엔 한 번도 온 적이 없다고 했다. 엄마가 너무나 많은
핑계를 대서 종국에는, 엄마가 자신을 광혜암에 불러들
이고 싶어 하지 않는다는 사실을 깨달았다고 했다. 그게
어찌나 서운했는지 모른다고.

　"아마 작가님께서 피디님 배려하느라 그러셨을 거예요.
피디님은 힘든 사람 보면 힘들잖아요. 저는 아직도 저 처
음 본 날 피디님 얼굴이 어땠는지 잊을 수가 없어요."

　장현이 대답할 즈음 우리는 지하철 종점에 도착했다.
지하철 칸에는 꾸벅꾸벅 조는 노인 두어 명과 둔탁한 비
트가 새어 나오는 이어폰을 낀 젊은이를 제외하면 온통
우리뿐이었다. 우리는 지하철역에서 내려 마지막 시장
으로 들어가 이런저런 장을 보았다. 우리가 아는 친구들
이 무엇을 가장 좋아할지 생각하며 샀다.

　나는 오혜진이 무얼 고를까 궁금했다. 음식? 음료수?
휴지?

　오혜진은 생각지 못한 가게에서 여기다, 하고 걸음을

멈추었다.

"수건을 좀 새로 사려고요. 제일 비싸고 바꾸기 어려운 게 수건이거든요."

그러네. 나는 손뼉을 치며 장현을 바라보았다. 장현도 조금 놀란 눈치였다.

"와 피디님, 거기 수건 되게 오래되어서 뻣뻣했어요. 어떻게 이게 필요한지를 다 아셨어요?"

"근근이 살고 있다면 뻔해요." 오혜진은 사장이 꺼내다준 샘플 몇 개를 손으로 만져보더니 가장 두텁고 부드러운 걸 골랐다. "아무리 낡아도 절대로 기능이 없어지지 않는 게 바로 수건이거든요. 변화도 아주 오래 천천히 일어나서 낡은 수건만 쓰는 사람은 새 수건이 얼마나 부드러운지를 잘 기억 못 해요. 게다가…." 작은 수건 가게의 사장이 어디선가 꺼내 가져다주는 수건 박스에는 먼지가 가득했다. "게다가 수건은 보통 다른 데서 받아오잖아요? 운동회나, 뭐, 누구 환갑이나."

"네."

"광혜암의 누가 그런 걸 받아올 수 있겠어요." 나와 장현과 민호가 수건 상자를 나눠 들었다. "그러니까 왠지 내가 주고 싶네요. 원래는 인터넷으로 주문할까도 생각했는데 괜히 생색내고 싶어졌어요." 그러더니 오혜진은 부부를 바라보며 웃었다. "찍었지?"

"마지막 말만 자르면 완벽할 거 같다." 여자가 대답하며, 하여간 좋은 일을 해도 꼭 저렇게 모양 빠지게 농담을 해요, 하고 타박했다.

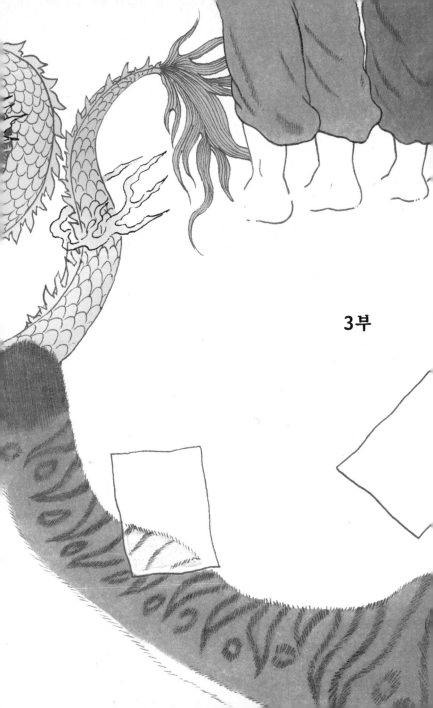

3부

37

"야, 용호야."

"뭐."

"나 너무 배고파."

"어쩌라고."

"속세 음식 충전 좀."

"지하철 타기 전에도 먹었잖아!"

"여기까지 백만 년 걸리잖아."

부부가 출출하다며 민호의 생떼에 맞장구를 치는 바람에 우리는 역에서 나오자마자 아주 작고 허름한 분식집 앞에 줄지어 섰다. 가능한 메뉴를 죄다 하나씩 주문했다. 너 살 빼야 한다며, 라는 나의 말에 민호는 고개를 저었다. 생각 바꿨어. 비리비리한 게 무슨 악역이야. 팔뚝 하나로 사람 목 분지를 정도는 되어야지.

이상했다. 음식을 먹는 사람들 옆에서 어묵 국물을 홀짝거리고 있는데 괜히 시야 오른쪽이 신경 쓰였다. 거기에 무어라도 두고 온 듯 자꾸만 고개가 돌아갔는데 보이는 거라곤 그저 벙거지 모자를 푹 눌러쓴 자그마한 사람 하나일 뿐이었다. 왜 이렇게 눅눅한 기분이 들까. 사람들은 오랜 친구라도 되는 듯 서로 농담을 따먹고 있는데 나는 왜 그 분위기에 섞이지 못하고 있을까.

"사장님, 저희 계산이요."

오혜진이 이야기하자 오른쪽의 형체는 바닥에 아무렇게나 버려둔 배낭을 서둘러 등에 멨다. 손에는 작은 비닐봉지가 달랑거렸는데 그 안에서 설탕 묻힌 꽈배기 두어 개가 비죽이 고개를 내밀고 있었다. 아! 나는 백팩이 해진 모양을 보고 그를 알아보았다. 나는 장현의 셔츠 자락을 잡아당겼다. 하지만 다시 고개를 돌렸을 때 그는 이미 사라지고 없었다. 왜? 장현이 물었으나 이미 사라지고 없는 사람에 대해 이야기해봤자 길고 지루한 설명이 될 게 뻔했다.

그는 지하철 어느 역쯤에서부터 우리를 따라오고 있는 게 분명했다. 수건 가게에서 시간을 보내는 동안에도, 여기 와서 배를 채우는 중에도 계속 우리로부터 조금 떨어진 곳에서 시간을 죽이고 있었다.

"용호야, 왜?"

장현이 재차 물었다. 나는 어쩔 수 없이, 꽈배기 맛있어 보이는데 사 가서 보살님들 나눠주자고… 라며 의도에도 없던 말을 했다. 그러자 오혜진이 박수를 쳤다.

　"어머 신기하네, 이거 곽 작가님이 가장 좋아하시던 간식이었는데. 그래서 항상 노트북 자판에 설탕이 묻어 찐득찐득해지고 일찍 망가지고는 했는데. 하리팰로 가시고 나서는 사 먹을 곳이 없다고 서운해하시고는 했어요."

　포장된 꽈배기를 잔뜩 들고 나왔다. 나는 다른 일행에게 들키지 않도록 곁눈질로만 백팩의 행방을 찾았다. 여기 주차된 다마스나 저기 굳게 닫힌 피시방—그러니까 성인 게임장—안에 들어간 게 아니라면 반경 십 미터 이내에 백팩은 없는 게 분명했다. 눈에 뜨이면 당장 달려가 왜 미행하냐고 따져 물으려 했는데. 갑자기 안 보이니 나로서도 닭 쫓는 개가 된 느낌이었다.

　양치질로도 빼내지 못한 상추 쪼가리를 어금니 사이에 끼운 기분으로 이궉산을 올라야 했다.

~

아무렇지도 않은 척 쾌활하게 떡볶이를 열심히 먹고 산을 힘차게 오른 오혜진은 자신이 모르는 이름으로 자기를 소개하는 옛 우상의 한마디에 완벽히 무너졌다. 그날은 아마도 이송희라고 자신을 소개했을 터다. 부부가 찍어 남긴 영상에 따르면.

선생님 왜 이렇게 우시느냐며 송희 씨는 팔을 벌렸다. 오혜진은 차마 안길 엄두조차 못 내는 사람처럼 서럽게 딸꾹질했다. 광혜암의 모두가 술렁거렸다. 모두가 소맷자락을 다섯 손가락으로 움켜쥔 채 오혜진의 얼굴을 향해 덤벼들었다. 오혜진은 결국 끝까지 포기하지 않고 남은 마지막 사람의 소매에 눈물 콧물을 닦았다. 송희 씨의 소매였다.

"왜 나한테 존댓말해요 작가님. 나 그게 너무 서운해."

마침내 세 단어 이상을 이어 말할 수 있을 정도로 호흡을 가다듬은 오혜진이 말하자 송희 씨는 턱에 힘을 줘서 호두를 만들더니 말했다. 선생님을 처음 뵙는데 반말을 할 수는 없지요.

38

경력자들이 함께한 덕에 이번에는 별을 보는 사람들의
모습을 찍을 수 있었다. 길을 잘 아는 전성의 인솔 하에,
카메라를 보고 자못 흥미로워하는 보살들을 앉힌 후 이
야기를 나누었다. 어차피 내려가 한밤 자고 나면 사라질
이야기들이지만 나는 문득 그런 생각을 했다.

여기 둘러앉은 이들이 육십 년 넘게 각자 아등바등 살
아온 지난한 세월의 기억은 이제 막 출발하였으므로, 그
것을 누군가 수신하여 돌아볼 즈음엔 이들 자신은 이미
새로운 역사로 가득 채워져 있을 것이다. 그러니 이들은
각자 별과 같지 않을까. 머리 위에 박힌 별빛도 몇 만 년
전의 아득한 발현이 이제야 막 도착한 셈이니, 지금 막
이 땅 위에서 지각하는 별의 기억은 지금 천천히 돌고 있
는 별의 생명과 삶에는 하등 중요하지 않을지도 모른다.

예전에 승혜 씨는 사람들이 사람은 보지 않고 별만 본
다고 했다. 그래도 별을 보고 싶어 하던 나를 위해 손을
내밀었다. 그렇다면 승혜 씨, 하고 나는 이제 어디론가

사라져서 다시는 만날 수 없는 승혜 씨를 향해 중얼거렸다. 그렇다면 우리가 별처럼 살면 되죠. 별과 가장 닮게요. 아마 그래서 광혜암 마당에선 별이 안 보이는 게 아닐까요?

"장현아, 있잖아."

남을 보살펴야 하는 이들로만 가득한 무리에서는 누구도 고집을 부리며 별을 더 보겠다고 뻗대지 않았다. 꾸벅꾸벅 졸기 시작하는 보살들이 두엇 생기자 자리를 곱게 정리하고 일어섰다. 서로서로 손을 잡고 챙기며 밤의 산길을 다시 내려갔다. 그래도 행여나 길옆으로 갑자기 굴러떨어지는 이라도 있을까 걱정하여 나와 장현이 줄의 마지막을 맡고 있었다. 그제야 남에게 들리지 않을 정도로 소곤소곤 대화할 수 있을 만큼 거리를 좁히는 게 가능했다.

"아까 누가 우리 뒤를 계속해서 따라오는 기분이 들었어."

"정말?"

"응. 피디님이나 보살님들이 무서워할까봐 말을 못 했어, 지금까지."

"언제 부터 따라왔는데?"

"언제부터인지는 모르겠어. 지하철 무슨 역 지날 때쯤 갑자기 눈에 들어와서. 그런데 이쾌산 기슭까지는 따라왔어. 확실해. 산길에서는 내가 중간에 끼어 있었으니까 우리 꽁무니를 따라 올라왔는지는 잘 모르겠어. 왔으면 스님이든 보살이든 누군가 손님 대접을 하려 했을 테고 그러면 우리 눈에 바로 띄었을 텐데, 그런 일은 없었잖아."

"남자야? 여자?"

"모르겠어, 잘 가늠이 안 돼. 머리는 덥수룩하고 모자를 푹 눌러써가지고. 우리 분식 먹을 때도 옆에 있었고, 도넛 살 때도 기다리고 있었어."

"저번에 스님이 그러셨잖아. 가족 찾으러 오는 사람들이 있다고. 그런 사람이 아닐까. 그런데 우리가 왁자지껄하게 앞서가고 있으니까 아마 궁금했을 거야, 쟤들은 뭘까, 하고…. 그래서 쫓아온 게 아닐까."

설득력이 있는 말이긴 했다. 그러나 시간이 많이 지나 어느새 밤이었다. 이 밤이 될 때까지 아직도 광혜암에 모습을 드러내지 않았다면 그 백팩 멘 사람은 어디서 시간을 보내고 있단 말인가? 기슭에서 머물고 내일 올라올 마음인 걸까? 그러나 이쿽산 기슭에도 숙박업소 같아 보이는 건 딱히 없었다.

"일단 내려가자. 내려가서 스님들한테 조용히 물어보면 되지. 아마 그런 일 워낙 많이 겪으셔서 그분들은 두려워하지 않으실 거야."

그때까지 나보다 앞에 가던 장현이 잠시 걸음을 멈추더니 랜턴을 들지 않은 손을 내게 내밀었다. 내가 손을 잡자 나를 자기 앞에 두었다. 그러고는 말했다.

"사실 너도 두려움 없잖아. 예전에 길 잃어버리는 사고 났었는데도 또 여기 오는 네가 대단해."

그런가?

대단한가?

"그야 지금은 사람이 많잖아. 그리고…." 물론 별 상흔 없이 무사히 살아남았기에 할 수 있는 말이겠지만, "그리고 그날 승혜 씨랑 둘이 껴안고 있던 게 나한테는 썩 나쁜 일은 아니었어. 아니… 아니, 좋았어." 맞다. "그때를 기점으로 뭔가 변하긴 했다는 인식이 나한테는 있거든."

~

언제나 그랬듯 씻는 건 다음 날 아침으로 미루고 잠자리에 들었는데 이상하게도 잠이 오지 않았다. 오늘 사람을 잔뜩 몰고 와 이상한 책임감에 사로잡혔기 때문인 건지 아니면 그냥 피로가 한계치까지 쌓여서인지, 그도 아니면 민호가 저녁에 받은 전화의 내용을 나 혼자 법당 뒤에서 몰래 엿들어 알고 있기 때문이었는지.

민호는 연락이 뚝 끊겼던 세븐믹스에게서 이제 더 이상 프로젝트가 진행되지 않을 것이며 지급했던 계약금을 전액 반환하라는 전화를 받았다. 제아무리 예상했던 공격이어도 칼에 찔려 흘리는 피의 양이 달라지는 것은 아닌데, 전화를 끊고 돌아와서는 계속해서 밝게 웃으며 카메라를 짊어진 부부에게 이런저런 말을 걸고, 여전히 자신을 가장 좋아하는 광혜암 사람들을 하나하나 챙기는 모습을 보고 있자니 고맙기도 하고 슬프기도 했다.

어쩌다 보니 혼자 자게 된 밤이었다. 장현은 오혜진과 밤새도록 드라마 이야길 할 거라며 미리 서로를 룸메이트로 점찍어두었고 민호는 오늘만은 꼭 전성과 자고 싶다고 우겼다. 전성이 옆에서 고개를 끄덕여줬다. 내가 잠버릇이 원체 심해서 남이랑은 못 자. 그런데 오늘은 안 잘 거니까 허락해줄게. 너는 욕도 맘대로 못 하지? 나중에 어디서 저 여배우 입에 걸레 물었던 애다, 라는 얘기 들을까봐? 그러니까 내가 대신 해줄게. 잠 안 자고. 전성은 그렇게 말했다.

나는 민호 많이 힘든가보다, 라고 생각했다.

잠이 도통 오려는 기척이 없어 밖으로 나왔다. 나와서는 괜히 시합을 앞둔 운동선수처럼 이리저리 몸을 꺾었다. 모두가 잠든 이 작은 나라. 사위는 고요했고 풀벌레 소리가 울렸다. 마지막으로 법당을 나섰을 무명은 언제나 그랬듯 작은 조명들이 드문드문 달린 전깃줄 하나를 켜 놓았다. 그게 어슴푸레하게 빛나며 사방의 윤곽을 조금씩 드러내고 있었다.

나는 허리를 왼쪽으로 꼬았다가 비로소 보고 말았다.

"이런 씨발…" 또 어디서 어떤 카메라가 돌아가고 있을지 몰랐으나 욕은 척수에서 어쩔 수 없이 나온 반응이나 마찬가지였다. 나는 목소리를 조금 높였다. "저기요!"

그 형체가 움찔하더니 빠르게 어둠 속으로 멀어지려

들었다. 나는 두 손을 앞으로 뻗으며 다시 소리쳤다.

"그만!"

형체가 우뚝 멈추었다. 나는 서너 발쯤 앞으로 나아갔다.

아까 나를 그토록 불안하게 만든 장본인이었다. 배낭을 짊어진 채 우리를 내내 따라왔던. 얼굴을 다 가리도록 모자를 눌러썼고 펑퍼짐한 옷을 입어서 남자인지 여자인지 구별도 안가는. 자꾸만 신경이 쓰이는데 나 말고는 아무도 목격하지 못한 불청객.

심지어는 아직도 꽈배기 봉지를 손에 들고 있었다.

"당신 뭐예요?"

나는 형체를 향해 물었다.

"당신 뭔데 자꾸 얼쩡거려요. 나 다 알아요, 1호선에서부터 쫓아온 거 다 안다고요. 어디 숨어있다가 해 떨어지고 나서야 나타난 건지는 몰라도 지금 여기서 뭔가 해코지할 생각이라면 당장에 그만둬요. 내가 가만 안 둘거니까." 뭘 어떻게 가만 안 둘 거냐고 물어본다면 할 말은 없었지만… 그냥, 그때는 말로 잘 표현할 수 없는 종류의 감정과 그것이 주는 힘에 충만해 있었다. "그러니까 내려가요. 좋은 말로 할 때."

그러자 형체는 갑자기 내가 선 쪽으로 가까이 다가섰다. 나는 깜짝 놀라 한쪽 발을 뒤로 물렸다. 그는 겨우 반 미터 정도 다가왔을 뿐인데 갑자기 몹시 쪼그라들었다. 아주 작아 보였다. 그림자가 작아져서였을까. 그제야 나는 그 형체의 주인이 실제로는 나보다도 조금 더 작은 체구라는 사실을 알 수 있었다.

"잘 데가 없어서 왔는데."

형체 쪽에서 숨죽인 말소리가 흘러나왔다. 완연한 여자 목소리였다.

"그냥 가야 할까요?"

어두운 모자챙의 그늘 아래 눈동자 두 개가 빛났다. 여자가 눈을 깜박일 때마다 빛이 나타났다 사라졌다를 반복했다.

여자는 긴 소매를 손 안에 말아 쥐고서는 입을 꾹 다물었다. 입고 있는 옷이 다 컸다. 풀어헤쳐 아우터처럼 입은 셔츠도, 그 아래 받친 티셔츠도, 통 넓고 낡은 청바지도 다. 초조한 듯 입술을 물어뜯으며 고개를 슬쩍 돌리는 양을 보아하니 덥수룩한 머리의 끝이 여기저기 뻗쳐 있었고 그 아래에 드러난 목은 휑했다.

추울 텐데. 나는 광혜암의 보살들이라면 어떻게 할지 상상했다. 오래 생각할 것도 없었다. 안에 들이고 이불을 덮어줄 것이다. 무명이나 전성이라면 어떻게 할지도 상상했다. 나와 장현이 처음 이곳에 왔을 때 신원도 제대로 묻지 않은 채 재워준 것을 떠올려냈다. 내겐 이 자그마한 정체불명의 방문객을 쫓아낼 권한이 없었다. 하필 나 혼자만이 깨어있었다는 이유로 그럴 수는 없었다.

나는 핸드폰을 슬쩍 보았다. 새벽 세 시였다. 네 시 삼십 분 정도가 되면 아침을 준비하는 이들이 깨어나고 공양간의 불이 켜질 것이다. 무명과 전성도 그 시간 즈음 일어날 것이다. 그러니 한 시간 삼십 분만 맡아보자. 그 짧은 시간 안에 설마 큰일이 일어나겠나. 만약 무슨 일이라도 생기면 고함을 지르면 되었다.

게다가 이 정체 모를 여자가 행여나 광혜암에 앙심을 품고 해코지하러 온 사람이라면 더더욱, 내 옆에 두고 감시를 하는 게 여러모로 나을 터였다.

"저기."

내가 부르자 여자가 고개를 들었다.

"주지 스님이 한 네 시 반쯤엔 일어나실 거예요. 좀 기다린다 해도 다섯 시엔 충분히… 두 시간 정도밖엔 안 남았거든요."

나는 손을 내밀려고 팔을 들었다가 갑자기 그를 두려워했던 게 멋쩍어져서 머리를 긁는 척했다.

"지금 제가 혼자 묵고 있는데… 제 방에 가서 좀 쉬시다가 뵈러 가시겠어요?"

여자는 몇 초 후 천천히 고개를 끄덕였다. 그러고는 나를 향해 한 발 더 가까이 다가와 감사하다고 말하며 모자를 벗고 고개를 숙였다.

아니 뭐, 그렇게까지 정중하게.

나는 말하다가 다시 고개를 든 그의 얼굴을 정면으로 마주했다.

혀가 안으로 말려들어가 목구멍을 틀어막는 기분이었다.

39

먼저 문을 열고 손을 뻗어 불을 켜는 스위치를 눌렀다. 뒤는 돌아보지 않고 신발을 벗은 채 방에 성큼성큼 들어섰다. 뒤따라오는 인기척을 듣고는 한 번 숨을 크게 들이마셨다. 인기척이 더 따라붙지 않길래 대체 뭘 하는 건가 싶어 돌아보았더니, 내가 아무렇게나 벗은 신발과 자신이 벗은 신발을 가지런히 코가 바깥을 향하도록 정리하는 중이었다. 그토록 무거운 배낭을 메고서 구부정하게. 배낭 무게 때문에 앞으로 넘어져 그대로 마당을 향해 구를 것만 같아 보였다.

"내려놓아요. 뭐 소중한 게 잔뜩 들었다고 무거운 걸 내려놓지도 않고."

나는 배낭 위쪽에 달린 손잡이를 들어 올렸다. 여자가 아아, 하고 나지막이 앓는 소리를 내며 질질 끌려오는 듯 굴었다. 억지로 배낭의 어깨끈을 잡아 내렸다. 배낭이 내 손에 들어왔다. 어깨끈은 축축하게 젖어 있었다. 딱 양쪽 겨드랑이 부분이었다. 이 날씨에 이 정도로 땀을 흘렸다니 대체 얼마나 돌아다닌 걸까. 그런데 막상 어쩌다 스친 볼은 얼음장같이 차가웠다.

하긴 당신은 예전부터 땀을 참 많이 흘렸다. 공식 석상에 설 때의 기사 사진 같은 걸 보면 목덜미에 항상 땀방울이 맺혀 흐르고 있었다. 나는 그걸 우스워하면서 동시에 창피하다고 생각했다. 나 자신도 남 앞에 잘 나서지 못하면서, 두려움을 호방함으로 가장하고 표정을 이미지로 감추려 애쓰는 필사적인 모양새를 파악하지 못했다.

물론 이것은 내가 승혜 씨나 지승 씨 그리고 이후의 수많은 처음 보는 이들과의 대화를 통해 얻게 된 가정일 뿐이다. 실제의 곽문영은 그저 자신에게 쏟아지는 관심을 즐겼을 수도 있었다. 그 땀도 그저 달아오른 조명과 쉴 새 없이 터지는 플래시 때문이었을 수도 있었다.

그러나 지금 내 눈앞의 이가 반증이 된다.

"고맙습니다. 가방이 너무 무거웠는데…."

"멧돼지 하나 튀어나와도 이상할 게 없는 야산을 이 가방을 메고 돌아다녔다고요, 누가 알면 미쳤다고 해요." 나는 핀잔을 주고 다시 물었다. "솔직히 아까 지하철에서부터 저희 쫓아왔죠?"

여자는 눈을 둥그렇게 뜨더니 고개를 젓지도 끄덕이지도 못한 채 옹송그리고만 있었다. 쫓아내지 않을 테니 솔직하게 말하라고 하자 그제야 위아래로 주억거리며 눈치를 봤다. 갑자기 짜증이 치밀어 올랐다. 당신 그런 성격 아니잖아. 당신 항상 당신 멋대로 해야 하잖아, 이기적으로, 세상에 본인밖에 없다는 듯이. 아니, 다른 사람에겐 약하고 상냥해도 나에게만은 그러면 안 되잖아. 나 당신 딸이에요, 한 번도 소중하게 대해준 적 없는 바로 그 딸 말이야, 당신 인생 망친 그 딸!

그렇게 말하지 못한 이유는 눈앞의 여자가, 그 얼굴이 내 나이 즈음밖에 되지 않았기 때문이었다.

누군가 연출한 걸까, 또 다른 목마르고 굶주린, 그리고 얼굴이 비슷한 젊은이를 이용해서. 가장 처음 들었던 생각이 이랬던 것은 사실이다. 마치 장현과 민호가 이용당했던 것처럼.

그러나 이상하지… 나는 그래도 괜찮을 것 같았다. 이 사람이 그 둘과 비슷한 인물이라면 오히려 좋다. 장현과 민호가 지금의 내 하루하루에 얼마나 큰 지분을 차지하고 있는지 모르지 않으니까. 이 여자도 내게 그런 사람이 되어줄 수 있을지 모른다.

나는 나도 모르게 손을 뻗었다. 여자의 턱 밑으로 검지와 중지를 갖다 대었다. 엄마의 턱 밑에는 아주 미세한 돌기처럼 만져지는 점이 하나 있었다. 정면에서는 절대로 보이지 않게 목과 턱 사이의 경계에 나 있는 표식. 나만이 아는. 그 턱에 이마를, 콧볼을, 그리고 입술을 대봤어야만 알 수 있는. 그 점의 주인에게 안겨 봤어야만 알 수가 있는.

여자가 조금 움찔거렸다. 죄송하다고 말하며 나는 손을 떼고 거칠지만 주름은 하나 없는 그 얼굴을 다시 쳐다보았다. 손가락에 아까의 감각이 맴돌았다.

"우연이었어요. 그냥 광혜암에 가신다는 말에, 절이라면 하루 신세를 질 수도 있지 않을까 해서 저도 모르게 뒤따르게 된 거였어요. 놀라셨다면 죄송해요…. 다른 의도는 없어요."

"여기 가족 있어서 찾으러 온 건 아니고요? 엄마나,

할머니나."

현실을 부정하기 위해 던진 질문이었다. 아직도 검지의 한복판이 움푹 파여 있는 느낌이었다.

"없어요. 아는 분 아무도."

그렇겠지. 망연한 마음으로 방금 닫힌 여자의 입술을 바라보았다. 아는 분이 아무도 없겠지. 왜냐하면 당신은….

"몰라, 일단 누우세요. 지금 자도 스님들 일어날 때까지 겨우 한 시간이거든요? 그러니까 눈이라도 붙여요."

나는 장 안에 있던 여분의 이불을 폈다. 물어보는 건 나중에 할 테니까 일단 자요. 내 서슬에 여자는 눈치를 보며 셔츠를 벗더니 다소곳이 이불 속에 들어가 누웠다.

그러나 잠이 오는 표정은 전혀 아니었다. 그래서 내가 먼저 물었다.

"허리 아프지 않아요?"

이 순간은 내가 지금껏 들어왔던 사실들을 거스르는 순간.

엄마가 광혜암에 처음 걸음했던 당시, 내가 아직 걷지

못하고 누워있던 그 시기보다 훨씬 앞선 순간.

　아마도 꿈, 거짓, 환상.

　그런데 왜 화가 나지 않을까?

　나는 그 헐렁한 옷이 여자의 취향이길 바랐다. 그저 멋으로 입은 거라면 얼마나 좋을까. 나도 헐렁한 옷이 좋아서 입는데. 당신도 어쩔 수 없이 입은 것이 아니었으면 해.

　그러나 셔츠를 벗는 순간 알았다. 여자는 조금 질린 얼굴로 돌아보더니, 티 나요? 하고 속삭였다.

　"아뇨, 아직은요. 제가 좀 눈썰미가 좋아서 알아챈 거지 다른 사람들은 모를걸요."

　"엄마랑 오빠는 바로 알더라고요. 너무 때리는 바람에 일단 집을 나왔어요."

　그래서 배낭이 그렇게 무거웠구나.

　"집 나온 지 얼마나 됐어요?"

　"나흘째예요."

　"나흘 동안 어디서 잤는데요?"

　"지금처럼 종교시설을 돌아다녔어요. 큰 데는 못 가고

작은 곳들로….”

“그래서 그 몸으로 여길 올랐다고요?”

“아직은 괜찮아요. 저 체력 좋아서.”

어련하실까.

“친구는 없어요?”

내 물음에 여자는 주워섬겼다.

“그러게요. 저는 왜 그런 친구 하나 없을까요. 이상하
죠. 아주 나쁜 사람은 아닌 것 같은데 기댈 데가 하나도
없고 다 어긋난 관계밖에는 없어요. 친구도 없고. 가족
이랑은 거의 원수 같고. 다른 사람들은 친구도 많이 사
귀고 가족이랑도 사이가 좋으니까 아마 저한테 문제가
있을 것 같은데 그게 뭔지를 모르겠어요.”

나는 침을 삼켰다. 목소리가 떨렸다. 저도 그래요. 그
런 면이 되게 닮았네요, 우리.

“아기도 아마 저를 싫어할 거예요.”

여자는 말을 이었다.

“뭣도 없이 가난한 집구석에서 아빠도 없이 자랄 거고
가족들은 세상에 태어나기 전부터 아기를 미워하니까,
아기야말로 잘못이 하나도 없는데 태어나서부터 그렇게

힘들 거니까, 그래서 아마 자기를 낳은 저를 미워할 거예요. 그리고 지금껏 친구 하나 사귀지 못한 제가 아기랑 관계가 좋을 리 만무하잖아요."

"그럼 지워야지 왜 낳으려고 해요. 기대도 없고, 자신감도 없으면서."

답은 생각보다 이르게 돌아왔다.

"계속 고민해요. 그런데 그런 거 있잖아요. 애가 저랑 다르게 살 것 같아서요, 좀 사랑받으면서."

당신 그거 완전히 이기적인 당신 욕심이야. 그 애가 누굴 닮겠어. 당신 닮겠지. 뭘 보고 배우겠어. 당신이 소중하지 않게 다뤄지는 걸 보고 배우겠지. 똑같이 행할 거고 똑같이 상처 줄 거야. 당신이 원하는 그런 이상적인 아기가 아닐 거고 이십 년을 키워도 변화는 일어나지 않을 거야. 그러니 낳지 않는 선택지를 잘 생각해봐요. 삶의 골칫거리를 하나 줄일 수 있어요. 내 말을 듣지 않겠어요?

나는 그렇게 말하지 못했다. 용기가 없었다. 그렇게 말해서 진짜로 저이가 아이를 낳지 않기로 결정한다면 어떤 일이 일어날까, 상상이 되지 않아서… 혹은 너무 많이 되어서. 저 이가 아이를 낳지 않는 가능성을 생각해보긴 했다는 걸 퍼뜩 알게 되어서. 그렇다면 내가 갑자기 삭제될까. 천천히 투명해질까. 피를 울컥 토하면서 쓰러져버릴까. 아니면 완전히 돌아버려서 내 개체의 생존을 위해 본능적으로 저이에게 덤벼들까. 무슨 일이 일어날까.

내 쪽의 침묵이 두려웠는지 아무런 말이나 늘어놓기 시작하는 여자의 목소리가 점점 축축해졌다. 아직 별로 나오지도 않은 배 위에 손을 올려놓고서는 옛날의 이야기를 했다. 마치 꾸며낸 것처럼 했다. 등장인물로서는 죽는 게 더 나을 상황인데도 거기서 어떻게든 교훈을 주려 드는 동화구연처럼. 혹은 고난의 부당함을 의식하지 않는 경전의 신봉자처럼. 그렇게 자신의 이야기를 한 발자국 떨어져서 했다. 그로서는 내가 그 이야기에 등장하는 인물들을 모른다고 생각했기에 가능했을 것이다. 나를 그저 드라마 시청자처럼 여겨서.

"안전하고 온전한 사랑이란 게 생각보다 되게 소수의 사람에게만 주어지는 것 같지 않아요?"

그가 물었다. 그래서 나는 대답해주었다.

"언젠가는 찾게 될 거예요. 지금이 아니더라도."

내가 이런 말을 엄마에게 할 수 있을 거라고 엄마도 나도 상상하지 못했을 것이다.

서서히 잠이 스며들었다.

~

꿈을 두 번 꾸었다.

첫 번째 꿈은 내가 아예 이 세상에 태어나지 않았다고 가정했을 때의 모습들이었다. 여자의 말을 자장가 삼아 베개에 머리를 묻고서 내내 상상했기에 꿈에까지 이어진 모양이었다.

아마도 그 꿈의 내용은 내 주관과 소망이 반영되었을 게 분명하다. 내가 없었다면 곽문영은 악착같이 살지 않았을 거라는 믿음 말이다. 그래서 글도 그렇게 열심히 안 썼을 거고, 대한민국에서 손꼽히는 드라마 작가는 되지 않았을 거고, 어쩌면 아직까지도 독립 같은 건 꿈에도 못 꿨을지 모른다는, 그저 내 존재의 이유를 증빙받기 위한 무의식의 연장선에 있는.

잠시 깨서 옆에 누운 여자의 작은 윤곽을 보다 다시 잠들었을 땐 다른 꿈을 꾸었다.

호랑이와 용이 나오는 꿈이었다. 나는 잠을 자면서도 내가 신음 소리를 내고 있다는 사실을 자각할 수 있었다. 깨어나서는 한참 숨을 몰아쉬었다. 그리고 옆에 누운 여자 역시 깨어있다는 사실을 알아차렸다.

"내가 이상한 소리 내서 깼구나, 맞죠."

나는 나도 모르게 참았던 숨을 한 번에 내쉬며 옆으로 몸을 돌리고는 말했다. 진짜 말씀드리기도 남사스러운 꿈을 꿨지 뭐예요. 죄송해요.

"아니에요, 원래 저는 잘 깨요. 잠 자체를 원체 못 자서. 앞날 걱정만 하느라 그런가봐요. 어젯밤에도 한 두 시간 잤나…."

그래서 내가 요 모양 요 꼴로 태어나 당신 속을 썩였나 봐, 곽문영 씨. 엄마가 잠을 안 자는데 아기가 어떻게 좋은 성격을 가지고 태어나겠어. 너무했네 진짜.

근데 그래도 나는 당신이 적어도 나를 품고 있는 동안에는 나를 진심으로 당신의 꿈이라 여겼으면 좋겠고, 또 아주 밑바닥까지 내려갔을 때 누군가 던져주는 허황되어 보이는 한마디가 얼마나 하루하루를 견딜 수 있게 해주는지도 이제는 알기도 하고, 또, 또 화도 많고 매일 불평불만 가득하긴 하지만 그래도 이제 좀 세상이 재밌는 것 같기도 하고. 왜냐하면 지금 옆방에서 또 옆옆방에서 고롱고롱 자고 있는 사람들이 내일은 또 무슨 이야기를 하고 어떤 방식으로 나를 웃게 하고 끝끝내 무장해제 시킬지가 궁금하니까….

"너무 못 자서 그런가, 태몽도 못 꿨는걸요."

또 당신이 결국엔 이곳을 찾고 당신을 당신으로 봐주는 사람들을 만나고 이 사람 저 사람을 오가며 웃으며 살기를 내가 어쨌거나 원하니까.

"웬일이야. 내가 대신 꿨나봐요 방금."

상대의 눈이 휘둥그레 커질 만큼 정말로 재미있고 아주 실감 나게 이야기할 수 있었다. 오래도록 들어왔던 바로 그 이야기니까. 누군가에게 직접 내 입으로 다시 이야기하는 것은 처음이었으나 익히 스스로 알다시피 나는 흉내에 능한 사람이었다.

"제가 어두운 산을 막 혼자 헤매고 있었거든요. 네, 진짜 딱 여기 이궉산 같이 음산하고 어두운 산이었는데요, 어디서 갑자기 이상하게 긁는 소리가 나는 거예요….."

~

눈을 감았다가 다시 떴을 땐 민호와 장현이 나를 흔들어 깨우고 있었다. 해가 중천이었고 배낭도 여자도 없었다. 이불 역시 내 것 한 채만 나와 있는 상태였다.

꿈이었나.

야, 무슨 잠을 그렇게 죽은 듯이 자냐. 아침 공양 다 끝났어. 민호가 타박했고 장현은 어디가 아프냐며 걱정스레 물었다.

"그냥, 되게 긴 꿈을 꿨어."

나는 대답했고, 떡진 머리를 헝클었다. 그때 밖에서 누군가 문을 두드렸다. 민호가 문을 열었다. 엄마였다.

"여기 문 앞에 있길래 가져가라고요."

엄마가 내민 것은 꽈배기 봉지였다. 뭐야, 어제 다 나눠드리지 않았어? 남았어? 민호가 물었고 장현은 대답

없이 어깨만 으쓱했다. 나는 아직 녹아 투명해지지 않은, 결정이 살아있는 설탕 알갱이들을 바라보았다.

뭐라고 설명할 수가 있을까.

나는 그저, 봉지 안쪽에 손을 집어넣어 꽈배기 하나를 들었다. 그리고 방 밖에 있는 엄마에게 가서 나머지 하나를 내밀 뿐이었다.

작가의 말

이 소설을 나는 종종 '지옥의 공삼팔'이라 부른다.

나는 소설을 쓸 때마다 파일에 세 자리 일련번호를 붙이는데, 'ooo번째 소설'이란 뜻이다. 001부터 시작했고, 작가의 말을 쓰는 지금은 063을 작업하고 있다.

이 소설의 번호는 038이다. '038'로 시작하는 파일은 총 열한 개가 있다. 번호 뒤에 붙은 이름은 이렇다. '1차', '2차', '3차', '마지막', '진짜마지막', '제발진짜마지막', '제발살려줘', '으악제발진짜찐으로마지막', 기타 등등. 이 소설은 200자 원고지로 대략 850매 정도의 분량인데, 그 파일들을 모두 더하면 아마 4,000매 정도가 나올 것이다. 600매나 700매에서 이야기를 더 진전시키지 못하고 엎어버린 적이 수두룩하다.

그럴 때마다 눈물을 흘리며 환기를 위해 다른 소설을 썼다. 지금 폴더를 확인하니 039부터 044까지가, 그러니까 장편 두 편과 단편 네 편이 038 덕에 나왔다.

그러니 정녕 위대한 창작의 신이 아닌가. 이 '지옥의

공삼팔'이.

이 소설이 왜 그렇게 힘들었을까. 분명 질펀한 태몽을 묘사하며 집필을 시작할 땐 덩덕쿵덕 신이 났었는데(보통 나는 처음에 신이 난 작품에 대해서는 마지막까지 그 텐션을 유지하는 편이다).

짐작해본 연유는 이렇다. 나의 인물들은 보통 아무리 우울하고 힘들어도 놀랍도록 부지런했는데(플롯을 하나도 정하지 않고 쓰는 집필 스타일 때문이기도 하다. 이야기를 진행 시키려면 인물이 뭔가를 해야 하는 법이다), 용호는 그렇지 않았기 때문이다. 용호는 계속해서 남들에게 질질 끌려갔다. 장현이나 오혜진, 또 다른 많은 사람들에게.

애 왜 이래, 하고 나는 혀를 차기나 했다.

장기말로 따지자면 용호는 포(包)*와 같은 존재였다. 타인이 없이는 한 발짝도 움직이지 않는 요지부동의 인간인 셈이다. 맨날 차(車)나 상(象), 하다못해 한 칸씩 직진이라도 하는 졸(卒) 같은 인물만 다뤄왔던 나에게

* 다른 말을 뛰어넘는 방식으로만 전진할 수 있으며, 같은 포(包)는 넘을 수 없다.

용호는 상대하기 버거운 애였다(나는 실제로 장기 둘 때도 포를 가장 못 써먹는다).

그러나 어느 순간 깨달았다. 이게 시험이구나. 단수를 올리기 위한 관문이구나. '차포 떼고'라는 표현이 널리 쓰일 정도로 포는 요긴한 수단이다. 그걸 나는 지금까지 영 활용해오지 못한 것이다. 038을 시작할 때까지.

마침내 그 시간이 도래한 것이지, 포를 쓸 방법을 스스로 체득해야만 하는 학습의 시간이.

완성을 위해 다섯 배가량의 글을 버리며 포를 쓰는 법을 갈구했다. 지금 와서 교정본을 보자니, 손때 가득 묻은 학습 노트를 보며 기묘한 뿌듯함에 휩싸인 연구자가 된 기분이다.

세상에 외쳐야지. 이제 나 포도 쓸 수 있다고.

이 소설 포기하겠다는 메일을 보낼 때마다 그 연구를 놓지 않도록 독려해주신 밝은세상의 김민희 님께 감사드린다.